読書する女たち

十八世紀フランス文学から

宇野木めぐみ

藤原書店

序——読者のイメージ、イメージの読者

二十一世紀の今日、小説の読者にはどんなイメージがあるだろうか。この問いに、多くの者はこう考えるだろう。衆目の一致する一定のイメージを思い浮かべることは困難だ、と。また、読者の性差によってそのイメージが大きく左右されるということはさらに想像しにくいのではないだろうか。だが、十八世紀のフランスでは、読者の性別はそのイメージにとって大きな意味を持っている。本書の出発点はそこにある。

では、「読者」とは何者なのか？　このデリケートな言葉を簡潔に定義してみよう。「読者」の概念としてまず挙げられるのは、「作者」に対立する概念として、文学理論における新たな判断のキーワードとして成立するものである。すなわち、受容理論（ヤウス、イーザーら）[1]あるいは物語論（ジュネットら）[2]における「読者」である。ここでは、テクストの外部に存在しテクストを享受する「読者」と、テクストの語りの中に構造化された「読者」とが想定される。また、歴史学者たちが明らかにする「読

にする十八世紀の「読者」は、われわれが生きる世紀の歴史的存在としての「読者」とはさまざまな点で異なるにちがいない。

本書で取り扱う「読者」は、文学理論上の「読者」でもなく、歴史上の集合的存在である「読者」でもなく、小説内の登場人物である。「小説の中で読書する人物」と言い換えてもよい。ただし、このような「読者」の分類は、常に明確に区分されるとは限らず、相互に影響し合っている。ときには作家によって意図的に攪乱されることもあるかもしれない。また、後述するように、小説内の登場人物としての「読者」研究が一九九〇年代以降盛んになってきたのは、文学理論及び歴史学研究において「読者」がクローズアップされてきたことと無関係ではない。ゆえに本書においてもさまざまなレベルの「読者」を取り上げていくつもりである。しかしながら、本書の主たる目的は、小説の登場人物であり、かつ女性である「読者」がどのようなイメージのもとに描かれているか、またなぜそのようなイメージのもとに描かれているかの探究である。

十九世紀、ゴンクール兄弟は『十八世紀の女性』において「十八世紀の女性は、支配する原則であり、指導する理性であり、命令を下す声である[3]」と述べた。ゴンクール兄弟がここで言う「女性」は専ら支配階級に属する女性を指し、彼らの貴族女性に関する叙述は理性的なものであるよりはロマンティックな傾きがある。また、『十八世紀の女性』の一九八二年版序文でエリザベート・バダンテールが指摘するように、ゴンクール兄弟には十八世紀の貴族女性を理想化する一方で、それ以外の階層の女性とそれ以外の時代の女性を「雌」として扱うという、[4] 女性崇拝と女性嫌悪（ミソジニー）が対になって見受けられることも忘れてはならない。しかしながら、十八世紀において女性の存在が無視できないものになってきたのは確かなことだ。「自由と自立を渇望する女性は前世紀よりはるかに増大し、しかもサロンの名流婦人に限られない多様な階級から輩出している」[5] のだから。とは言え、法的制度的にも、慣習上も、不平等な実態の中で、十八世紀が「女性の世紀」と評価されるのは、評価に見合った現実が部分的にせよあり得たからであろうが、イメージの先行した部分もあったのではないだろうか。当時の女性の知的活動の中で、突出した知識層でなくとも比較的接近可能な読書という活動が、虚構の、すなわち想像力の賜物である小説内部においてどのように評価され、叙述されているのか、「女性の世紀」における女性の一つのイメージの検討を試みたい。

先行研究について

本書で取り扱う主題の先行研究、すなわち、十八世紀の文学を「読者」・「読書」という切り口で研究したものとしては、『読者の試練――アンシャン・レジーム下の小説における書物と読書』（一九九五）[6] がまず挙げられる。アンシャン・レジーム下の小説における読者全般、したがって考察される時代は十八世紀に限定されてはいないし、その対象も女性読者には限られていないが、十八世紀の読書、そして女性読者とフィクションとのかかわりも、同書では多くの研究者によって取り上げられている。同じく国際的なシンポジウムの報告集『アンシャン・レジーム下の女性読者』（二〇〇三）[7] は、表題にある通り、女性読者に焦点を当てた論集であり、文学研究者のみならず歴史学者も参加したものである。中世から啓蒙の世紀までを射程とするこのシンポジウムでは歴史学者たちにより、「女性読者というものが存在するためには、書物が、図書館が必要だが、だがそれと同時に、読書が許可されるか、さもなければ侵犯的に接近しなければならない[8]」ことが明らかにされている。そうした女性たちにとって、「読書は、自由の、知の、ときには、公然たる快楽の場であったが、そのかわり概ね、秘密にされねばならなかった[9]」ものなのだ。

これら二つの論文集の双方に名を連ねるナタリー・フェランの著書『十八世紀フランス小説における書物と読書』（二〇〇二[10]）は、十八世紀の小説の中で、読書や書物、図書館がどのように扱われているのかを取り扱っている。この著作は、一五〇以上の作品分析を通して、読書・書物・図書館のフィクションにおける表象が当時の読書と書物市場における小説の認知に果たした役割を明らかにしている。同じく『アンシャン・レジーム下の女性読者』の執筆者の一人であるサンドリーヌ・アラゴンは、『危機にある女読書家』（二〇〇三[11]）において、十七世紀末から十九世紀半ばまでの女性読者たちが、小説の中でどのように叙述されているのかに特化して、詳細な論を展開している。以上の先行研究に、またここでは触れてはいないが、今後引用することになるであろう幾多の研究に、本書はその多くを負っていることをおことわりしておきたい。

本書の構成

「第一章　十八世紀フランス絵画における書物」では、十八世紀のフランス絵画において、書物がどのように描かれているのか、特に、「女性と書物」を中心に分析する。絵画という視覚芸術において、読者像は性差によって大きく異なることがわれわれの目にまさに明らかとなるだろう。絵画における「男性と書物」は、専ら貴族・知識人・聖人の肖像画として表れる。「女性と書物」は、女性貴族の肖像画のほか、風俗画において数多く描かれ、そこには「女性と書物」に関するある固定観念、すなわち女性と小説の読書の関連付けが窺われる。

「第二章　文人たちの女子教育論と小説」では、第一章で見たような小説の読者としての女性というイメージを可能にした現実的条件と、そうしたイメージに対する女子教育論における価値判断について考察する。当時の読書状況、すなわち識字率や、書物への接近可能性を検討し、フェヌロン、ランベール夫人、ルソー、ラクロの女子教育論において、小説の読書がどのように語られているかを見ることになる。十八世紀においては十七世紀に引き続き、一般的には女性の知的能力を向上させることにはむしろ否定的な考え方が根強い。さらに、感情を刺激する小説の読書は、道徳的な躓きのもとであると、基本的に見做されていることを示す。

「第三章　小説の有害性と効用」では、小説それ自体において、小説の有用性と有害性がどのように語られているのかを検討したい。前章で明らかにしたように、小説の読者層は拡大したが、「若い女性にとって小説の読書は有害」という言説が一般的であった。作家たちは、批判の矛先をかわすため、さまざまな趣向を凝らしてきた。「これは小説ではない」という弁解や、作品に教訓を付与するという工夫が組み込まれている。ここで取り扱う小説作品は、ルソーの『新エロイーズ』、ロベール・シャールの『ドン・キホーテの続編』の「騙された嫉妬深い夫」と「慎重な夫」の二つの挿話、そしてラクロの『危険な関係』である。作家たちが作品に凝らした趣向から逆照射して、小説の有用性と有害性が極めて「女性的」であることを明らかにしたい。

「第四章　小説における読書する女性たち」では、マリヴォーの『マリアンヌの生涯』『成り上がり百姓』、プレヴォーの『マノン・レスコー』、ラクロの『危険な関係』、さらにはベルナルダン・ド・サン＝ピエールの『ポールとヴィルジニー』を取り上げ、女性を中心に登場人物の読書を検討する。第一章から第三章で検討してきたような、小説外の現実的条件、イメージあるいは価値観に取り巻かれ、第三章で見たような小説に付与された女性の美徳を巡る教訓を付与され、小説中で登場人物である女性たちはどのような読書を行うのか。男性登場人物の行う読書とはどのような差異があるのだろうか。

以上第一章から第四章を通じて、本書が述べようと試みたのは、以下の事柄である。

第一に、女性と小説は視覚的なイメージの中で結びつけられ、道徳的に非難されまた揶揄される対象になっていたのではないか。

第二に、そのような女性と小説の読書の関連付けが行われたのは、女性が読者たりえる現実的基盤が十八世紀において実現しつつあったということと、女性が小説を読むことを道徳的観点から制限する言説が生み出されていたことに由来しているのではないか。

第三に、あらかじめ女性にとって「反道徳的」とされた小説において、作家たちは道徳的教訓を盛り込むことで、小説を「道徳化」し、現実の女性読者が接近しやすいようにしていたのではないか。

第四に、小説内の登場人物である女性たちの読書は、明らかに男性たちの読書とは異なった価値観を付与され、美徳あるいは堕落といった道徳的規準で語られる傾向が顕著ではないか。

そして最後に、このような同時代の共通認識・イメージを作家たちはときに周到に利用しつつ小説を構築していったのではないかということである。

複数のテクストを横断する問題設定がテクストの個別性をないがしろにすることのないよう、細心の注意を払いつつも、本書は、十八世紀フランスにおける「小説を読む女性のイメージ」を再現し、そのイメージと作家たちの試みの関連を論ずることを目指している。

読書する女たち　目次

読書する女たち

十八世紀フランス文学から

凡例

・以下のテクストは、略号を用いる。訳文は、既訳のある場合は参照しつつも、原則として拙訳を試みている。

一、ランベール夫人のテクストは Mme de Lambert, *Œuvres*, annotées par Robert Granderoute, Librairie Honoré Champion, 1990 を使用し、引用文末尾に *Œuvres* の略記、頁数を示す。訳は筆者による。

一、ルソーのテクストは Jean-Jacques Rousseau, *Œuvres Complètes*, « Bibliothèque de la Pléiade », 5vols, Gallimard, 1959-1995 を使用し、引用の際は引用文末尾に *ROC.* の略号と、巻数をローマ数字、頁数をアラビア数字で示す。訳は既訳を参照しつつ、拙訳を試みた。

一、ラクロのテクストは Laclos, *Œuvres Complètes*, « Bibliothèque de la Pléiade », Gallimard, 1979 を使用し、引用文末尾に *LOC.* の略号と頁数で示す。『危険な関係』の訳は既訳を参照しつつ、拙訳を試みた。それ以外の訳文は筆者による。

一、シャールのテクストは、Robert Challe, *Continuation de l'histoire de l'admirable Don Quichotte de la Manche*, Droz, 1994 を使用し、引用文末尾に *Continuation* と略記し頁数を示す。訳は筆者による。

一、マリヴォーのテクストに関して、『マリアンヌの生涯』は Marivaux, *La Vie de Marianne*, Classiques Garnier, 1990 を、『成り上がり百姓』は *Le Paysan parvenu*, Classiques Garnier, 1992 を使用し、引用の際は、引用文末尾にそれぞれ *LVM.*、*PP.* の略号と頁数で示す。訳は既訳を参照しつつ拙訳を試みた。

一、プレヴォーのテクストは、Abbé Prévost, *Histoire du chevalier des Grieux et de Manon Lescaut*, in *Romanciers du XVIIIe siècle*, « Bibliothèque de la Pléiade », Gallimard, 1988 を使用し、引用文末尾に *ML.* の略号と頁数で示す。訳は既訳を参照しつつ拙訳を試みた。

一、ベルナルダン・ド・サン＝ピエールのテクストは、Bernardin de Saint-Pierre, *Paul et Virginie*, Classiques Garnier, 1989 を使用し、引用文末尾に *PV.* の略号と頁数を示す。訳は既訳を参照しつつ拙訳を試みた。

・引用文中の〔　〕は引用者による補足である。

・引用文中の傍点はすべて引用者による。

第一章

――十八世紀フランス絵画における書物

1　読書行為に性差はあるのか

十九世紀以前のフランス文学においては、描かれ、見られる身体は常に女性である。主人公が男性であれば彼の視線の先にある女性の身体が描かれ、主人公が女性であれば男性たちの視線の対象となる自身の身体が描かれる[1]。では、その人物が書物を手にしていたらどうなるだろうか。文学の中の女性読者もやはり、書物を読む主体としてではなく、語り手の、あるいは主人公の、あるいはその文学の読み手であるだれかの、視線の客体として描かれるのか。

また、われわれが生きる社会においては、読書行為のイメージが性差によって大きな差異をもっているとはもはや考えにくいが、こうした心性、すなわち集合的な心的傾向は、十八世紀のそれとは大きく異なっているものである。本書は、いくつかの観点からこの主題を取り扱っていく予定であるが、本章においては、「女性と書物」が十八世紀の心性においてどのようなイメージとしてとらえられていたのかを、絵画に描かれた「女性と書物」の分析に焦点を合わせて明らかにするつもりである。作家たちの想像力と、画家たちの想像力は、十八世紀固有の意識と無意識の中で呼応し影響を与え合っていたに違いないと思われる。したがって、本章における分析は、以降の文学作品の分析と重ね合わせることによって、「女性と書物」のイメージを、より明確にしていくことだろう。

2　男性読者のイメージ――知と思索

ロジェ・シャルティエとダニエル・ロシュは、『フランス出版史』において、フラゴナールの『読書する若い女性』(図1)、ジョラの『室内風景』[2]、ボドゥワンの『読書』(図2)を例にあげつつ、十八世紀フランス絵画に描かれた女性の読書は「きわめて個人的な、公から引きこもった私生活であったり、強度の、感情的、知的あるいは霊的な没頭であったりする」ものと指摘し、「そこではヒロインは、ひそやかな孤独のなかで、控えめな、あるいは乱れた感情にとらわれている」と述べている。[3] シャルティエとロシュによれば、ジョラは控えめな感動に浸っている女性を描いているのに対し、ボドゥワンは女性が煽情的な書物によって心が乱されたさまを描き出しているという。

たしかに、ボドゥワンが描く女性は私室で一人読書の後、心ここにあらず、胸も露わにして、書物を置いて、夢見るように視線を彷徨わせていることが一目で見てとれる。彼女の読書が官能を刺激するものであることが、絵画を見る者に示唆されているのは明らかであり、むしろ絵画を見る者は官能を刺激された若い娘を覗き見る立場に置かれているとも言えよう。

図1　フラゴナール『読書する若い女性』

図2　ボドゥワン『読書』

こうした女性読者のイメージに対して、男性読者のイメージはどうなのか。シャルティエとロシュによれば、伝統的な男性の肖像画においては「書物は知的社会的権力の印」となっているという(4)。換言すれば、女性の読書は私的なもの、ときには官能的なものであり、対照的に、男性の読書は公的なあるいは思索的なものと言えるだろう。

もちろんすべての十八世紀絵画がそのように明確に区分しきれるものではないのは言うまでもない。シャルティエとロシュは、十八世紀の絵画においては、男性の肖像画においても、書物が「知的社会的権力の印」から、「孤独の友」「私生活の読書」の記号へとシフトしつつあることを示唆している。しかし、「私生活」の表象そのものが、男女によって大きく異なっていることを、われわれは指摘したいと思う。以下にいくつかの書物の登場する男性の肖像画を分析して裏付けてみよう。

①貴族・知識人の肖像画

＊アヴェド『ミラボー侯爵』(図3)
＊作者不詳『ヴォルテールの肖像』(図4)
＊グルーズ『オーギュスト・ルイ・ド・タレイランの肖像』(図5)

これら三つの肖像画において、書物は人物の知的社会的権力、もしくは社会的位置すなわち職業を

図３　アヴェド『ミラボー侯爵』

図４　作者不詳『ヴォルテールの肖像』

図５　グルーズ『オーギュスト・ルイ・ド・タレイランの肖像』

示しており、前記の伝統的な男性肖像画における図像となっているといってよい。ミラボー侯爵は重農主義の経済学者であり、仏革命期に国民議会で活躍するミラボー伯の父でもある。ヴォルテールが十八世紀を代表する啓蒙思想家・作家であるのは言うまでもない。タレイラン伯爵は、ナポレオンの片腕で外交官として活躍したシャルル＝モーリス・ド・タレイランの末弟（あるいは甥）で、自身もナポレオンに仕え、スイス大使ともなった政治家である。いずれの絵画においても、人物は書物から目を離したポーズをとっているが、各人の知的・意志的なまなざしが印象的な絵画だと言える。

②書物を持った「聖人」あるいは聖職者

シャルティエとロシュは、聖人たちの肖像画における書物の図像としての機能を、以下のように説明している。書物とは、彼らにとって「孤独の友」であり、聖人たちは「自ら望んで隠遁し、うやうやしく注意して判読された文献に全存在をつぎ込む[5]」のだ、と。このような聖人の姿は、十七世紀までの絵画に数多く見出される。たとえば、ジョルジュ・ド・ラ・トゥール『聖アンドレ[6]』や『読書する聖ヒエロニムス』（図6）がその代表的なものであろう。特に聖ヒエロニムスは、髑髏をアトリビュートとしているが、聖書の翻訳者として知られ、書物とともに描かれることが多い。

十八世紀の絵画においては、聖職者の肖像画に、上記の聖人たちの孤独な読書と同一の傾向が見出される。たとえば、モーリス＝カンタン・ド・ラ・トゥール『ジャン＝ジャック・ユベール師』（図7）がそれである。こうした「孤独の友」としての読書は、聖人や聖職者だけではなく、ときには牢

図６　ジョルジュ・ド・ラ・トゥール『読書する聖ヒエロニムス』

図７ モーリス＝カンタン・ド・ラ・トゥール『ジャン＝ジャック・ユベール師』

獄の住人のものとしても描かれる。

「廃墟の画家」と称され、革命期に投獄されたユベール・ロベールの『牢獄のカミーユ・デムーラン』(図8)は、恐怖政治のさなか、ロベスピエールと敵対したダントンに追随した咎で逮捕されたデムーランの、牢獄内の様子を描いたものである。デムーランを描いたものとしては、一七八九年七月十二日、大臣ネッケルの罷免を知ったデムーランが、パレ・ロワイヤルのカフェのテーブルに飛び乗って「武器を取れ!」と民衆に演説する様子を描いた版画(図9)や、まるで現代の家族写真を思わせる『カミーユ・デムーラン、妻リュシルと息子』(図10)の方が、むしろ知られているかもしれない。『牢獄のカミーユ・デムーラン』では、デムーランの前には、もはや彼の演説に熱狂する民衆はおらず、身を寄せ合う妻子もいない。孤独な牢獄で、デムーランが手にするのは一冊の書物であり、彼の視線の先には、やがて彼の後を追うようにギロチンにかけられることになる妻リュシルの肖像画がある。ここでは、書物と愛する女性の肖像画が等しく彼の孤独を慰めるものとなっているのだ。

前記の聖人や聖職者の肖像画においては、人物は顔を書物に向け、精神が書物に集中しているさまが顕著である。けっしてボドゥワンの若い女性のように、目を宙にさまよわせてはいない。書物は彼らの感情的感覚的生活ではなく、思索的生活を図像化する作用を担っていると言える。

ヴォルテールの肖像においては、人物の顔は絵画を見る者に向けられ、読書中にふと視線をこちらに投げかけた、という雰囲気を醸し出している。しかし、人物の目の知的な輝きが印象的であり、書物から目を離したとはいえ、そのまなざしはボドゥワンの『読書』における放心状態の若い女性のも

図8　ユベール・ロベール『牢獄のカミーユ・デムーラン』

図9　作者不詳『一七八九年七月十二日、パレ・ロワイヤルの最初の動議』

図10　ダヴィッド工房『カミーユ・デムーラン、妻リュシルと息子』

のとは対極にあると言わざるをえない。若き日のヴォルテールの溌剌とした知性が絵画を見る者に伝わるようなこの目の輝きには、書物から知的ななにものかを引き出している様子が見て取れ、微笑を浮かべた口元は、読書中の書物に関して今にもわれわれに何かを語りかけるようにさえ見える。したがって、聖人の肖像画と同様、この肖像画においても、書物と人物の職業との関係が明白であり、絵画の鑑賞者に、絵画中の人物の読書行為が知的営為であることが明快に了解されるものとなっている。ミラボー侯爵やタレイラン伯爵の肖像画も同一線上にあるとみなしうる。

『牢獄のカミーユ・デムーラン』では、おそらく彼は歩きながら読書をしているのだろう。この絵画において、彼の手中の書物は、視線の先の妻の肖像画とともに、己の政治的信念を貫き、孤独と死の恐怖に耐えるための支えとなっている。

以上のように、総じて、絵画における男性と書物は、私的生活を描いたものであっても、感情や感覚ではなく、思索的側面に重点を置いた形で関係づけられていると言える。

3 女性と書物――「受胎告知」から官能まで

十八世紀の絵画における女性と書物の分析に入る前に、次の事柄を確認しておきたい。十八世紀以前の絵画において、女性と書物が描かれているのは多くの場合、聖処女マリアの受胎告知の場面を描いたものだということである。換言すれば、書物・女性・天使の組み合わせは、受胎告知を例外なく意味し、書物はマリアのアトリビュート、すなわちマリアであることを、絵画を見る者に明示する記号として機能していた。[7] このような絵画の例は枚挙に暇がないほどであり、たとえば、よく知られているものとしては——

＊シモーネ・マルティーニ（図11）＊フラ・アンジェリコ（図12）
＊ヤン・ファン・エイク（図13）　＊エル・グレコ（図14）

などの『受胎告知』が、書物とともにある聖処女マリアの図像としてあげられる。こうして、中世においては、書物とともに描かれることのほとんどない他の女性とは異なった特権的な女性として、聖母マリアはヨーロッパ絵画に登場し、かつ、そこでマリアが手にしている書物が女性に唯一許される書物ともなっていく。すなわち宗教書である。[8]

しかし、十七世紀以降、とくに十八世紀に入って、人々の読書環境は劇的に変化する。女性も含めて、小説が広範な人々に読まれだすのである。[9] ここに女性の私的な読書風景が絵画において表象されていく基盤ができあがる。江本菜穂子は十七世紀オランダの市民生活を描いたフェルメールの絵画における、読む行為の男女差を指摘し、男性が読むのは書物であり、女性が読むのは手紙だと述べている。[10] 手紙すなわち私信は本来双方向的なものであるが、それが絵画の題材となるときは、女性像に伴って描かれる。十八世紀絵画においては、女性の読む対象もまた書物となっていくが、それはやはり私

図 11　シモーネ・マルティーニ

図 12　フラ・アンジェリコ

図 13　ヤン・ファン・エイク

図 14　エル・グレコ

的読書として形象化されるのである。では、具体的に絵画に描かれた女性と書物とを検討していこう。

①私的読書——楽しみとしての読書

ここでは、以下の七つの絵画をとりあげる。

＊フラゴナール『読書する若い女性』（図1）
＊ボドゥワン『読書』（図2）
＊ジョラ『室内風景』
＊シャルダン『私生活の楽しみ』（図15）
＊ボドゥワン原画、エマニュエル・ド・ゲント版刻『正午』（図16）
＊オーギュスト・ベルナール『エロイーズとアベラールの書簡を読む女性』（図17）
＊グルーズ原画、モロー（弟）版刻『眠りこんだ哲学』（図18）

これらの絵画あるいは版画においては、前述したごとく、きわめて私的な読書が題材となっている。ここにあげた作品はいずれも、若い女性の読書の様子を描いている。ボドゥワンの『読書』とジョラの『室内風景』について、シャルティエとロシュは以下のように述べている。

二つの絵画において、読書する女性は室内着姿の若い女性であり、思考が書物から抜け出したところを捉えられている。彼女は書物を読み、ページを指で指したまま、膝の上に、あるいは眠

図15　シャルダン『私生活の楽しみ』

図16　ボドゥワン原画、エマニュエル・ド・ゲント版刻『正午』

図17　オーギュスト・ベルナール『エロイーズとアベラールの書簡を読む女性』(11)

図18　グルーズ原画、モロー（弟）版刻『眠りこんだ哲学』

り込んだ犬の小屋の上に、置いたところなのだ。自分の読書に動揺して、彼女はぼうっとし、頭をクッションにもたせかけ、まなざしは揺れ、体は気だるげである。まちがいなく、彼女の本は、感覚を揺さぶり想像をかき立てるたぐいのものだったのだ。つまり、画家は自分の絵を通して、女性の私生活に侵入しているのである。ジョラにあっては控えめに、ボドゥワンにあってはより明白に官能的に。[12]

この二つの絵画同様、『正午』(図16)においても、画面の娘は放心状態であり、彼女の手から書物は滑り落ちている。まなざしが書物から離れるだけでなく、彼女の手もまた書物から離れようとしている。彼女たちの放心状態の瞳のうちに見られるのは、書物から得られた知的な輝きではなく、書物によって引き起こされた感情的、というより官能的な惑乱と言ってよいだろう。こうして、画面の中の書物の内容が、官能に訴えるものであることを暗示するものとなっている。ジャン=マリー・グルモによれば、『正午』にその内容にふさわしいタイトルをつけるとすれば、「読書の効果」あるいは「悪書の影響について」とするのが適当だということになる。すなわち、こうした作品においては、書物の効用は知性に糧を与えるものではなく、官能を刺激するものだというわけである。[13]『読書』『正午』の作者ボドゥワンは、たしかに淫蕩な題材で知られる画家であったが、ブーシェの娘婿でもあり、絵画アカデミー入りも果たした当代の人気画家であったことを考え合わせれば、この二つの作品をいわゆる「きわもの」として安易に切り捨てるわけにはいかない。こうした絵画は、女性の私的読書がしばしば小説の読書を意味し、しかもその小説とは感情や感覚に、直截に言えば官能に訴えるものであることを、絵画を見る者に暗示している。絵画の作り手と絵画を見る者とのあいだに成立するこうした同意は、「女性の読書は、女性の美徳にとって危険だ」という当時の心性を抜きには語れないであろう[14]。

ボドゥワンほどではないにせよ、ジョラやオーギュスト・ベルナールが描く読書中の女性も、書物によって心をかき乱され、うっとりとした視線を宙にさまよわせている。ジョラの絵画では、室内着姿の女性が肘掛け椅子に身をもたせかけ、体は横向きだが顔は絵画を見る者の方に向けている。しかし彼女の漠としたまなざしは、彼女の感覚・感情が、今しがたの読書によって大きく揺り動かされたことを如実に示している。

また、ベルナールの絵画（図17）においては、女性の左手はふんわりとしたクッションの上にあり、右手は書物とともにテーブルにのっている。卓上には、もう一冊本があり、そのそばには無造作に真珠のネックレスが置かれている。彼女もまた宙にうっとりとしたまなざしを向けている。画面には、この若い女性のくつろいだ——なぜか胸も露わな——部屋着姿とともに、女性の私室での読書を示すしるしがそこかしこにちりばめられ、アベラールとエロイーズの恋愛書簡によって感情をかきたてられた若い女性が表象されている。

グルーズ夫人を描いたものと言われる『眠りこんだ哲学』（図18）[15]は、題名が示すとおり、「読書中」の女性を描いてはいない。彼女は椅子に座ったまま、顔を仰向け眠りこんでいる。卓上には広げられたままの書物があり、彼女の右手は本の上に置かれたままである。したがって、この女性は読書中に眠りこんでしまったと考えられる。無防備な彼女の寝姿は、無邪気な若い女性の愛らしさを示すと同時に、画面を見る者を女性の寝顔を盗み見る立場へと誘いかねない要素を含んでいる。また、『眠りこんだ哲学』というタイトルそのものに、女性の読書への揶揄と同時に、十八世紀において「哲学」という言葉に性的なコノテーション[16]があることを鑑みれば、さらに画面の女性を窃視する視線が認められよう。

再婚した新妻マルグリットがモデルとされている、シャルダンの『私生活の楽しみ』(**図15**)で描かれているのは、題名が如実に示すように、娯楽としての読書である。しかし、書物から目を離した人物のまなざしは、ボドゥワンの若い女性の放心したまなざしとは異なり、何かを――彼女が今まで読んでいた本の内容を――「考えている」まなざしとは言える。しかし、あくまでも彼女の読書は「楽しみ」« **les amusements** »すなわち娯楽に分類されているのである。少なくとも、当時の批評家にとっては、「まなざしの中のある種の物憂さを見れば、(…)彼女が小説を読んでいたとわれわれにはわかる[17]」ものなのであった。

例外と言ってよいのはフラゴナールの『読書する若い女性』である。読書中の若い女性を横から描いたこの絵画においては、人物は書物に集中し、そこにはむしろ静謐な空気が漂い、彼女の読書が知的なものであることがうかがわれる。

以上のように、フラゴナールの『読書する若い女性』を例外として、風俗画に描かれる無名の若い女性の読書は、知的なそれであるよりはまず娯楽と見なされ、ときには危険で有害な読書として描かれる傾向がある。これは前節で取り上げた、男性と書物を描いた絵画における読書とは大きく異なった傾向と言える。ただし、先に取り上げた男性と書物を描いた絵画は、風俗画ではなく肖像画であり、そこに描かれる男性は名を持っている。対して、ここで取り上げた女性と書物を描いた絵画においては、グルーズ夫人とシャルダン夫人を描いたとされる作品以外は、女性はみな無名であり、しかもグルーズ夫人の場合タイトルは『眠りこんだ哲学』、シャルダン夫人の場合も『私生活の楽しみ』であって彼女らの名は明示されていない。女性もまた名を持ち、肖像画となるときは、書物が女性の知的な表象となる場合もありえるのだろうか。この点についてはのちに貴族女性の肖像画を検討する中で考察する。

②教育と読書——母と書物

前出十七世紀の画家ジョルジュ・ド・ラ・トゥールの作品には聖母を描いた『聖母の教育』(図19)があるが、これの市民生活版とも言うべき絵画がシャルダン『良い教育』(図20)である。

この二つの絵画には、宗教画と風俗画というジャンルを超えて、以下のように、驚くほどの類似性がある。開いた書物を手にして椅子に腰掛けている母親が、前者では画面右手に、後者では画面左手に描かれている。立ったままの子供が、前者では左、後者では右に描かれる。ともに母親のまなざしは子供に注がれているが、子供は伏し目がちであり、絵画を見る者には子供の目は見えない。

図 19　ジョルジュ・ド・ラ・トゥール原画『聖母の教育』

図 20　シャルダン『良い教育』

蠟燭の光と闇の対比が印象的な『聖母の教育』（図19）は、ここに描かれている人物を聖母マリアとイエスと見る説もあるが、[18]一般的には聖母の母である聖アンナが娘であるマリアに教育を施している場面とされている。いずれにせよ、聖なる母子の間の教育が主題と言えるだろう。

『良い教育』（図20）において描かれるのは、母親が子供に教育する場面である。ここには、女性が書物を手にしていても、揶揄の調子は一切ない。むしろ彼女はまるで聖アンナもしくは聖母マリアになぞらえられたかのように、母親の崇高さ、敬虔さが描き出される。[19]しかし、ここでは、女性自身の読書ではなく、女性が育児の一環として子供に読書させていることになる。

③貴族女性の肖像画と書物

ここでは、以下の六つの絵画を取り上げる。

＊ヴィジェ゠ルブラン『ラ・シャトル伯爵夫人』（図21）
＊ジャン゠エティエンヌ・リオタール『コヴェントリー伯爵夫人の肖像』（図22）
＊同じくリオタールの『マリー・アデライド』（図23）
＊モーリス゠カンタン・ド・ラ・トゥール『ポンパドゥール侯爵夫人の肖像』（図24）
＊ジョゼフ゠シフレ・デュプレシ『ウェサン島の闘いにシャルトル公を運び去る戦艦「サン・テスプリ」を前にしたシャルトル公夫人』（図25）
＊フランソワ・ブーシェ『ポンパドゥール夫人』（図26）

図21　ヴィジェ＝ルブラン『ラ・シャトル伯爵夫人』

図22　ジャン＝エティエンヌ・リオタール『コヴェントリー伯爵夫人の肖像』

図23　ジャン＝エティエンヌ・リオタール『マリー・アデライド』

図24　モーリス＝カンタン・ド・ラ・トゥール『ポンパドゥール侯爵夫人の肖像』

図25　ジョゼフ＝シフレ・デュプレシ『ウェサン島の闘いにシャルトル公を運び去る戦艦「サン・テスプリ」を前にしたシャルトル公夫人』

図26　フランソワ・ブーシェ『ポンパドゥール夫人』

図21から図26の絵画に描かれた貴族女性たちは、リオタールの『マリー・アデライド』（図23）以外いずれも書物から目を離している。シャルトル公夫人の肖像画では、書物は夫人の手を離れているし、『コヴェントリー伯爵夫人の肖像』（図22）においては、書物は同一画面上にあるというだけで、夫人の体から離れて背後にあり、したがって夫人の視野にすら入っていない。読書中の書物からふと目をあげたという雰囲気を醸し出しているのは『ラ・シャトル伯爵夫人』（図21）とブーシェの『ポンパドゥール夫人』（図26）だけである。しかし、シャルトル公夫人の肖像画は、夫シャルトル公（のちのオルレアン公ルイ＝フィリップ）が危険にさらされるというなかでの読書で、ウェサン島での英仏の戦闘に赴く夫を運び去る戦艦を背景にしている。したがって、心ここにあらずで無駄に字を追うばかり、ついには本を捨ててしまった夫人の苦悩を描いたものともいえる[20]。

また、モーリス＝カンタン・ド・ラ・トゥールの『ポンパドゥール侯爵夫人の肖像』（図24）は、夫人が手にしているのは楽譜だが、彼女の背後には、ディドロ編纂の『百科全書』第四巻や『法の精神』などの分厚い書物が並ぶのが見え、百科全書派の擁護者であった夫人の知的立場を示す肖像画となっている。

最後に、ブーシェの『ポンパドゥール夫人』（図26）と『マリー＝ルイーズ・オモルフィー嬢』（図27）を検討してみたい。

両作品は、同一の画家による、かつルイ十五世の愛人という点では同一の立場の二人の女性を描いたものである。しかし、王の愛人とはいえ、正式の寵妃で政治的な助言も含めて王の生活に関与していたポンパドゥール夫人と、宮廷外の別宅に居住していたオモルフィー、この二人の描かれ方の落差は当然といえば当然なのだが、あまりにも興味深い。ポンパドゥール夫人は豪華なドレスを身にまとい、書物を手にしている。顔を書物から上げ、左手はクッションに乗せ、ゆったりとしながらも聡明さと自信に満ちたまなざしを向けている。一方のオモルフィー嬢は、一糸纏わぬ姿でベッドにうつぶせになり、上半身を起こして、画面左手上方に頼りなげなまなざしを向けている。左手下方には、開いたままの書物が、さっきまで読まれていたが、打ち捨てられたもののように置かれている。この二人の女性と書物との関係は、女性と書物に「階級」という要素を付与した場合の差異を表象したものと言えるだろう。書物は、ポンパドゥール夫人の肖像画においては、夫人の知性を表象する作用を担っているが、オモルフィー嬢のそばの書物は、書物それ自体が知の指標でありうるがゆえに、むしろ全裸の若い女性の官能性を際立たせているように思われる。

以上の絵画における女性と書物の分析から、以下のように述べることができるだろう。総じて、女性の読書は私的娯楽と見なされている。一方、貴婦人の肖像画においてはしばしば書物が画面に登場し、画家が、当の人物の、あるいはその家族の注文を受けて描くからには当然のこととは言え、無名の女性に対するような揶揄や覗視する視線は感じられない。逆に、無名の若い娘の読書は、風俗画という、肖像画よりも低いとみなされたジャンルであることを考慮に入れても、しばしば官能的なもの

図 27　フランソワ・ブーシェ『マリー＝ルイーズ・オモルフィー嬢』

図 28　ユベール・グラヴロ『朗読する男性』

として描かれていたと見なすことができよう。

4　男女混合での読書、読むのは誰か

次に、男女混合の複数の人物が描かれた絵画において、書物が画面の中で果たしていた役割を検討したい。なお、母親が子供に教育を施す場面を描いたものは、ここでは取り扱わない。

①恋人たちの読書

＊ユベール・グラヴロ『朗読する男性』（図28）

グラヴロの絵画では、恋人たちの読書が描かれている。熱心に読み聞かせる男性と、恋人に静かなまなざしを注ぐ女性とが共有する、読書の時間の安らかさが印象的な作品と言えるだろう。この背景には、当時の上流階級に、男性が女性に本を読み聞かせるという習慣の存在していたことがあげられる[21]。

②集団での読書

ここでは以下の三つを取り上げる。

＊ジャン＝フランソワ・ド・トロワ『モリエールを読む集い』（図29）
＊カルル・ヴァンロー『スペイン式読書』（図30）
＊グルーズ『聖書を読む父親』（図31）

図29のド・トロワの絵画では、貴族のサロンにおける読書の集いが描かれている。書物を手にした男性が画面中央に位置を占め、周囲を五人の女性と一人の男性が取り囲み、彼の朗読に耳を傾け、あるいは語らい合っている。この一座の中心はしたがって書物を手にした男性である。一方、画面向かって左端の背後を見せている女性と書物を手にしていない方の男性は、朗読もそっちのけに意味深な視線を交わし合っている。

十八世紀半ばの代表的な文芸サロンの主催者であるジョフラン夫人の注文によって製作された図30の絵画では、戸外での読書が描かれる。この絵画は画面中央に若い男性が座り、本を朗読している。二人の若く美しい女性が彼の正面に座り、熱心に聞き入っている。男性の背後には、少女が読書などどこ吹く風というように、小鳥に糸をつけて遊んでおり、少女の隣には、母親らしき女性[22]が椅子に腰掛けている。美しい樹木と緑を背景に、戸外でののどかな読書風景がとらえられている。人物の服装は絵のタイトルが示すようにスペイン風であり、また彼らが上流階級に属していることを示している。[23]

図29　ジャン＝フランソワ・ド・トロワ『モリエールを読む集い』

図30　カルル・ヴァンロー『スペイン式読書』

図31　グルーズ『聖書を読む父親』

グルーズの絵画（図31）では、ド・トロワやヴァンローとは異なり、一般市民階層の家庭において、父親が、家族、特に子供たちに聖書を読んで聞かせる様子が描かれている。数人の子供たちが、父親に顔をむけ、熱心に耳を傾けている。聖書に興味が持てず、ペットと遊ぼうとする幼子に、母親らしき女性が手を差し伸べ、制止している。

以上の男女混合での読書を主題とした絵画においては、恋人たちの読書、ロココ様式の絵画における社交界の読書やギャラントリー（女性への慇懃さや奉仕）を表現する読書、市民的道徳を主題とする家族における集団での読書というように、多様な形態の読書が描かれている。そのいずれの場合でも、書物を手にしているのは男性であり、朗読を聞くのは、子供もしくは女性という構造になっている。このような読み手と聞き手の性差は、描かれる対象の貴族あるいは庶民という階級を超えた共通点といってよいだろう。したがって、朗読の聞き手としてではなく、女性がみずから読書する場合は、女性が母親として子どもに教育をする場面以外は、私室での個人的読書として描かれることとなるのである。

5　まとめ

以上で見てきたように、女性の読書は、母親が子供に教育を施すという場面を除き、ほぼ個人的・私的読書として描かれる傾向があり、かつ、小説の読書と結び付けられがちだと言えるだろう。十八世紀の絵画には、小説の読書に心を乱す女性を描く多くの風俗画を容易に見出すことができたが、男性が私的読書に惑乱する様を描いたものはみつけることはできなかった。

このような絵画における女性読者のイメージは、当時の女性読者の現実をどのように反映したものだったのだろうか。あるいは現実よりもむしろ、画家たちの幻想に根差したものだったのだろうか。十八世紀における女性読者の状況を、当時の社会状況と照らし合わせつつ、文人たちが小説と女性（のイメージ）をどのように関連付けていったかをたどることが、次なる課題となるだろう。

第二章

文人たちの女子教育論と小説

第一章で検討したように、絵画における書物・読書行為はその主体の性差によってイメージに明白な差異が見られた。本章では、十八世紀における現実の読書状況がそのような性差による読書イメージの差異を生み出す源泉となりえたのか検討し、さらに、当時の文人たちによる女子教育論における読書、とりわけ小説の位置づけを探ろうと思う。

1 十八世紀フランスの読書状況

前章で述べたような、読書イメージにおける性差は、たしかに現実的な裏づけを伴ってもいた。というのは、十八世紀の「読書革命」すなわち読者層の拡大の要因の一つとして、比較的裕福な階級の女性において、娯楽としての読書が普及したことが挙げられるからである。以下に、十八世紀フランスの読書状況を概括してみたい。

1 十八世紀の識字率

十八世紀の識字率をまずは検討してみよう。当時の識字率は、今日におけるような統計があるわけではないので、正確なことは言えないが、多くの書物では、婚姻の際の署名の可否を参照している。むろん、自分の名前が書けたからといって、それが必ずしも書物を読む力を示すと断言はできないだろうが、一つの判断材料とはなるだろう。『私生活の歴史』（一九八六）によれば、一六八六年から一六九〇年においては、婚姻の署名ができた者は、男性の二九％、女性は一四％であった。この数字は、百年後の十八世紀末には、それぞれ四八％と二七％になる。この婚姻の際の署名率をカッコつきの識字率とすれば、十八世紀の識字率において、女性のそれは男性のそれの常にほぼ二分の一であり、女性は十七世紀末から十八世紀末の間に、識字率が倍増したことになる。もちろん識字率には、性差のみならず、階級差、都市と農村という地域差などの「格差」が歴然と存在するのは言うまでもない(1)。

2 新しい読者層の出現

さて、現代フランスの識字率（男女ともに九九％）とは比較にならない低い数字とは言え、十八世紀は識字率が急激に上昇した世紀と考えられている。つまり、読者層が拡大されるにあたっての土台となるべき能力が準備されつつあったわけである。

読者層拡大の条件としては、次に、書物を読むための時間と金銭のある人々が拡大されねばならない。労働者の賃金は、織物工が十八世紀初頭に年およそ百リーヴルであったが、十八世紀末にはおよそその倍であり(2)、奉公人については、十八世紀半ばに執事が年七二〇リーヴル、侍女が四〇〇リーヴル、田舎の小市民の奉公人は四〇から八〇リーヴルであったという。[3] 書物の値段にはもちろんさまざまな価格帯があったが、目安として挙げれば、最も廉価と思われる、行商人によって販売された民衆本の青本叢書（ビブリオテックブル）が一冊一、二スー（一リーヴルは二〇スー）であり、[4] 一七七〇年代の出版兼卸売商のカタログによれば、ヴォルテール作品集全四八巻で七三リーヴル（分冊で各三〇スー）であった。[5] したがって、啓蒙思想の作家の著書も「中産階級と職人や商店主の上層部の購買力に収まるようになっていた」[6]。廉価な小説本であれば、青本叢書とヴォルテール作品集分冊の中間の価格帯となり、さらに購買層は拡大する。

　イアン・ワットは、十八世紀のイギリスにおいて小説が飛躍的に読まれるようになった理由として、富裕層の使用人における潜在的読書力の顕在化を挙げている。これは、彼ら奉公人にとって読書の可能な時間が、一日のうちに分散していたこと、また、本を買うための小遣いを持っていたことによる。次に、比較的裕福な階級の女性にとって、読書をする時間は、快楽のための特権的時間となったことが挙げられる。ラインハルト・ヴィットマンは、イギリス・ドイツ・フランスにおいてそうした読者層及び読書形態の変化が生じ、従来の仕事、研究のための読書、すなわち聖職者、官職者、知識人等による宗教書、法律書、学術書の読書から、快楽としてのあるいは娯楽としての読書に移行して「文芸の拡散的な消費」が始まったと述べている。[7] つまり、上層階級に混じった下層階級と、女性において、娯楽・快楽のための読書が普及したというのである。

3　読書クラブの興隆

当時書物を保有していた人々がどれほどいたのかは、もちろん階層によって大きく異なる。十八世紀半ば、書物を記載している遺産目録の、遺産目録全体に占める割合を階層別に見てみると、聖職者（六二％）、高等法院所属の官職保有者（五八％）、宮廷貴族（五三％）といった高率の階層と、商人（一五％）、家僕（一九％）、親方職人（一二％）といった低い割合の階層とがあった。ただし、書物の保有率は識字率よりもさらに低いところから、書物を保有していないことが書物を読まないことを即座に意味するわけではないと考えられる。[8] そこで、書物が高価であった時代の、書物への接近を容易にするインフラとして、一七六〇年代から一七八〇年代にかけてフランスで大流行した読書クラブ **cabinet de lecture**（あるいは cabinet littéraire, société de lecture など）の存在も忘れることはできない。これは、いわば会費制の貸し本屋、私設図書館、あるいはより閉鎖性の強い読書サークルとさまざまな形態をとっていたが、当時の読書人口の底上げに大きな役割を果たしたと考えられる。そしてこの読書クラブの支持層は小ブルジョワ、職人、学生、女性たちだった。記録によれば、蔵書の五割方は文学で占められていたという。[9]

さて、娯楽・快楽のための読書は女性固有のものだったのだろうか。この問いに対する答えは、ロバート・ダーントンの『革命前夜の地下出版』に見出すことができるだろう。十八世紀の書籍商のあいだで書物取引の慣用語であった「哲学書」livres philosophiquesという語は、具体的にはどのような書物を指していたのか、その例として挙げられるのは、『修道院のヴィーナスまたの名シュミーズ姿の修道女』、『女哲学者テレーズ』、『古着繕い屋マルゴ』なのである。ダーントンによれば、「哲学書」という語に託された観念――ポルノグラフィー――は、「フランスの読者が何を読みたがっているかを探るのが仕事である商人たちに共有されていた」ものだという。[10] ここで商人たちにとってのフランス人読者は専ら女性であったとは考えにくい。タイトルに女性名を冠したポルノグラフィーは、むしろ男性読者を想定したものと考える方が自然ではないだろうか。

このように、狭義の娯楽・快楽のための読書は男性読者のためのものだったと思われるが、前章で見たように、絵画においては、小説の読書によって官能や感情に影響を及ぼされた若い女性がしばしば描かれていた。もちろん絵画における女性の表象が必ずしも現実の女性と一致しているわけではないが、こうした書物と女性をめぐるイメージが絵画において定着し、画家と絵画の鑑賞者によって共有されていたのは事実である。くわえて前述したように飛躍的に娯楽としての読書が拡大していく状況下、文人たちの著す女子教育論においては、女性の読書はどのように取り扱われていたのだろうか。

2　十八世紀初頭の女子教育論——サロンの主催者ランベール夫人の著作を中心に

1　フェヌロン『女子教育論』（一六八七）

ランベール夫人の著作を検討する前に、彼女に最も大きな影響を与えたと思われるフェヌロンの『女子教育論』を見てみよう。ルイ十四世の孫の教育係でもあったフェヌロンは、『女子教育論』の第一章「女子教育の重要性について」の冒頭で以下のように述べている。

女子教育ほどなおざりにされているものはありません。しばしば慣習と母親の気まぐれですべてが定められています。女性にはほんのわずかの教育しか与えるべきでないと思われているのです。[11]

フェヌロンは女子教育の現状をこのように規定し、その理由を以下のように推測する。

娘たちの場合は、彼女たちは女学者であってはならないし、好奇心は娘たちを見栄っ張りで才女にしてしまうし、いつの日にか自分の世帯を切り盛りでき、理屈を言わずに夫に従えば十分なのだ、と言われています。学問が多くの女たちを滑稽にしてしまったことに関する経験が必ず持ち出されます。それで、娘たちを無知で節操のない母親の監督に盲目的に委ねる権利があると人は思い込むのです。[12]

（以下、傍点は引用者による。）

モリエールの『滑稽な才女たち』（一六五九）に見るような、知的な女性への揶揄の視線[13]はフェヌロンが『女子教育論』を執筆した時期においてもまだ支配的であり、「才女」précieuse、「女学者」savanteといった語は、もっぱら、「滑稽な、ばかげた」を表す形容詞ridiculeと結び付けられ、当時における軽蔑すべき女性の支配的イメージを形成していた。こうした語は、いわばかくあるべきではない女性を指すキーワードとして機能していたのであるが、フェヌロンが、女子教育がなおざりにされ母親任せになっている現状の原因を説明する際にも、使用されていることが見て取れる。

フェヌロンは、「と言われています」（dit-on）のように、女性と学問を遠ざける当時の支配的観念（傍点部分）と自分自身に一線を画し、一見批判するそぶりを見せる。しかしながら、以下に見るように、根本のところでは当時のステレオタイプとしての女性のイメージを脱却してはおらず、女性の位置を修正することは目指してはいない。

滑稽な女学者を作り出すのを恐れなければならないのは本当です。通常女性は男性よりもさらに弱くより好奇心の強い精神を持っていますから、我を忘れるかもしれない学業に女性を引き入れるのは適切ではありません。女性は国家を治めることも、戦争をすることも、司祭職に就くことにもならないのです。こうして女性たちは、政治、軍事術、法解釈、哲学、神学に属する、ある種の広範な知識なしにすますことができます。(…)女性の体は精神と同様、男性の体ほど強くもなければ頑丈でもありません。その代り、自然は女性に天賦のものとして、器用さ、清潔好き、節約を与え、家内での事に穏やかに専念できるようにしたのです。[14]

このように「滑稽な女学者を作り出すのを恐れなければならないのは本当です」と当時の通常の観念を踏襲し、女性は心身ともに男性よりも弱く、社会を担う責務を前提とした学業、すなわち「政治、軍事術、法解釈、哲学、神学に属する、ある種の広範な知識」は不要としつつも、フェヌロンは女子教育の必要性の主張を試みる。フェヌロンの考える女子教育の必要性の根拠は次のようなものである。彼は、社会は家庭の集合体であり、家庭を維持するのは女性であり、女性の教育不足は、家庭における無秩序の源、ひいては社会の無秩序の源であると説く。

歴史が私たちに示しています、どんな陰謀が、どんな法と風紀の転倒が、どんな血みどろの戦争が、どんな反宗教的な新奇なものが、どんな国家への動乱が、女性の逸脱によって引き起こされたか！　それが若い女性たちをきちんと教育する必要性を示しているのです[15]。

では、フェヌロンはどのような女子教育を提案しているのだろうか。彼は、以下に見るように、女子教育を家庭の運営と子供の教育（しつけ）に必要な実際的な教育に限定する。

それでは女性に教育するべき事柄の詳細に入りましょう。女性の仕事とは何でしょうか。女性は、子供たちの教育を、男の子についてはしかるべき年齢まで、女の子については結婚するか修道女になるまで担い、また、使用人の監督、品行や奉公について、支出の詳細について、節約しつつも恥ずかしくないやり方ですべてする方法について、普段でも、小作契約をし、収入を受け取る手段について担っています。女性の学問は男性の学問と同様、彼女たちの役割に応じて教育されるだけに留まらねばなりません。男女の仕事の差異が男女の学業の差異を作り出すことになるのです。したがって女性の教育は今述べた事柄に限定しなければなりません[16]。

以上のように、フェヌロンは子どもの養育と家庭の運営という「女性の義務」をかなり具体的に設定し、それに必要な事柄に限定された教育を女子教育として提案している。

フェヌロンはまた、小説の読書についても論を展開している。

しっかりと教育され真面目な事柄に専念している女性たちは通常ほどほどの好奇心しか持っていません。彼女たちが知っていることによって、彼女たちが知らない多くの事柄を軽蔑するようになるのです（…）。反対に、教育が行き届かず不勉強な娘たちは、常に落ち着かない想像力を持っているのです。堅固な糧がないため、彼女たちの想像力は空虚で危険な対象に熱心に向かいます。才気のある娘たちは、しばしば才女ぶって、虚栄心を養うかもしれぬあらゆる書物を読むのです。彼女たちは、小説、演劇、空想的冒険物語といった、世俗的愛が混じったものに熱中します。[17]

このように、フェヌロンにあっては、「好奇心」と「想像力」とは近接した概念であり、それは容易に「才気」と結びつき、小説を読むという危険な行為へと向かわせることになると、警鐘を鳴らしている。小説の読書は虚栄心を養い、世俗的愛に接近させるという点で危険だというのである。

以上、フェヌロンの『女子教育論』から、女子教育の現状及びその重要性と根拠、教育内容の基本、小説の読書への評価を取り上げ概括した。サロンの才女たちが脚光を浴びていたとはいえ、それはごく一握りの存在であり、多くの女性たちは、貴族階級も含め、満足な教育を受けてはいなかった。彼の説く女子教育は上流階級のものに限定され、また、女子教育によって社会を改良するというよりは教育不足による悪しき事態を避けることに力点が置かれてはいるが、読み書きも満足にできない者が少なからずいたなかでの、女子教育の必要性を説くフェヌロンの功績は小さくはないだろう。

このように、女性の識字率の低さを背景に、一握りの「才女」は揶揄され、女子教育の必要性の主張が少しずつ出始めたというのが、十八世紀初頭フランスの現実であった。しかしながら、小説においては、多くの読書する女性が登場し、「字を読めない女性」はまるで存在しないがごとくである[18]。現実と虚構との乖離は珍しいものではないが、この乖離の意味を考える手立ての一つとして、以下、十八世紀前半の代表的文芸サロンの主催者ランベール夫人のエッセーを中心に、当時の女子教育および女性と小説をめぐる状況を考察してみたい。

2　文芸サロンの主催者ランベール夫人と、息子と娘に与える母の意見

①訴訟からサロンまで

ランベール侯爵夫人は、十八世紀前半のパリで最も著名なサロンの主催者として知られている。貴族、大ブルジョワ、知識人を迎えるサロンを維持するには、知性と社交性と同時に経済力も必要となる。アカデミー・フランセーズの会員選出にも大きな影響を与えたと言われるサロンを主催したランベール夫人であるが、パリ随一のサロンの女主人となるまでの彼女は、順風満帆とは言い難い人生を送ってきた。ここで簡潔に彼女の人生を振り返ってみよう。一六四七年、アンヌ・テレーズ・マルグナ・ド・クルセル（のちのランベール夫人）は、トロワの新興貴族の父エティエンヌ・マルグナ・ド・クルセルと、パリの富裕なブルジョワジー出身の母モニク・パサールの間に生まれる。しかし父は彼女

が三歳になる前に死んでしまう。アンヌ・テレーズは、三人の姉妹とともに修道院で育つが、修道誓願はせず、すでにバショーモンと秘密裡に再婚していた母のもとへ赴く。文人でもあったバショーモンは彼女の才気にいち早く気づき、読書の手ほどきをすることになる。一六六六年、十八歳でアンヌ・テレーズは軍人でもある貴族アンリ・ド・ランベールと結婚する。二人はアンヌ・テレーズの両親（母と義父バショーモン）の住居に同居するが、一六八〇年、財産をめぐる紛争がもとで別居することとなる。この紛争は、アンヌ・テレーズの父方の遺産を、母が再婚した夫バショーモンに贈与したことから起こったもので、実の母娘の間で訴訟となり、長期間にわたって続く。一六八四年、夫アンリは五十一歳で急死する。ほどなく十一歳の娘もなくし、以後、ランベール夫人は二人の子供をかかえ、十分とは言えない年金で生計を立てながら、訴訟を続けるのである。訴訟が終結し、ランベール夫人がまとまった財産を手中にしたのは、一六九二年（母の死亡）から一六九八年（この年、彼女はリシュリュー通りのネヴェール館に住居を定める）の間とされている。こうして、やっと時間的経済的ゆとりを手にいれ、さまざまなエッセーを書き始める。『息子に与える母の意見』は一六九八年ごろに書き始めたと推測されている。夫人は九〇年代にすでにリシュリュー通りでサロンを開いていた。経済力を得た夫人が同じリシュリュー通りにあるネヴェール館を買い取り、豪華なしつらいのもと、文学サロンを開いたとき、すでに彼女は五十歳を過ぎていた。一六九八年に開かれたこのサロンは、一七一〇年以降夫人の亡くなる一七三三年まで、二〇年間パリの最も著名な文学サロンとなったのである[19]。

ランベール夫人の著作集の校訂者ロベール・グランドルトは、以下のように述べている。ランベール夫人は今日もっぱらサロンの主催者としてのみ知られ、その著作が興味深く魅力にあふれているにも拘らず、十分に知られているとは言い難い。したがって、彼女の著作は十八世紀、十九世紀における成功と比べて、等閑にされた状態にある。たしかに彼女の著作はその多くを他の作家・哲学者に負っており、とりわけ影響が顕著であるものに限定しても、ギリシア・ローマ古典のプラトン、プルタルコス、マルクス・アウレリウス、キケロから、彼女と同時代のフェヌロン、フォントネルまでと数多い。とはいえ、ランベール夫人の著作は堅固で深い統一性を示している、と。[20] つまり、ランベール夫人の著作研究は、作品本来の価値に比して十分とは言えず、むしろ今後の成果が期待される分野のように思われる。

②『息子と娘に与える母の意見』作品成立の背景・出版の経緯

まず、このエッセー執筆の時期については、作品中の時代に関連した記述や、手紙の記述から一六九八年以前と類推される。出版は執筆のおよそ三〇年後の一七二六年だが、グランドルトは「*Mémoires de Trévoux*（メモワール・ド・トレヴー）誌は一七二八年四月に『二〇年以上前から原稿は手から手へと流通していた』ことを指摘している」（*Œuvres*, p. 35）と述べている。また、ランベール夫人はのちにパリ一のサロンとなる自分のサロンでこの教育論を朗読していた。さらに、彼女の原稿のコピーも流通していた。したがって、出版される前から、限定された人々の間のみとはいえ、二つの教育論は「知る人ぞ知る」存在であったといえる。このような状況で、一七二六年、異なったタイトルで、不完全なコピーをもとにし、著者名もなく、著者の同意もなしに、ランベール夫人の著作は出版される。『息子と娘に与える母の意見』のタイトルで出版されるのは一七二八年のことであるが、このときもランベール夫人の同意はなかった。今日的な著作権の見地からいえば論外の事態であるが、この時代にあってはさほど珍しいことではない。著者に無断の続編執筆・出版など、枚挙にいとまがない。たとえばマリヴォーの『マリアンヌの生涯』（一七三一―四二）のような人気作には、海賊版や、著者本人の執筆によらない複数の続編出版があった。また、十九世紀になってもなお、バルザックのように作家の無権利状態を嘆きそのために活動する者がいた。[21] ランベール夫人のこの著作も、その後もさまざまな版が出されることとなった。著者の意向を無視しての重版は、むろん今日のような著作権概念が存在しなかったからであるが、このように多くの版が重ねられたのは、ランベール夫人の著作が読者から高い評価を受けたからにほかならないとも言えるだろう。当時の批評紙――*Bibliothèque française*（ビブリオテック・フランセーズ）、*Journal de Trévoux*（ジュルナル・ド・トレヴー）、*Journal des Savants*（ジュルナル・デ・サヴァン）など――もおおむね好意的であった。また、国内のみならず、英・伊・独・西語に翻訳され、各国で評判となった。さらには数多くの模倣作品も出回ることとなる。十八世紀末の著作においても、この教育論は言及され、賞賛され、まさに世紀全体を通じて、教育論として無視できない作品とみなされていたことが窺われるのである。[22]

3 「息子」と「娘」の教育を分けるのは何か

①教育の共通点

ここで、『息子に与える母の意見』と『娘に与える母の意見』を比較検討し、息子と娘の教育への、ランベール夫人の考え方の違いを見てみたい。

まず、差異の検討に入る前に、両者に共通すると思われるものを挙げたい。両著ともに「美徳」**vertu** という語が四〇回以上登場し、ランベール夫人が子どもの教育において徳育を重視していることは明白である。さらに、道徳の根本的な原則については多くの共通点が認められるように思われる。例えば、美徳の判断基準を他者ではなく自己に置くべきだと、ランベール夫人は『息子に与える母の意見』『娘に与える母の意見』いずれにおいても述べている。

> 自分を恐れ、自分を敬うことを覚えなさい。幸福の基礎は魂の平和と良心の内に秘めた証言の中にあるのです。
>
> (『息子に与える母の意見』、*Œuvres*, p. 74)

> ですから自分を恐れ、自分自身を敬うことを覚えなさい。自分の繊細さがあなた自身の検閲者となるように。
>
> (『娘に与える母の意見』、*Œuvres*, p. 109)

幸福になるためには、健全に考えねばなりません。宗教に関係する場合には、周囲の意見を尊重しなければなりませんが、道徳と人生の幸福と呼ばれるものについては人々と考えを同一にすべきではありません。（…）美徳の報いはすべてが名声の中にあるのではありません。それはあなた自身の良心の証言の中にあるのです。

（『娘に与える母の意見』、*Œuvres*, p. 115）

上記の引用からは、ランベール夫人が、男女を問わず幸福や美徳の判断基準は自分自身の内心にあると考えていたことが読み取れる。そして、彼女は、「息子よ、自分の境遇に満足しなければなりません。」（『息子に与える母の意見』、*Œuvres*, p. 75）、「自分の境遇をわきまえて幸福になることを考えなさい。」（『娘に与える母の意見』、*Œuvres*, p. 109）と、幸福となるために自身の立場、境遇に満足するよう、やはり二つの教育論で共通して説いている。

さらに、美徳を構成するものとして、真実、誠実、名誉を重んじていることが以下からは読み取れる。

正直な人たちが知らない悪徳があります。誠実、約束を守る忠実、真実への愛、こうしたことすべてについてあなたにお教えすることは何もないと思っています。真の教養人（オネットム）は嘘を知らないとあなたは知っていますから。

（『息子に与える母の意見』、*Œuvres*, p. 57）

真実を敬いなさい、重要ではない事柄においてさえも。真実を傷つけることほど軽蔑すべきことは何もないのですから。

(『娘に与える母の意見』、*Œuvres*, p. 129)

また、財産や富を重要視すべきではないとの指摘も、以下のように繰り返し共通して登場する。

大貴族の欠点を見てあなたが追随することのないよう、他山の石とするように。彼らが自分たちの財に為している悪用があなたに財産を軽蔑させ、自分を律することを教えますよう。美徳はお金を使わせません。

(『息子に与える母の意見』、*Œuvres*, p. 55)

財産が美徳をもたらしたことはありませんが、美徳はしばしば財産をもたらしました。(同頁)

守銭奴は貧乏な者よりも苦しんでいます。財産への愛はあらゆる悪徳の始まりなのです、無欲があらゆる美徳の原則であるように。幸福の順番で、財産は一位に値するどころではありません。財産はたいていの人々にとって欲望の第一の対象ではありますけれど、美徳、栄光、名声の方が財産の贈り物よりも確かに優っています。

(『息子に与える母の意見』、*Œuvres*, p. 68)

欲望を落ち着かせるためには、自分の外側には堅固で永続的な幸福は見つからないだろうと考えることです。名誉と財産は長くは感じられません。名誉と財産の所有は新たな欲望を生み出すのです。快楽は慣れ親しむうちに消え去るものです。

(『娘に与える母の意見』、*Œuvres*, p. 97)

上記の引用箇所からは、ランベール夫人にとって第一義的な価値観は美徳と幸福であり、彼女が財産は美徳とは両立しがたく、かつ永続的な幸福をもたらしにくいと考えていることが読み取れる。以上見てきたように、美徳や幸福の概念、自律的な判断の重視、富や財産の軽視といった道徳観念の原則については、ランベール夫人は息子と娘、すなわち男女の区別を設けてはいない。では、息子と娘の教育の相違点はどこにあるのだろうか。

②相違点

まず、美徳の内実をいくつかのキーワードをもとに検討してみたい。『息子に与える母の意見』においてのみ登場する言葉「職業」profession を取り上げよう。この言葉は一〇回登場し、以下のように、軍人であった夫(及びその父祖)を、息子に規範として提示し、道徳と関連付けて説かれる際に用いられることが多い。が、対照的に、『娘に与える母の意見』では、「職業」という言葉は登場しない。

息子よ、他の方々がそうなると保証している者におなりなさい。あなたのお手本はあなたの家の中にいるのですから。あなたの父祖はあらゆる美徳を自分の職業の美徳と一体化させることができました。（…）あなたの父祖の功績はあなたの栄光を引き立たせることでしょうし、もしあなたが堕落すれば、それはあなたの恥となるでしょう。父祖はあなたの美徳とあなたの欠点を照らし出すのです。

（『息子に与える母の意見』、*Œuvres*, p. 46）

また、「職業」は道徳的価値の中でもとりわけ「栄光・名誉」gloire や「勇気」valeur という語と関連付けて用いられている。ここには、軍人の職務に就いていたランベール夫人の夫の家系を模範とする道徳的価値が反映されていると考えられる。

栄光には多くの種類があります。職業によって栄光も様々ですが、息子よ、あなたの職業においては、勇気が先立つ栄光が要求されます。それは英雄の栄光であり、最も輝かしいものです。

（『息子に与える母の意見』、*Œuvres*, p. 44）

このように軍人という職務に要求される美徳として勇気を称揚し、それに伴う栄光、名誉を掲げている。こうした「栄光」gloire、「勇気」valeur は『娘に与える母の意見』では登場の機会は少ない。次に、『娘に与える母の意見』独自の徳育上の価値観、「繊細さ」délicatesse を見ていこう。「繊細さ」は『娘に与える母の意見』に頻出する言葉であり、女性の性質を肯定的に評価する文脈で用いられていることが多い。また、「世間」「社会」「人々」「社交界」を意味する**monde**が『息子に与える母の意見』よりも遥かに多数登場してくる。すでに述べたように、ランベール夫人の道徳的価値においては、自律的な判断が重視されているが、それは、以下に見るように、他者の存在を無視し、不要とすることを意味してはいない。

> 人間から遠ざかれば、社会に必要な美徳からも遠ざかります。なぜなら一人でいるときには、自分に注意を払わないからです。人々がいるから自分の言動に注意を払わざるを得ないのです。(…)礼儀作法とは、ともに生きざるを得ない人々に気に入られたい気持ち、皆が私たちに満足するようにしたい気持ちなのです。
>
> (『息子に与える母の意見』、*Œuvres*, p. 62)

上記に見るように『息子に与える母の意見』においても、周囲の人間に「気に入られる」ことが推奨されているが、『娘に与える母の意見』では、より一層「気に入られる」ことの重要性が説かれている。他者である「世間」「社会」「人々」「社交界」**monde**のまなざしに敏感であるような感受性を育むことが強調されているのである。

> あなたが義務として負う務めを果たすためには世間の人々の目を逃れれば十分であると思うことに慣れてはなりません。
>
> (『娘に与える母の意見』、*Œuvres*, p. 99)

才能も装いもなおざりにしてはなりません、というのは、女性は気に入られるよう運命づけられているのですから。
（『娘に与える母の意見』、*Œuvres*, p. 103）

では、「繊細さ」délicatesse はどのような文脈で登場するのだろうか。この言葉は、『息子に与える母の意見』で三回、『娘に与える母の意見』で八回現れる。

最高の教養人（オネットム）とは社会の義務をより正確に順守する人です。名誉や繊細さをより持ち合わせるにつれて、人々は社会の義務を増やしていきます。
（『息子に与える母の意見』、*Œuvres*, p. 56）

友情の義務についてあなたに教えるのはあなたの繊細さに委ねます。
（『息子に与える母の意見』、*Œuvres*, p. 61）

ここでは、「繊細さ」は、「名誉」と対で用いられ社会的義務と関連付けて述べられたり、あるいは友情の義務と関連付けられたりと、他者と交わる際に必要な感性として位置づけられている。『息子に与える母の意見』における三つめの「繊細さ」は以下のように、むしろ女性の男性への貢献を示す文脈で登場する。

女性たちのおかげで、品性の穏やかさ、感情の繊細さ、精神と物腰のあの洗練された優雅さとを人は得ているのです。

(『息子に与える母の意見』、*Œuvres*, p. 63)

ここでは「繊細さ」は女性の貢献によって男性が獲得しうるものとされている。したがって、ランベール夫人の論においては、「繊細さ」は女性の性質であることが前提となっていると言えるだろう。では、『娘に与える母の意見』では、「繊細さ」はどのように記述されているだろうか。

できる限り、保つべき品行の意識を手に入れなさい。したがって名誉を叶えてくれそうなものを鍛えなさい、そしてあなたの繊細さによってそれが細かいところまで行き渡るように。

(『娘に与える母の意見』、*Œuvres*, pp. 98-99)

もしあなたが評判に敏感で傷つきやすいのなら、もし肝要な美徳について攻撃されるのを恐れているのなら、あなたの恐れを静め、あなたの繊細さを満足させる確かな方法があります。それは美徳の持ち主になることです。

(『娘に与える母の意見』、*Œuvres*, p. 100)

上記の二つの「繊細さ」は、いずれも名誉に関わる品行、評判に関わる「肝要な美徳」と、貞節を問題にしている文脈で用いられている。ランベール夫人は、貞節を繊細な判断力で保持していくことを求めているのである。

また、貞節のみならず、自律的な判断の育成や信頼関係の構築にも「繊細さ」が必要だと彼女は主張している。

> ですから自分を恐れ、自分自身を敬うことを覚えなさい。自分の繊細さがあなた自身の検閲者となるように。
> （『娘に与える母の意見』、*Œuvres*, p. 109）

> 約束を決して違えてはなりません。しかし自分の約束を完全に信用してもらうには、それを守る極度の繊細さが必要なことを忘れないように。
> （『娘に与える母の意見』、*Œuvres*, p. 129）

上記では、ランベール夫人は、自分を律するのは自身の繊細さであり、自身の言葉を守るのも「繊細さ」によってなのだと述べている。

さらに、『息子に与える母の意見』では「繊細さ」は他者との関わりの中で述べられていたが、『娘に与える母の意見』でも、以下の部分はそうだと言えるだろう。

> 最も粗野な時代には、美徳がより支配していたのですが、人は礼儀をそれほど知りませんでし

た。礼儀は逸楽とともに登場したのです。それは奢侈と繊細さとの娘なのです。

（『娘に与える母の意見』、*Œuvres*, p. 130）

礼儀には多くの段階があります。あなたは精神の繊細さに応じてより洗練された礼儀を身につけることになります。そしてその礼儀はあなたの物腰のすべてに、あなたの言葉に、あなたの沈黙にさえも入り込みます。（…）物腰を洗練させるには人々さえいればよいでしょう。ですが礼儀を精神にまで到達させるには多くの繊細さが必要です。

（『娘に与える母の意見』、*Œuvres*, p. 131）

いずれの「繊細さ」も「礼儀」politesseという他者との関わり抜きには語れない文脈で登場している。「礼儀」は「繊細さ」から生まれ、「礼儀」を洗練させるにも「繊細さ」が必要となると言う。以上の「繊細さ」は基本的に良い意味で用いられ、「繊細さ」には多くの価値が付与されているが、以下は悪い意味での「繊細さ」である。

良い趣味は過度の繊細さを退けます。それは些細な事柄は些細なこととして取り扱い、かかずらうことはないのです。

（『娘に与える母の意見』、*Œuvres*, p. 104）

もちろんこの「繊細さ」には「過度の」excessiveという形容詞が付与され、良き趣味によって過剰な繊細さを遠ざけるようにと戒めている。したがって、全体の論調においては、「繊細さ」は重要視されていると言えるだろう。

以上のように、二つの教育論ではともに徳育に比重があり、共通する部分も多いが、『息子に与える母の意見』では職業・栄光に、『娘に与える母の意見』においては感受性、気に入られることへの配慮にそれぞれの独自性が見られる。

では、両著における知育を検討してみよう。注目すべきは、『娘に与える母の意見』の方が『息子に与える母の意見』よりも、知育の記述に関して分量も多くより詳細であることだ。知育については、後者では、歴史についてのみ言及されている。

> 通常の読書は歴史でなければなりません。しかしそれに考察を付け加えねばなりません。（…）歴史はあなたに自分の職について教えてくれるでしょう。そしてそこから自分の職業にふさわしい有用性を引き出したあとにも、あなたにとってはより重要な善い行いをするという道徳的効用があるのです。
>
> （『息子に与える母の意見』、*Œuvres*, p. 71）

歴史を学ぶことはまず息子の「職業」にとって有用性があり、さらに、道徳的効用もあると述べられている。しかしただ受動的に読むのではなく、自分自身の考察を加え、自律的な判断ができるようにすべきとしている。歴史の読書の推奨以外には、知育に関わる忠告は述べられておらず、『息子に与える母の意見』における知育の記述は非常にあっさりとしたものと言わざるを得ない。

一方、『娘に与える母の意見』では知育について、取り組むべき教科が、それぞれに根拠ととりくみの度合とに言及しながら、『息子に与える母の意見』よりも明らかに詳しく述べられている。以下に検討したい。

まず、ランベール夫人は知育に言及するにあたって次のように「好奇心」を擁護している。

> あなたの中の好奇心を消さないでください。ただそれを導き適切な対象を与えねばなりません。好奇心は知識の始まりであり、知識の始まりによってあなたは真実の道をより遠くより速く行くことができます。それは教養に向かっていく自然の傾きなのです。それを無為や無気力によって止めてはなりません。
>
> （『娘に与える母の意見』、*Œuvres*, p. 110）

女性の好奇心はフェヌロンを始めとして同時代の批判の対象であったが、ここでは「ただそれを導き適切な対象を与え」なければならないという条件付きながら、女性の知的好奇心をむしろ称揚しているのが印象的である。

次に、具体的には女性たちは何を学ぶべきとしているのか見てみよう。

> 若い女性たちがしっかりとした学問に専念するのは良いことです。ギリシア・ローマ史は、そ

こに偉大な行為を見て魂を高め、勇気を養うことができます。フランス史は知らねばなりません。自国の歴史に無知であることは許されませんから。私は哲学を少し学ぶことをも非難は致しません、とりわけ新哲学〔デカルト哲学〕を、もしその能力があるならば。哲学は精神を明晰にし、思考を解きほぐし、的確に考えるすべを教えてくれるからです。私は倫理学も望みたいのです。キケロやプリニウスなどの著書を読むことによって、美徳への趣味を抱くことができます。

（『娘に与える母の意見』、*Œuvres*, p. 111）

冒頭で「しっかりとした学問」を学ぶことを勧め、ギリシア・ローマ史と自国の歴史、留保付きながら哲学、さらに倫理学を挙げている。

その根拠として、「魂を高め」「勇気を養う」「精神を明晰にし」「美徳への趣味を抱く」と、いずれも徳育への奉仕となると説かれている。やはり教育の根本に徳を置いていると推測される。歴史の学習はフェヌロンの『女子教育論』でも同様に述べられていたが、特筆すべきは、フェヌロンが禁じた哲学の学習を、控えめながら推奨していることである。ランベール夫人は「もしその能力があるならば」と条件を付けてはいるが、若い女性が哲学を学ぶ意義を、女性自身の精神を鍛え明晰化するものと考え、女性への哲学教育を実質的には推奨している。ランベール夫人の女子教育観は、女性の原罪を重要視する宗教的罪悪観から解放され、女性の社会的位置の厳しさを冷静に認識しつつも、女性の幸福を追求しようとするものである。このような女子教育観は、女性自身による女子教育論であることから由来する特徴とも言いうるのではないだろうか。ここでは、男性の妻であり、子どもの母であるという、性から由来する役割を全うするために女性に施すべき教育という前提からの脱却が試みられているのである。逆に、フェヌロンにおける女子教育論は、あくまでも性による役割を大前提として、女子教育を読み書きと計算という家政運営のための実践的教育に限定していると言えよう。[23]

さらに言語については以下のようにラテン語を勧めている。

言語については、女性は自国の言語を話すことで満足するべきではありますけれど、ラテン語に抱くかもしれない好みに反対はしないでしょう。ラテン語は教会の言語です。またこの言語はあなたにあらゆる学問の門戸を開きます。さらにこの言語のおかげであらゆる時代の最上のものを携えて社交界に入ることができます。（同頁）

あらゆる時代のあらゆる学問の門戸を開く鍵となる言語である点から、ランベール夫人は若い女性たちにラテン語を勧めている。したがって、彼女が女性たちの多様な学問への接近を想定していることがくみ取れる。

では、文芸に対して夫人はどのような態度をとっているだろうか。

詩には差し障りがあり得ます。しかしながらコルネイユの見事な悲劇の読書を禁止するのは難しいものがあるでしょう。そしてしばしば最良のものは美徳の教訓を与えてくれますし、悪徳についての印象を残すものです。（同頁）

文芸についても支障があり得ると留保付きながら、コルネイユの悲劇については道徳的価値を認めていると言えるだろう。

以上が、知育に関して夫人の推奨あるいは認可している事柄である。『息子に与える母の意見』では、知育に関して歴史の読書を勧めていたが、とりわけて禁止事項はなかった。しかしながら、『娘に与える母の意見』では、上記の推奨事項に加えて禁止事項が述べられている。たとえばラテン語を勧めた直後、夫人は以下のように続ける。

女性たちはとかくイタリア語を学びがちですが、イタリア語は私には危険に見えます。それは愛の言語なのですから。イタリアの著者たちは文章があまり練られていません。彼らの著作は、言葉遊びや、的確に判断できる精神の対極にある規律のない想像力で満ちています。（同頁）

また、コルネイユの悲劇の読書を勧めたあとには次の段落が続く。

小説の読書はもっと危険です。私は小説の読書からすばらしい効用を引き出してもらいたくなどありません。小説は精神に虚偽を持ち込みます。小説は、決して真実から採られず、想像力をかきたて、慎みを弱め、心に無秩序を持ち込みます。（…）愛の魅力も幻想も増やしてはなりません。愛は穏やかであればあるほど、はにかんでいればいるほど、さらに危険になるのです。

（『娘に与える母の意見』、*Œuvres*, p. 112）

イタリア語と小説の読書は、ともに危険とされており、その根拠としては、その双方が想像力を刺激し、女性を愛へと導くものだからというのである。このような考え方はフェヌロンと共通するものであり、同時代のごく一般的な常識、つまり凡庸といってもよい意見である。しかしフェヌロンが女性には必要ないとした哲学もまた学ぶべきと述べているのは、この時代にあっては、ランベール夫人の斬新さを示すものと言っていいだろう。

また、『息子に与える母の意見』には存在せず、『娘に与える母の意見』に固有な話題として、「老い」への言及が挙げられる。

若いうちに、きちんとした評判を得て、信用を高め、身辺を整理しなさい。（…）もっと年をとると、何も援助されないのです。つまり、あなたの内にはもはや、すべてに放たれる人を引き付けるあの魅力がないのですから。あなたにはもう理性と真実しかありませんが、そうしたものは通常多くの人々を支配するものではありません。

（『娘に与える母の意見』、*Œuvres*, p. 108）

『息子に与える母の意見』には老いへの言及が殆どなく、上記の老いについての引用部分は知育論の直前に位置しているがゆえに、ここには「老い」と女子教育、とくに知育との深いつながりが認められるのである。老いて、若さと美という「魅力」による「君臨」がなくなり、「理性と真実」しかなくなったときに備えられるよう学びなさいとランベール夫人は諭している。

4　女性の老年と小説の読書

①『老年論[24]』

ランベール夫人は、『老年論』冒頭で以下のように執筆の動機を述べている。彼女は、キケロの『老年について』（紀元前四四）は男性のための老年論であり、女性に向けた老年論は存在していないというのである。

男性には、理性を高め、人生のあらゆる時期における幸福の糧となる学問を学ばせるために必要なすべての手助けが与えられています。キケロは『老年について』を書き、男性たちが、あらゆることが私たちから離れていく年代を利用することができるようにしました。人が動くのは男性たちのためだけなのです。そして、女性たちについては、あらゆる年代を通じて、本人たちに任せきりなのです。

（『老年論』、*Œuvres*, p. 181）

このように、彼女は、男性のための老年論は書かれているが、女性のためのものはない、だから自分が書くと宣言するのである。したがって、もっぱら女性にとっての老いが取り上げられることとなる。夫人は、女性にとって老いによるダメージは男性よりも大きいと述べる。その理由としては、若い時期の教育において、女性は男性よりもなおざりにされること、また、女性の美点が外見に依拠していることが挙げられている。

みな年齢が進むにつれて何かを失いますが、とくに女性は男性よりもそうなのです。女性たちの価値全体が外的な魅力にあり、時がそうした外的な魅力を破壊するために、女性たちはまさになにもかも奪われたと感ずるのです。なぜなら美よりも長持ちする価値を持った女性はほとんどいないからです。

（『老年論』、*Œuvres*, p. 181）

このように女性は男性より老いによって多くを失うと述べられているが、さらに、ランベール夫人は、女性の性格によって老いによる喪失が相違すると言う。彼女は女性を二つのタイプ、恋多き女 galante と貞潔な女 vertueuse とに分け、老年期には「恋多き女」の方が失うものがより多いとしている（『老年論』、*Œuvres*, pp. 182-183）。

したがって、この『老年論』では、恋多き女性にならずに、いかに老後に備えるべきかが、女性を対象に——直接的には自分自身の娘に——語られることとなる。『娘に与える母の意見』において語られた小説の読書の危険性は、こうした部分に関連しているだろう。想像力・感受性の刺激が、恋多き性格を形成することになるのを、ランベール夫人は警戒しているように思われる。それゆえ、老後に備えて知をたくわえ、賢明に処すべき若い時代に、感情に訴える小説を読むのは危険すぎるということになるのである。

ランベール夫人における、galante な女性になることへのこのような強度の警戒心の由来を、サント＝ブーヴは彼女の生い立ちによって説明している。コケットな母親の娘が、母親を反面教師としてむしろ美徳を強調するようになったのだ、と。[25] だが彼女の個人史に由来するものだけでなく、同時に、十八世紀初頭の貴族社会における支配的理念・思潮への、ランベール夫人の、女性の社会的地位を冷静に見据えた上での現実的な配慮もくみ取ることができるだろう。女性を弁別する指標として恋愛に関する親和性の有無を置くことが、少なくとも夫人が所属する社会階層において、共通認識として受け止められるであろうことが予測されているのである。

②危険な「小説の読書」

フェヌロンの『女子教育論』においては、すでに検討したように、小説の読書は女子教育にとって好ましからざるものとして規定されている。また、前述したように、ランベール夫人の『娘に与える母の意見』においても、小説を読むことは危険なものであるとされており、この点については、彼女の小説の読書への考えは、フェヌロンと同様であり、この時代の伝統的観念の枠組みに留まっている。「女性が小説を読むこと」への危険視は、この時代の多くの人々に共有されるものであったと言えるだろう。しかし、その小説自身においては、登場する女性たちは、読書する女性たち、小説を読む女性たちである場合が多い。また、絵画においても、小説を読む女性が描かれたものが数多く存在するのはすでに第一章で見てきたとおりである。繰り返される「小説を読むことは危険」という警告と、小説の場面や絵画の題材とのギャップは、何を示すのだろうか。警告を無視して小説を読む女性がそれほどに多かったのだろうか。

もしあなたの想像力を調整し、美徳と理性に従わせることができるなら、それはあなたの完成と幸福にとって大きな前進となることでしょう。女性たちは、通常、自分の想像力に支配されています。というのは、女性たちは何も堅固なものに従事していないし、その後の人生において、自分たちの資産の運用も、財産の管理もしないので、自分たちの楽しみごとにのみ委ねられているのです。見世物、衣服、小説、感情、こういったものすべてが想像力の帝国に属するものです。(…)つまり、繊細で強烈な、あまりにも刺激された想像力ほど、幸福の対極にあるものはないのです。

(『娘に与える母の意見』、*Œuvres*, pp. 114-115)

上記の『娘に与える母の意見』の一節では、女性たちがややもすれば美徳と幸福の障壁となる想像力の虜となりがちであり、小説は想像力の領域にあると指摘されている。このエッセーはもちろん、『老年論』も、著者自身の娘に母親としてアドバイスするという形で論が進められている。したがって、二つのエッセーは、一般化すれば女性としての先輩である著者から若い女性へのメッセージとなるだろう。そして『老年論』で不幸な老年となると警告されている「恋多き女」への入り口の一つが、『娘に与える母の意見』で回避すべきとされた小説の読書による想像力の刺激であるなら、『娘に与える母の意見』における小説の読書の禁止は、必ずしも女性一般の小説の読書禁止とは言えない。というのは、次に検討するエッセーに見るように、小説の書き手としての女性を称揚していることからも、小説そのものをタブー視していたとは考えにくいからである。ある程度の人生経験を積んだ大人の女性ならばかまわないということなのだろう。

5 書く女性――「滑稽」への抗議

ランベール夫人は『女性についての新しい考察』（一七二七）[26]において、人々が小説の書き手である女性たちを滑稽だとして物笑いの種にすることに痛烈な抗議をしている。

しばらく前に、女性の手になる小説がいくつか現れましたが、その著作は本人たちと同様気持のよいものでしたし、このうえなくこれらの著作は賞賛されています。その美点を検討することなく、滑稽だと物笑いにしようとした者もいたのです。この滑稽というのは恐るべきものとなったので、人は不名誉よりも恐れています。(…)私たちはこの言葉を私たちの評価の主人であり審判のままにしておくのでしょうか? 私は滑稽とは何なのか尋ねます。というのも人はそれをまだ何も定義していないのですから。それはまさに恣意的であり、対象の具合よりも私たちの内なる具合により多く依存しているのです。

(『女性についての新しい考察』、*Œuvres*, p. 214)

滑稽とは何なのか、その定義も曖昧なままであるにもかかわらず、ひとたび「滑稽」の烙印が押されるや、そのレッテルを剝がすのは容易ではない。上記引用部分には、ひとが「滑稽」の烙印の前で判断停止状態に陥るさまへの、ランベール夫人の批判が読み取れる。本章で前述した十七世紀における才女への揶揄のまなざし、女学者 savante と滑稽 ridicule の関連付けはランベール夫人の時代にあっても顕著であり、それへの痛烈な抗議がここにはある。

また、モリエールの『学者きどりの女たち』への直接的な批判も述べられ、その怒りの激しさは校訂者グランドルトに「不当な非難だ」と註を付けさせるほどである。[27] しかし、十八世紀のプレッシューズ(サロンの才女)であるランベール夫人自身が、モリエールの喜劇は才女を滑稽なものとしておとしめていると感じ、怒りをもって次のように書いたのは事実なのである。

それ〔モリエールの『学者きどりの女たち』〕以来、女性がもっとも身を守らねばならない悪徳に結び付けられるのとほとんど同じ恥が、女性の知に結び付けられたのです。

(『女性についての新しい考察』、*Œuvres*, p. 215)

ここで言う悪徳とは、美徳すなわち貞節を等閑にすることと読み替えられるだろうが、ランベール夫人は、モリエールによって、女性が知を求めることがそうした悪徳と同等の恥ずべき行為として一般に認識されることになったと述べている。夫人は「わたくしは、あなた方男性の学者へのわたくしたちの性からの復讐を負って久しくなります。」とラ・モットへの手紙に一七二六年九月に書いているが、[28]まさに女学者 savantes から男性の学者 savants への復讐が、このエッセーでは試みられているのだろう。

十八世紀初頭の貴族女性であるランベール夫人が念頭に置いた女子教育の対象は、あくまでも自分と同じ世界の住人に限定され、社会階層を異にするものには差し向けられてはいない。とはいえ、彼女の想定する女子教育は、女性の知的可能性を広げ、生涯を自律して過ごせるように若い女性を導こうとする発想に基づいていると思われる。それゆえ若い時期の小説の読書を危険視したのだろう。堅固に自己を確立し、文才を磨き、そのうえで小説を執筆することは否定してはいないのだから。同時に、女性の知的活動を揶揄する社会的風潮に彼女は抗議しつつ、若い世代に対して、そうした風潮への現実的な対処を求めてもいるようである。

以上、十八世紀初頭フランスの代表的な文芸サロンの主催者、ランベール夫人のエッセーを中心に、女子教育を考察した。彼女にあっては、女性の老年への配慮から、女子教育が組み立てられ、ゆえに徳育を基本とした知育に重要性を置き、若い女性に対して感情と想像力に訴える小説の読書を禁じていると考えられる。

3 ルソーとラクロの女子教育論

1 ルソー『エミール』(一七六二)における女子教育論

①男性の伴侶としての女子教育

ルソーは『人間不平等起源論』(一七五五)・『社会契約論』(一七六二)を著した啓蒙思想家として、またロマン主義の先駆とも言われる『新エロイーズ』(一七六一)の作者として知られ、さらに、小説体の教育論『エミール』も世に問うている。その第五編のほとんどすべてが、エミールの伴侶となるべき女性ソフィの教育について述べるという形で、女子教育論に充てられている。当時としてはしごく当然であり、逆に今日見逃してしまいがちだが、女子教育は男子教育とまったく別物として想定されている。ソフィ（女性）は、何よりもまずエミール（男性）の配偶者として想定され、あたかも神がアダムにイヴを与えるように、家庭教師によってエミールに与えられる。したがって、彼女が受ける教育は、男性のよき伴侶となるための教育である。以下は、女性にふさわしい教養について述べた部分である。

抽象的、思索的な真理の探求、諸科学における原理、公理の探求、観念を一般化へと向かわせることはすべて、女性の領分ではない。なぜなら女性の勉強はすべて実用にむすびついていなければならないし、男性の発見した原理を適用するのが女性であり、また、男性を原理の確立に導く観察を行うのが女性なのだから。（*ROC.*, t. IV, p. 736）

男性であるエミールも、十二歳から十五歳までの教育においては、労働体験と技術の習得、すなわち実体験に重きが置かれ、読書にはあまり時間が割かれてはいない。むしろ、以下に見るように、『ロビンソン・クルーソー』以外の読書が禁じられている。

われわれには絶対に書物が必要だとすれば、私の考えでは、自然教育の最も優れた概論を提供するものが一つある。この書物は私のエミールが読む初めての書物になるだろう。そして、この本のみが、長い間彼の蔵書のすべてとなり、常にそこでの格別な地位を占めることになるだろう。(…)それではそのすばらしい本とは何か？　アリストテレスなのか、プリニウスなのか、ビュフォンなのか？　いや、『ロビンソン・クルーソー』なのだ。
(*ROC*., t. IV, pp. 454-455)

このように十五歳までエミールの読書は制限されるが、十五歳以降は、精神・道徳教育の一環として、家庭教師によって「実践哲学の講義」と形容されるプルタルコスなど、彼の読書には広がりが出てくる[29]。

しかしながら、女性であるソフィの場合、エミールに想定される発達段階に対応した読書とは異なり、すでに述べたように、彼女の読書は「すべて実用にむすびついていなければならない」のである。彼女の読書は、いわばエミールの十五歳段階で停止されていると言える。

また、次は、ソフィの教育について述べた部分である。

(…)彼女〔ソフィ〕の教育は輝かしいものではないが、なおざりにされているわけでもない。彼女には、学問はないが趣味があり、芸術は知らないが才能があり、知識はないが判断力がある。彼女の精神は何も知らないが、学ぶように育てられている。(…)彼女はバレームと、偶然手にはいった『テレマック』しか本を読んだことがない。(…)彼女は彼女の夫の、先生ではなく、弟子になるだろう。自分の趣味に夫を無理やり従わせようとするどころか、夫の趣味に合わせるだろう。彼女は女学者である場合より夫にとって値打ちがあるだろう。夫は彼女にすべてを教えるという喜びを持つことになるだろうから。

(*ROC.*, t. IV, pp. 769-770)

このように、ルソーは結婚する男女の文化的平等、すなわち、妻には夫につりあう教育が必要だとしてはいるが[30]、それは、夫＝教師と妻＝生徒としての固定的な役割の下の「文化的平等」であって、その逆はありえず、ときには役割が交換可能な「文化的平等」なのではない。ソフィはエミールの教師にはなりえないのである。したがって、「女学者」savante はここでも、否定的な女性の性質を示す言葉として用いられている。

②エミールとソフィの関係

エミールとソフィとはその恋愛の過程において、ルソー的な「文化的平等」を体現し、まさにエミールが教師となり、ソフィが生徒となっていく。

こうして彼は哲学、物理、数学、歴史、一言で言えば、すべてについて彼女に講義してやる。

(*ROC.*, t. IV, p. 791)

だがこの教師と生徒という関係は、ルソーにあって恋愛あるいは誘惑の特権的な場である。後に検討するように、すでに『新エロイーズ』で描かれていたこの教師と生徒の関係性は、『エミール』でも以下のように反復される。[31]

それにしても、この状況〔先生が生徒の前にひざまずく姿勢〕は、先生にとってよりも、生徒にとってはきまり悪くて、教育に最適ではない。そんなときには、生徒は、自分の目を追ってくる目を避けるにも目のやり場がないし、二人の目が合うと、全く授業はうまく進まなくなる。

(*ROC.*, t. IV, p. 791)

ソフィの読書は、バレームの著した家計入門の書『勘定の書』と、小説『テレマックの冒険』[32]という、限定されたものであるが、『テレマックの冒険』はエミールとソフィの恋愛の成立に決定的といってよい関与をしている。なぜなら、ソフィはエミールと出会う前に、『テレマックの冒険』の主人公に恋をするからである。

魅力的な理想像があまりにも前もって彼女〔ソフィ〕の魂に刻印されています。ソフィはその人しか愛することができませんし、その人しか幸福にできませんし、その人としか幸福になれないのです。(…)さあ、これがそれ〔原因〕です。彼女はそう言って、本をテーブルの上に投げ出す。母親はその本を取り上げて、開く。それは『テレマックの冒険』だった。(…)ソフィはテレマックを愛していたのだ、何をもってしても癒せないような情熱で愛していたのだ。

(*ROC.*, t. IV, pp. 761-762)

ソフィは、現実の中にフィクションの登場人物であるテレマックの似姿を求めていた。エミールとソフィの最初の出会いにおいて、ソフィの父親と、エミールの家庭教師とによって、エミールはテレマックに、ソフィはテレマックの恋人エウカリスになぞらえられる。こうして、彼女は最初の出会いですでに恋愛に方向付けられるのである。

家の主人は彼〔エミール〕にむかって言う。「あなたは感じのよい賢明な青年のようですね。わたしには、あなたがた、あなたの先生とあなたは、疲れて濡れた姿でカリュプソの島へやってきたテレマックとメントルのように思われますよ。」エミールは答える。「ほんとうにわたしたちはここでカリュプソのもてなしをみいだしているのです。」彼のメントルはつけくわえる。「エウカリスの魅力もです。」(…)若い女性〔ソフィ〕の方は、真っ赤になり、目を伏せて皿を見、息もできない。

(*ROC.*, t. IV, p. 775)

しかも二人が恋人同士になぞらえられたことは、『テレマックの冒険』を読んでいないエミールにはわからない。したがって、この段階で恋愛へと方向付けられたのは、ソフィだけであり、彼女の恋愛は、まさに読書を契機として生まれたと言える。
読書から生まれた恋は、前述したように、教師－生徒の関係として育まれ、やがて二人は一定期間の別離を余儀なくされる。別離に際して、二人は家庭教師の指示により、互いの本を交換する。ソフィはエミールに『テレマックの冒険』を、エミールはソフィに『スペクテーター』を渡すように、次のように指示される。

ある日私〔エミールの家庭教師〕はこう言う。「ソフィ、エミールと本を交換しなさい。テレマックに似ることを学ぶために、エミールにあなたの『テレマック』を渡しなさい。そして、エミールは、あなたが喜んで読むことになる『スペクテーター』をあなたに渡すように。その書物から、貞淑な妻の務めを学びなさい。そして、二年後にはそれがあなたの務めになることを考えなさい。」

(*ROC.*, t. IV, p. 825)

このような書物の交換は、一見お互いの知識を交換することになるように見受けられるが、二人にとってこの交換は非対称なものである。なぜなら「エミールは、ソフィの父と同様、オデュッセイアを読んだことがあるが、ソフィとその母は『テレマック』しか読んだことがない」からである。[33] つまり、エミールとソフィの父、男性たちは古典である『オデュッセイア』を読んだが、ソフィとその母、女性たちは、古典をもとにテレマコスの父探索の旅を教育小説化したフェヌロンの作品しか知らないのである。したがって、エミールとソフィの書物の交換は、二人の知の等価な交換とはなり得ない。以上見てきたように、ソフィの教育、読書は、エミールという恋愛・結婚の対象との関係性を抜きには語れないものである。

2 ラクロ『女子教育論』に見る女性の不幸と幸福

①『女子教育論』第一・第二エッセー

小説『危険な関係』(一七八二)で知られるラクロの『女子教育論』は、三篇のエッセーから成るが、緊密に連携した三部構成の論文集というようなものではない。第一エッセーは、一七八三年、『危険な関係』刊行の数カ月後に、シャロン＝シュール＝マルヌのアカデミーの論題「女子教育を改善する最良の方法はなにか」に応じて書かれたものである。しかし、これは未完に終わり、ほどなく、第一エッセーの論旨を引き継ぐ形で第二エッセーが書かれるが、これもまた完成することはなかった。第三エッセーは、一七九五年から一八〇二年にかけて執筆されたとされるが、十年を隔てているせいか、論旨に変化が見られる。(34)

まず、第一・第二エッセーを検討してみよう。ここでラクロは、ルソーの『人間不平等起源論』(一七五五)を下敷きとして、自然状態と社会状態を対比し、社会状態の女性にとって、教育は不幸のもとであり、したがって、女子教育はありえず、改善の方法もありえないと主張する。前記の問い「女子教育を改善する方法とはなにか」に対し、彼はこう述べる。

学者と賢人の一座によって、「女子教育を改善する方法とは何だろうか」を最も巧みに述べる者に、今日文芸の冠が授与される。大勢の雄弁家が進み出る。(…)私はこの尊敬すべき集まりにおいて、より考慮に値すべき真実に、まだ弱々しいが消えることのない声を捧げに来たのである。そしてその声を、不興を買う恐れも成功したいという希望も歪めることはないであろう。以上が本日私の負っている義務なのだ。この義務が私に課す第一の務めは、口当たりのよい誤りを辛い真実に置き換えることである。すなわち、あえて言おう、女子教育を改善する方法は何一つない、と。

(*LOC.*, p. 389)

「大改革」« une grande révolution » が起こるまでは、女性への教育は、かえってその女性を不幸にするだけだというのである。隷属状態にある女性たちが、なまじ教育を受けると、そこから抜け出そうと試みて、かえって危険な目にあうというのだ。ここには、本書で後述することになる『危険な関係』のメルトゥイユ夫人との関連が見出される。彼女は、女性を隷属状態に置く社会を策略によって支配すべく、自分自身を教育するからである。

第二エッセーでは、さらに社会状態にある両性の関係を戦争に喩え、以下のように叙述している。

（…）社会は暴君と奴隷しか作らない。（…）以上のことからさらに、両性の社会的結合においては、一般的により弱い女性たちが一般的に抑圧されることになったということが生じるのである。

（*LOC.*, p. 419）

そこで、女性たちは策略をもって男性たちとの戦いに勝利しようとするようになると言う。

女性たちは、自分たちの方が弱いのだから、自分たちの唯一の方策は魅惑することだと、感じるに至ったのである。女性たちは自分たちが力によって男性に依存しているとするならば、男性は快楽によって自分たちに依存するかもしれないと知ったのだ。男性たちより不幸な彼女たちは、彼らよりも先行してよくよく考えたにちがいない。

（*LOC.*, p. 421）

こうして女性は誘惑のテクニックによって男性を操作するようになるという。女性が男性を誘惑・籠絡の技術によって操作するという言説自体は、さほど目新しいものではないが、こうした言説がもっぱら女性嫌悪の文脈で語られることが多いのに対し、ラクロの場合は、それを男性よりも弱く不幸な女性のいわば唯一の武器として認め、非難の対象としていないのが、注目に値すると思われる。

このように見るならば、第一エッセーの前年に出版された『危険な関係』において、策略によって男性を操作し、男性との戦いに勝利しようとして破滅することになるメルトゥイユ夫人は、教育を受けたがゆえに社会においてかえって危険なめにあうという女性の典型とも言えるだろう。

②『女子教育論』第三エッセーと読書の効用

決して女性を非難の対象としてはいないとはいえ、悲観的な調子の否めない第一・第二エッセーと比較して、第三エッセーは若干トーンを異にする。むしろもっとも具体的に女子教育の中身に踏み込んだ内容となっており、そこでは読書と教育、読書の効用について明確に語られているのである。

読書は実際には教育の不十分さを補完する第二の教育である。(…)個人的な経験はしばしば高い代償を伴い、そしてつねに手遅れなのだ。したがって、他の者たちの経験を利用するのが有益である。書物の中にこそ、それは見出されるのだ。(*LOC.*, p. 434)

ラクロは、女性には理性と善良さと感じのよさとが必要だとし(*LOC.*, p. 435)、この三つの目的のためには、「モラリスト、歴史家、文学者によって供給される」(同頁)読書が必要だと述べる。また、彼はとくに小説の効用について以下のように述べている。

このような歴史の不十分さを補うのは小説であり、このような視点でこそ小説は大きな有用性を持ちうるのである。だがあらゆる点で選択は厳密でなければならない。この種の著作が才能、理性、あるいはモラルに欠けるのに応じて、いっそう趣味、精神、心を損なうことになるからだ。もしかすると、その見解を導くものがなければ、若い女性が危険なくして読書できるような著作はないかもしれない。一つだけ例として、傑作小説をあげよう。『クラリッサ』である。

(*LOC*., p. 440)

『クラリッサ』(一七四八)は、ヒロインであるクラリッサが親族からの迫害を背景に、悪徳貴族ラヴレイスに誘惑、誘拐、性関係を強要されるさまをつづった英国の作家サミュエル・リチャードソンの書簡体小説で、当時のベストセラーであり、プレヴォーの翻訳で早い時期にフランスで紹介され、大評判となった。クラリッサの「不用心」に何を読み取るかがまさに小説の危険性と有用性と言ってよいだろう。つまり、小説には危険性と有用性が並存しているというわけである。ラクロは演劇の有用性と有害性に関するルソーとダランベールの論争を援用しつつ以下のように述べている。

同じ考察が芝居にも適用される。J・J・ルソーは芝居の危険性を見、ダランベールは有用性を見た。そして二人とも相手と異なった視点でしか見なかったのだ。こうしたジャンルにおいてほとんどすべては巧みな導き手もしくは読書する人の精神次第である。もし二つの条件のうち一つが十分に満たされるなら、あまりにも慎みのない詳細を与え、自然の新鮮さよりもいっそう、青春の真の魅力をなすあの無垢な新鮮さを、いわばしおれさすような小説や演劇だけを女性から遠ざければよいのである。

(*LOC*., p. 440)

ラクロは、良い導き手が存在するかもしくは本人が理性的でありさえすれば、小説や演劇全体を禁止するのではなく、「あまりにも慎みのない詳細」を含み、若い女性の純真さに害となるようなもののみを除外すればいいと述べる。ラクロの独自性は、ある作品に有用性もしくは有害性を見出す契機として、一部の明らかに有害な「慎みのない」作品を除けば、作品それ自体ではなく読者の主体性に重きを置いた点にあるといえるだろう。すなわち、たとえば『クラリッサ』それ自体には、有用性も有害性もある。読書から有用性を引き出すかどうかは、導き手と読者次第だというのがラクロの立場と言える。しかもどちらか一方だけでも、すなわち読者側の条件だけでも可能だとした点が画期的である。

最後に、第三エッセーにおける、第一エッセーとまったく異なる視点をあげよう。

もし現在われわれが扱っている若い女性が、われわれが提案する作業に取り掛かる勇気があるならば、われわれが確かなこととして言えるのは、彼女はほかの大半の女性より学識を深めるだけでなく、より幸福になるだろうということなのである。

(*LOC*., p. 443)

ラクロは、彼の提唱する読書と、読書の導き手の存在があるなら、あるいは、導き手がいない場合は、読書内容を消化するための読書ノートに女性が取り組むなら、彼女は知性と幸福の双方を手にすると述べているのだ。女性が、導き手の存在がなくとも独力で、読書から幸福の糧となる知性を得ることが可能であるというラクロの主張は、当時にあっては斬新なものであったと考えられる。第一・第二エッセーの悲観的なトーンと趣を異にする第三エッセーにおける女性の知性への信頼を、サンドリーヌ・アラゴンは、一七八九年の革命前後の社会的変化、『危険な関係』を読んだ女性たちとの手紙のやり取りを通じての女性認識の深化、自身の娘の誕生による女性観の変化に由来すると指摘している[35]。

4　危険な小説の読書

以上、ランベール夫人、ルソー、ラクロの女子教育論を、小説の読書を切り口として考察してきた。小説の読書に肯定的（ラクロ、ただし条件付き）あるいは否定的（ランベール夫人・ルソー）いずれの態度をとるにせよ、小説の読書は、女子教育について語るときには必ず触れられていたと言えるだろう。それほど当時の女子教育において小説の読書は避けて通れない、いわば定番の問題だったと考えられる。

また、「女学者」savante「才女」précieuse「滑稽」ridicule といった語が、女子教育を考える際に反復されていたことも特筆に値すると思われる。これは十八世紀初頭のみならず、『エミール』第五編においてもこの三つの単語は、学識を鼻にかける女性がいかに妻としてふさわしくないかという文脈において、しばしば登場する。

> ソフィは才女でもなければ、滑稽でもなかった。
> (*ROC.*, t. IV, p. 761)

> したがって教育のある男が教育のない女を妻とすることも、ゆえに教育を受けられないような階級の女を妻とすることも、適当ではない。しかし、私は、単純な、粗雑に育てられた娘の方が、女学者で才気走っており、私の家に文学論議をしにやってきて、議論を仕切ってしまうような娘よりは、百倍ましだと思う。(…)外では、そういう女は常に滑稽であり、きわめて正当な裁きを受けている、(…)。
> (*ROC.*, t. IV, p. 768)

> 彼女〔ソフィ〕は女学者よりも彼〔エミール〕にとって良い妻となるだろう、彼は彼女にすべてを教えるという楽しみを得るだろうから。
> (*ROC.*, t. IV, p. 770)

女学者 savante であり才女 précieuse であることがいかに妻としてふさわしくないか、女子教育について語りつつも、才女であるよりは教育が粗雑である方がましと述べられているのである。ラクロは『女子教育論』第三エッセーの末尾で、知性を獲得した女性は、知性のみならず幸福をも手にすると述べた後、その女性はそうした知性を仲間内でしか見せないような謙譲的精神も獲得するだろうと締めくくる。[36]知性の見せびらかしは社交術的には要領が悪いことになるのだろう。場面に応じて賢明に身を処すべきだという忠告とも読めるが、私たちはラクロのエッセーに、世紀前半のランベール夫人に通じる、女性の社会的位置への冷静な認識を基にした現実的配慮を読み取らざるを得ない。女性が知性を獲得した場合には、慎重であらねばならないというわけである。

総じて教育論においては道徳的観点からの読書の危険性が指摘されていたと言えようが、十八世紀においては、教育論のみならず、医学的言説においても読書の危険性が指摘されていたことを付言しておきたい。医学的観点からは、女性のみが危険というわけではないが、読書の危険性は、女性が小説を読む場合、最も危険性が高いこととされた。[37]フーコーは『狂気の歴史』(一九六一)において、十八世紀の医学的言説における狂気と文明、感受性との関連付けを以下のように述べている。

感覚的逸脱は、幻想を育み、人工的に空虚な情念、最も有害な魂の動きをかきたてる劇場で追い求められる。(…)小説は逸脱した感受性にとってよりいっそう人工的でより有害な媒体を形成する。(…)小説はとりわけ感受性全体の堕落の媒体を形成する。小説は魂を感覚的なものにおける無媒介なものや自然なものから引き離して、非現実的であるだけになお激しく、自然の優しい法によって制御されていない感情の想像上の世界に引きずり込むのである。[38]

十八世紀の医学的言説においては、小説は道徳的、感覚的逸脱を引き起こし、こうした逸脱は狂気とほぼ等価で語られていた。小説外部の、知的権力を持った言説において、小説の読書は危険と言われていたのである。

では十八世紀の小説では、女性と知および感情はどのように描かれたのだろうか。女性の想像力を刺激し、女性を危険へと接近させる小説とは、どんな小説だろうか。私たちは、恋愛を扱った小説だと容易に推測できるだろう。女性を道徳的に危険に陥れる小説なのだと。

作家たちは小説の有害性あるいは有用性という、同時代において広く普及した認識をどのように受け止めていたのだろうか。彼らは、小説それ自体において、小説の有害性と有用性を意識していたのか、意識していたとすれば、どのように取り上げたのだろうか。次章では、それを取り扱うことになるだろう。

第三章

小説の有害性と効用

第二章で述べたように、十八世紀の女子教育論では、小説の読書は必ずと言ってよいほどその功罪とともに――ときにはその罪のみが――語られるものであった。このような文学の存在意義をめぐる言説が生まれる背景を理解するためには、前世紀における演劇への社会的評価を押さえておかねばならないだろう。十七世紀、文化・芸術を国家政策の一環と捉えたリシュリュー枢機卿、ルイ十四世という強力な後ろ盾もあり、演劇は黄金時代を迎えた。一方で、教会を中心に演劇への厳しい批判があり、演劇は不道徳で信仰に反するものと断罪された。こうした宗教界を中心とする批判に抗しての演劇人・作家の側の演劇擁護論の理論的根拠となったものは、演劇の道徳的効用、さらには信仰を称揚する手段ともなりうるという主張であった。すなわち演劇の有用性である[1]。たとえばジョルジュ・ド・スキュデリーは『演劇の擁護』（一六三九）の冒頭で、「厳しい検閲に値する劇詩もあれば、名誉ある認可に値するものもある[2]」と述べ、後者には教育的効果があるとしている。このように、有害性に抗して有用性を主張するという構図が、十八世紀において小説にその場を移したと言えるだろう[3]。そして十八世紀に小説の有害性がクローズアップされた理由としては、第一に小説というジャンルが十八世紀においてはいわば二流の位置にあったこと、第二に識字率の上昇とともにとりわけ小説の読書が娯楽の一つとして普及していったことがあるだろう。すなわち無視できない存在となった小説に、その読書に伴う弊害が見出されていったのである。さらには、出版統制というシステムが存在し、作品の印刷・出版には当局の許可が必要であったことも考え合わせると[4]、「小説（の読書）は有害だ」という言説は、今日の作家に与える圧力よりもさらなる切実さをもって十八世紀の作家たちを圧迫していたのではないだろうか。

ではその小説の有用性と有害性を、作家たちは小説の中でどのように取り扱っているのだろうか。十七世紀に展開された反演劇論における演劇の有害性には明確な性差はなかったが、十八世紀の小説の読書の有害性には、明らかに性差がある。小説は若い女性の美徳にとって有害であるという、当時流通していた言説をわれわれは考察してきたが、十八世紀においては、女性の美徳とは、すなわち貞節であると言ってよい[5]。リトレ辞典によれば、美徳 vertu が貞節 chasteté という意味となるのは、女性について使用された場合のみである。そして言葉を飾らずに表現すれば、女性の貞節とは、婚姻前・婚姻外での性的関係を完全に排除することである。こうした貞節は、一般的に男性の側には求められることはなかった。モンテスキューは『法の精神』(一七四八)において、「女性における美徳の喪失は、多くの不完全さに結びついており、彼女たちの魂すべてがそれによってひどく堕落し、この主要な点が失われたことで、他の多くが失われる[6]」と述べている。ここで言う「美徳」とは貞節を示し、貞節が美徳の「主要な点」であるとモンテスキューが見なしていることが窺われる[7]。また、同書において「ほとんどすべての国の法律は男性には要求しない度合いの慎みと節制を女性に求めたが、それは夫の私生児が妻に属さず妻の負担にならないのに対し、妻の私生児は必然的に夫に属し、夫の負担となるに加えて、(…)慎みの冒瀆は女性にあってはあらゆる美徳の放棄を想定するものだから[8]」とも述べられている。ここでもまた貞節こそが女性の美徳の原点であり、貞節の放棄があらゆる美徳の放棄であるとされ、妻の側にのみ婚姻外の性的関係を道徳的、法的観点から徹底的に排除していると言えるだろう。したがって、読書の「有害性」は、女性の感性に訴える力の強い、恋愛を題材としたタイプの小説において、最も顕著になるはずである。こうした状況にあって、作家たちは自身の作品の「有害性」に鈍感ではいられない。彼らは、批判の矛先をかわすため、さまざまな趣向を凝らしてきた。フィクションではなく、実際の書簡である、あるいは手記である、したがって自分はその筆者ではなく発見者にすぎないという文字通りのプレテクストを、序文で滔々と述べたり、もっともらしい教訓を付加したりというのもその趣向の一つであった。

本章では、小説において、小説の有用性と有害性がどのように語られているのかを検討したい。取りあげる小説としては、ルソーの『新エロイーズ』、ロベール・シャールの『ドン・キホーテの続編』から二つの挿話「騙された嫉妬深い夫」と「慎重な夫」、ラクロの『危険な関係』である。

1　『新エロイーズ』（一七六二）に見る小説の効用

1　『新エロイーズ』の「序文」に見る小説の有用性と有害性

『新エロイーズ』は、ヒロインであるジュリの結婚を境に、前半と後半の二つの部分に分かれている。前半は、小貴族の令嬢であるジュリと彼女の家庭教師である平民サン・プルーの許されざる恋、そして二人の別離が語られる。後半は、父親の友人である初老の男性と結婚生活を送っているジュリのもとに、彼女の二児の家庭教師としてサン・プルーが招かれ、ともに暮らすさまが語られる。

小説の序文において、ルソーは、この小説の効用を次のように語るのだが、それは女性にとっての効用である。

> この時代遅れの調子をおびた書簡集は、女性には哲学書よりも適している。乱れた生活においてもなにかしら貞潔への愛を保った女性には有用でさえありうる。
>
> (*ROC.*, t. II, p. 6)

このように、女性にとっての有用性を強調しつつ、一方で、ルソーは続けて、若い女性にとっては、この書物は有害だと以下のように断定する。

娘たちについては、別の話だ。純潔な娘はけっして小説を読まなかった。それに私は、本を開いたらどう対処すべきかわかるよう、かなりはっきりした題名をつけた。こんな題にもかかわらず、あえて一ページでも読もうとするのは堕落した娘だ。（同頁）

すなわち、「純潔な娘」fille chaste が読むことのないよう、『新エロイーズ』という『アベラールとエロイーズ[9]』を連想させる、つまり家庭教師とその女子生徒の恋愛を即座に連想させる題名をつけておいたのだから、それでもこの書物を読むような娘はすでに堕落していることになるというのだ。だが彼はさらにこう続けている。

（…）だが、そんな娘は自分の堕落をこの本のせいにしないでほしい。あらかじめ取り返しがつかなくなってしまっているのだから。読みはじめた以上、すっかり読んでしまうように。もう危険を冒すことは何もないのだから。（同頁）

こうして、『新エロイーズ』は若い娘にとっては「有害」だが、有害宣言を標題においているにもかかわらずこれを読むような娘には、もう「危険」なことは何もないのだから最後まで読めという、ひねった理屈で弁解しつつ、ルソーは家庭教師と若い娘の恋愛小説を開始するのである。つまり、小説の有用性と有害性の双方に言及している、ある意味「周到な」序文と言えよう。しかしこのような有害宣言に呼応して書物を閉じる若い女性がどれほどいたのかは疑問である。周知のように、同書は十八世紀きってのベストセラーであり、十九世紀のイギリス・ロマン主義にまで影響を与えている。[10]

ルソーの序文を、われわれはどのように読み解くべきなのだろうか。

ルソーが「純潔な娘は決して小説を読まない」と書くとき、彼もまたある種のジレンマに囚われていることを示している。すなわち、ダーントンが指摘するように、「ルソーはなぜ小説を刊行するようなひどいことをしたのか」という十八世紀の読者の疑義に、あらかじめ答えるために、つまりはルソー自身が考えだした「文学＝腐敗」という公式を反転させるためにこそ、彼は『新エロイーズ』の序文で小説の有用性と有害性の双方に言及し、女性読者の資質によっては、有害性が有用性に変換しうることを書いたのであろう。ジャン・スタロバンスキーはさらに徹底して、ルソーの小説に対する両義的な態度には、病を病そのものによって治療するという考え方があるとし、こうしたルソーの思考の枠組みは彼の作品のいわば通奏低音であると見做している。[11] 純潔な娘は小説を読まないが、「美徳」という観点からは瑕疵がないわけではないが、どこかに純真さを残している女性には――このようなあいまいな定義ならばおそらく多くの女性が当てはまることになるだろう――有益な書物を書くと宣言しているように思われる。加えて、「これは小説ではない」(*ROC.*, t.II, p. 5) と、ルソーは虚構と現実の境界を意図的に曖昧にしてもいる。『新エロイーズ』の読者は、登場人物すなわちこの書簡体小説の手紙の書き手を生きた人間と捉えるよう方向づけられ、登場人物を自己同一化し彼らに感情移入する。この小説は、同時代の多くの読者の涙をともなう激しい情動的読書の対象となり、女主人公のジュリは女性読者にとっての模範となるのである。

2 『エミール』との類似性と差異

純潔な娘には有害であるというこの小説の主人公サン・プルーとジュリを、『エミール』におけるエミールとソフィに重ね合わせてみると、驚くほどの類似性が認められる。

次の引用は、二人が恋仲になってからのちに、ジュリへの手紙の中で、サン・プルーが彼らの恋愛成立以前の様子を語ったものである。

一年前からいっしょに勉強して以来、私たちは秩序のない、ほとんどいきあたりばったりの、あなたの趣味を啓発するというよりはそれに沿うための読書しかしませんでした。それに心があれほど乱れていたので、私たちには精神の自由がありませんでした。書物にじっと目を注ぐことができず、口は本の言葉を発音していましたが、いつも注意が欠けていました。(*ROC.*, t.II, p. 57)

ここには、エミールとソフィの恋愛初期の場面との顕著な類似性を見出すことができる。たしかに、書物を媒介とした若い男女の恋愛あるいは誘惑の場面は、ステレオタイプといってよいほど、すでにさまざまな小説の中で反復されてきた。「教育と誘惑を混ぜた読書のレッスンは、共同での読書のもうひとつの重要な場面」[12]なのだ。だが、理想的なカップルのエミールとソフィの組み合わせが、「有害」図書の主人公であるサン・プルーとジュリの組み合わせとアナロジーで語られるとはどうしたことか。

たしかに、この二組のカップルは、男女が家庭教師－生徒という枠組みの中で恋に落ちるという類似点を持っている。しかしながら、両者にはひとつの決定的な差異がある。それは、二人の恋愛が周囲の人々に許容されうるか否かということだ。エミールとソフィはいわば周囲のお墨付きの恋愛関係である。暫定的に障害や別離を強いられるとはいえ、それは結婚を前提とした試練のようなもので、読者には、二人が結ばれる幸せな結末が了解されている。他方、身分の異なるサン・プルーとジュリは、いかに幸福に耽っていたとしても、最終的に結ばれることはまずありえないだろうということは、少なくとも同時代の読者には明らかであった。したがって、あらかじめ破局あるいはなんらかの破滅を予感しながら、二人の恋愛への道筋をはらはらしながら見守るというのが、十八世紀における大方の読者のこの小説冒頭に対して示す姿勢であろう。

さらに、家庭教師役の男性が女性に読書の指南をしていく点でも二組のカップルは共通しているが、女性が受ける教育はかなり異なる。すでに述べたように、ソフィの教育は良き妻になるための実学が中心であった。では、ジュリはどうか。

サン・プルーが、ジュリに、彼女の読書計画について語った部分からは、詩と恋の書物が女性の読み物とされていた当時の状況を読み取ることができる。

ペトラルカ、タッソー、メタスタシオ、それにフランス演劇の諸大家は別ですが、そのほかは、通常女性の読み物とされている慣例に反して、詩人も恋の書物も入れておりません。

(*ROC.*, t. II, p. 61)

読書リストには「通常女性の読み物とされている慣例に反して、詩人も恋の書物も入れておりません」と言いつつ、ペトラルカ等の詩人の書物が二人のあいだの「共同の読書」になるであろうことが言明されている。実際、これ以降、たびたび二人の書簡において、ペトラルカやタッソー、メタスタシオなどの詩句が引用され、恋人同士の符牒のように機能することになる。このように、結婚前のジュリはなかなかの読書家といってよいだろう。つまり、ソフィのような実学のみの教育といわば対照的な教育が彼女には施されていると言える。

では、サン・プルーとの恋愛を断念し、父の勧める男性と結婚してからのジュリはどうだろう。以下は、サン・プルーが親友のイギリス貴族ボムストン卿に宛てた手紙の一節である。

彼女〔ジュリ〕は、実践すべきときに学ぶだけで満足し、自分の義務を果たすべき時を他人の義務を検討して空費する怠惰な主婦たちとは違います。彼女はかつて学んだことを今実行しています。もう彼女は、勉強をしません。読書もしておりません。行動しているのです。彼女は夫よりも一時間遅く起きるので、寝るのも一時間遅くなります。この時間だけが今なお勉強にあてられる時間です、(…)。

(*ROC*., t. II, p. 556)

サン・プルーが描く、妻にして母となったジュリは、『エミール』においてルソーが描き出した女性の理想像にほかならない。ジュリはまるでソフィを先取りしているかのようである。だが「序文」と同様ここにも一種の抜け道が用意されている。サン・プルーは、ジュリはもう勉強も読書もしないと述べた直後に、就寝前の一時間は「今なお勉強にあてられる時間」と付け加えているのである。また、理想の妻・母として描き出されるジュリは、実際にはかつてのサン・プルーとの恋愛を忘れておらず、それを死の床で彼宛の手紙に書き残すことになる。ジュリが過去の恋を本当に昇華したのかどうかが、この小説の後半部分のサスペンスを盛り上げる要素の一つとなっているのは確かなことだと思われる。夫と妻、妻の過去の愛人の三者が、牧歌的な共同体の中で、微妙な均衡を保つ。読者はその均衡の破れる瞬間をどこかで予感あるいは期待しつつ頁を繰っていたことだろう。

ジュリは過去の恋を昇華することはできなかった。彼女は模範的な妻ではなかったという結末は、彼女の受けた教育とソフィの受けた教育との違いによっても説明されうるのかもしれない。ルソーは『新エロイーズ』の執筆後ほどなく『エミール』の執筆に入っている。本論第二章で述べたような、『エミール』第五編での美徳を守り良き妻となるための女子教育は、ジュリの受けた教育とは対照的なものであった。

たしかに『エミール』の末尾には、理想的なカップルであるエミールとソフィを祝福するエミールの家庭教師の言葉がつづられ、さらに、ソフィの体内に子どもが宿ったことを家庭教師に報告するエミールの言葉で幕が閉じられる。しかし、ルソーは教育論『エミール』の続編として、小説『エミールとソフィ』[13]を執筆し、この二人に都会での堕落と別離という運命を用意した。理想を体現したこの夫婦が別れる直接的な原因となるのは、ソフィの不貞である。都会で二人が悪徳に染まり、もはや二人が一体ではなかったことがその原因であった。田舎を離れ都会に出てきたのは、自分の両親と娘の死をソフィが乗り越えられず、彼女の悲しみを紛らすためであった。肉親の死という、確かに決定的ではあるにせよ人生の途上ではあり得ないことではない事柄を、ソフィは受け入れられなかった。とすればそれは彼女の教育のある種の欠陥とも考えられよう。またエミールも、妻であるソフィの喪の作業を十全に分かち合うことができなかった。[14]『エミールとソフィ』はエミールから彼の家庭教師への手紙という形の小説となっている。語り手エミールは、家庭教師の不在こそが自分たちの不幸の始まりだと語っている。家庭教師の不在によって、エミールとソフィの教育の不十分さが徐々に露呈し、二人が都会に赴くことにより、破局が確定する。

このように考えるとき、『エミール』で説かれた女子教育もまた、小説内で挫折させられていると言える。ルソーは女性が貞淑であり続けることの不可能性を語ったのだろうか。ここで早急な結論は出せないが、あえて言うならば、小説におけるハッピーエンドの、あるいは終わりそのものの拒絶に、ルソーのこの問題への態度をくみ取るべきなのではないだろうか。『新エロイーズ』もまた、ある意味で小説としては完結しているが、物語としては宙吊りのまま終わらされている——サン・プルーはジュリの死後どうするのか——ことを思えば、ルソーは結末を読者に委ねているのかもしれない。

2 ロベール・シャール『ドン・キホーテの続編』(一七一三)の二つの挿話
——もし妻が浮気をしたら

1 「埋もれていた」作家ロベール・シャール

ロベール・シャールの本格的な研究が行われるようになったのは、フランスにおいても二十世紀の後半以降にすぎず、作家の生涯が明らかになったのは一九七九年以降である。しかし、近年研究が進み、『東インド航海日誌』(一七二一)、『宗教についての異議』(一七一〇頃執筆)、『フランス名婦伝』(一七一三）が二十一世紀に入って翻訳されている。[15] 今日では、十八世紀初頭の思想や小説を語る上で忘れてはならない作家と評価されているのである。とくに、リアリズムの源流と言われる『フランス名婦伝』を重視する研究者は多い。[16]

ここでは、『フランス名婦伝』の第六話「デ・フランとシルヴィの物語」でも見られる「不貞な妻とその夫」をテーマとした、「騙された嫉妬深い夫」と「慎重な夫」の二つの挿話を『ドン・キホーテの続編』（一七一三）から取り上げる。不貞な妻とその夫の組み合わせは、シャールが繰り返し取り上げた主題だが、そのトーンと結末はそれぞれに異なる。「デ・フランとシルヴィの物語」の結末は悲惨だが、[17]「慎重な夫」は語り手によって、少なくとも表面的にはハッピーエンドの物語として紹介されている。「騙された嫉妬深い夫」は、夫にとっては不幸な、妻にとっては幸福な結末が用意されている。この二つの挿話は、ともに『ドン・キホーテの続編』の登場人物が語り手となり、他の登場人物に物語るという趣向になっている。ここでも、語り手は教訓で挿話の末尾をしめくくる。また、挿話の聞き手も語られた物語にコメントする。教訓が饒舌に語られているのである。

二つの挿話を検討する前に、シャールの『ドン・キホーテの続編』の成立について概括しよう。セルバンテスの『ドン・キホーテ』（前編一六〇五、後編一六一五）には複数の作家が翻案や続編を執筆している。周知のように当時は著作権という概念がないため、著者や版元の了解のない続編や偽版の出版が横行していたのである。セルバンテスの本編のほぼ一世紀のちに出版されたシャールの『ドン・キホーテの続編』もその一つである。より正確に言えば、フィヨ・ド・サン・マルタンによる『ドン・

キホーテ』のフランス語訳とサン・マルタン自身による続編が併せて一六九五年に出版されたのだが、シャールはこのサン・マルタンの続編のさらなる続編を書いたのである。[18]

シャールは『ドン・キホーテの続編』冒頭で、フランス語への「翻訳者」である「私」に以下のように語らせている。エンリケス・デ・ラ・トッレは友人シッド・ルイ・ゴメスに、『ドン・キホーテ』の続きを書いてほしいと依頼する。しかしエンリケスはインド旅行中に死亡、そこでゴメスは書いた続編を焼却しようと考えたほどであったが、それを実行する前に死んでしまう。ゴメスの相続人たちはその原稿を顧みることがなかったが、ある下僕が原稿を読んで保管しておき、またそれが別の下僕の手に渡り、曲折を経てフランス人の手に渡った。「私」はそのフランス人に約束した通り、その続編を翻訳した、[19]というのである。シャールは、「続編」を幾人もの手を経由してから書き手である「私」に到達させ、周到に翻訳者「私」は続編の直接の作者ではないと強調している。ただし、これは当時の小説の常套手段で、特に風刺的な叙述を含む作品においては、当局の追及を逃れる方法でもあったが、すべての読者がこうした弁解を真に受けるほど純真であったとは考えられない。とは言え、周到に小説の直接の書き手を消そうとするシャールの意図が読み取れる設定となっているのは確かであろう。

2　スペイン人とフランス人の愛の作法

さて、「騙された嫉妬深い夫」「慎重な夫」は、『ドン・キホーテの続編』において本筋とは独立した挿話となっている。ある夜、数名のスペイン人とフランス人が、お互いの愛の作法はどう異なるのかという議論を行った。この議論において、「実話」として挿入されているのが、この二つの挿話である。このスペイン人とフランス人の愛の作法についての議論は、お互いの恋人あるいは夫（妻）への誠実という主題に始まり、議論の常として主題を変化させながら続く。各人が自分の主張の論拠となる「実話」を語るのだが、[20] この議論の参加者はともに自国の国民性を好み、議論をいくら続けてもお互いの意見はまったく変わらない。最後にたどりついた議論の主題は、「不貞をはたらいた妻を夫はどのように取り扱うのか」である。議論の発端が「両性の誠実」であったことを思うと、ずいぶん非対称的な問題提起と言わざるを得ない。「不貞をはたらいた夫を妻はどう取り扱うのか」は当時にあっては、問題にもならないということなのかもしれない。二つの挿話は、したがって、「不貞をはたらいた妻を夫はどう取り扱うのか」という問題に対応するものである。タイトルが予想させるように、対照的な夫の態度によって事態が大きく変化するさまを語っている。

すでに述べたように、二つの挿話の語り手は物語を語るにあたっての目的をはっきりと持ち、語りの冒頭で目的を明確に聞き手に示している。

サンヴィルは言った。「不実な妻を持つ人々の様々なやり方の差異を示すために、そして世間に同情される人々や、ただ噂さえされない人々がいる一方、当然のことながら馬鹿にされ嘲笑される人々がいるということを示すために、そこに認められるこうした名誉にかかわる問題は、罪を犯すのが妻であっても、妻のふるまいよりも夫のそれにずっと多く因るのであることを示すために、妻の不実を最も逃れられる者は、最も用心して妻のふるまいを詮索する者たちではないということを示すために、こうした詮索こそが妻たちを不実へと押しやることを示すために、(…)と彼は続けた、「私は物語るつもりです、(…)嫉妬とは実際それに身を委ねる者にとって致死の毒であることをも示す話を。」

(*Continuation*, p. 224)

こうして、サンヴィルが「騙された嫉妬深い夫」の話を、侯爵夫人が「慎重な夫」の話を物語る。二人の語り手は、「実話」を語るにあたり、スキャンダルを避けるため登場人物に仮名を与える。嫉妬深い夫の名はソタン **Sotain**、慎重な夫の名はジュスタン **Justin** と、それぞれ愚か者 **sot**、公正な **juste** を連想させる名となっている。小説内の聞き手に、ひいては読者に何を伝えたいかきわめて明確と言える。

3 「騙された嫉妬深い夫」——十八世紀版ＤＶの顛末

①嫉妬深い夫、幽閉される妻、侵入する若い男

「騙された嫉妬深い夫」の主な登場人物は夫ソタンとその妻セレニー、セレニーの両親と愛人である。タイトルにあるように、物語を要約すれば「嫉妬深い夫が騙される話」と言える。夫の嫉妬深さが物語の根底をなしていることが、語りのそこかしこに表現されている。[21]

まずは筋の概略を述べよう。ソタンは嫉妬深さのゆえに妻セレニーを自宅に軟禁状態にする。しかし若い騎兵が女装してソタンの信用を得て邸内に入り込み、セレニーを誘惑しようとする。二人は肉体的には純潔を守るが愛し合うようになる。騎兵が男であることがソタンに露見し、セレニーはソタンの家を出る。ソタンは憤死し、セレニーは騎兵と結婚する。

この挿話の前半は、ソタンが妻を幽閉していく過程となっている。「彼は彼自身が父親であるような子どもを彼に与えてくれるような妻を探し」（*Continuation*, p. 226）、彼の眼鏡にかなう女性を見つけた。順調な夫婦生活が始まったかにみえるが、夫の異常なまでの嫉妬深さがやがて夫婦関係に破綻をきたし始める。妻は夫の異常な言動が嫉妬のせいだとわかって、夫以外の人物と交際を断ち、自宅に引きこもり始める。ソタンはセレニーを彼女の両親にさえもめったに会わせず、使用人の数も減らして女性だけにさせる。こうしてセレニーの幽閉状態はエスカレートしていき、自宅の庭にすら彼女は出て

いかないように仕向けられる。夫の顔色を窺うことが常態化し、彼女は夫の意向を先取りして実現していくのである。

とうとう（…）、彼女はもはや全く自分の部屋から出ないことにした。（*Continuation*, p. 231）

妻を完全に幽閉状態へと導いていく夫のやり方には、嫉妬深い夫の滑稽さよりもむしろ異様な執念が表れており、現代の読者であるわれわれにとっては、笑いよりも気味の悪さを催させるものと言えるだろう。妻を外界から完全に遮断しようとする夫の執念は、ついに妻の両親の訪問を阻止しようとするまでに至る。ただ、それが夫の発案とは悟られぬよう、妻に両親を怒らせるよう無理強いするのである。セレニーの父はソタンの策略にのり、娘の態度に立腹したが、聡明な母は婿であるソタンに疑念を抱く。この母の疑念がもととなり、セレニーの父は娘を実家に連れ帰る。しかしソタンが実家に連れ戻しに行き謝罪すると、セレニーはソタンのもとに帰ってしまう。とは言え、この事件がもとで周囲の人々にはソタンの嫉妬深さが知れ渡り、「この男はついに評判を失い、この地方中の物笑いの種、嘲りの的」（*Continuation*, p. 237）となり、同時にセレニーは嫉妬深い夫に幽閉される不幸な美貌の妻として有名になる。

挿話の後半は、セレニーの評判を聞いた若い騎兵が、ソタンを出し抜こうと策略の限りを尽くす話となる。前半部分が若干陰鬱なストーリーであるのに対し、後半はなかば艶笑譚的な空気を醸し出す。

この騎兵は、イタリア女性に変装してソタンに近づき、自分が貞操帯[22]のおかげで山賊から身を守ったとソタンに信じ込ませ、ソタンに貞操帯を譲るように仕向け、彼の家にセレニーの監視役として入り込む。ついには監視の名目のもと、セレニーの寝室にベッドを並べて眠るようになる。セレニーは肉体的には美徳を貫くが、騎兵と愛し合うようになる。自分の取った策がすべて裏目に出たソタンは、周囲の物笑いの中で死に、セレニーは家を出て騎兵と結婚する。

②介入する語り手

そもそも挿話の語りの目的上予想されるように、語り手はストーリーの展開の節目ごとに介入し、人物の行動や心理を解釈し批評、教訓を導き出す。介入として最も頻度の高いものは、ソタンの嫉妬深さに関するものである。以下に列挙しよう。

この人物は身分があり、多くの財産と申し分のない美点を持っていた。もし嫉妬のせいで滑稽なことにならなければ。(*Continuation*, p. 226)

彼は自分の趣味にかなない、申し分なく美しく、完璧な姿形の、天使のような心映えと優しさを持ち、彼の家とつりあいのとれた、その地方で美徳と賢明さの模範と見なされている母親の監督下でずっと育てられた女性を見つけた。一言で言えば、彼を幸せにすることのできる女性だった

のだ、もし彼が自分の幸福を享受することができたならば。（同頁）

（…）すべてに恵まれ、もし夫が、その迂闊さによってその〔結婚生活の〕平穏を乱さなかったならば、彼らの結婚は、彼の妻の夫への愛と心遣い、尊敬によってずっと続いていたことだったろう。（*Continuation*, pp. 226-227）

上記の傍点部分では、幸福な結婚がもっぱら夫の側の異常な嫉妬心によって破壊されていくであろうことが語り手によって「……ならば」という表現で畳みかけるように予告されている。そして、この夫の嫉妬心は常に滑稽な ridicule ものとして描き出され、さらに、愛の名のもとに妻が迫害されていくのだと語り手は言うのである。

彼〔ソタン〕の頭の中の妄想は彼が妻に対して抱く愛を奪いはしなかった。いやむしろ彼が彼女を迫害すればするほど、彼女を愛していたのだとさえ言える。あるいはより正確に言えば、愛していたからこそ迫害していたのだと。（*Continuation*, p. 228）

しかし妻の側にも問題がないとは言えないだろう。ソタンの異常さに気付いた母親に、別れるよう説得されても、彼女はソタンを愛していると言って拒絶している。だが語り手はこうした妻の態度には特に批判めいた注釈はしていない。あくまでも問題があるのは滑稽な嫉妬心の持ち主の夫であるという認識のもと、話は進められる。以下は、一度は実家に戻ったセレニーが夫の謝罪を受けてソタンのもとに戻った際の語り手の注釈である。

彼は自身のふるまいの滑稽さをよくわかっていたが、それを直すことはできなかった（…）。
(*Continuation*, p. 237)

語り手はソタンの嫉妬心を治すことのできない「病気」に喩えてもいる。

彼〔若い騎兵〕はソタンがイタリアでかなり長い間軍務に就いていたのであるから、完全にイタリア語を理解していると考え、ソタンの嫉妬はその国で罹った病気であることを疑わなかったし、彼はすでに何人かのイタリア人を騙したことがあったので、同じ病に冒されているフランス人を騙すこともできると思った。
(*Continuation*, p. 238)

また、介入するのは語り手サンヴィルだけではない。彼の話のあと、聞き手の一人であり次の挿話の語り手ともなる侯爵夫人が以下のようにコメントし、教訓を引き出している。

この話はやはり二つの真実を示しています。一つは、女が身を守るのは何と言っても自分自身にしくはなしということ、もう一つは、どのような用心を嫉妬深い夫がしようと、どのような鍵と錠とを用いようと、その妻は自分が不貞をはたらきたいときにはそうできる手段を常に見つけるだろうということです。

(*Continuation*, pp. 255-256)

この侯爵夫人の言う「真実」には、第一の真実はともかく第二のものに関しては、サンヴィルの語った話の教訓としては違和感がある。というのは、セレニーは不貞をはたらきたがってはいなかったし、また実際肉体的には――つまり鍵や錠に関わる意味では――貞節を貫いたからである。彼女が最終的に騎兵と結婚する道を取ったのは、偽のイタリア女が男性だと知ったソタンに殺されそうになり、逃げ出さざるを得なくなったからである。侯爵夫人の語りへの介入は、この挿話を、嫉妬深い夫をめぐるテーマの伝統的な語りの枠組みに、いささか無理を承知で押し込めた感がある。

③変化する妻と騎兵

常軌を逸した夫の嫉妬から由来する軟禁状態にも耐えていたセレニーであるが、貞操帯を装着するよう強いられたことがきっかけとなり、夫に嫌悪と軽蔑を抱くようになる。また、登場段階では、嫉妬深い夫を出し抜いてセレニーを誘惑しようとする若い色事師として描かれていた若い騎兵であるが、ソタンの留守中セレニーと寝室を共にしながら彼女を誘惑する過程の中で、彼女の美徳に打たれ、真剣にセレニーを愛し始める。このように、夫に絶対服従であった妻と、若い色事師との心情の変化の過程が挿話の後半では描かれる。ただ、ソタンの一カ月以上にわたる留守中、意中の女性と寝室を共にしながら彼女の拒絶を尊重する若い「元」色事師という存在は、ここで「現実性」を持ち出すのは物語の約束事を無視しているとの誹りを覚悟しても、やはりいささか現実性に乏しいと思われる。若い騎兵にとっては、自分が男性であることの暴露が死に直結する状態で、いわば死を賭して女性を誘惑しているのだから、なおのことである。同様に、自宅に軟禁状態にされ、貞操帯の装着を強いられ、夫にもはや嫌悪と軽蔑しか感じなくなっている妻が、若い男性に連日愛を告白されてなお美徳を貫くのも、非現実的と言わぬまでも、十分極端な設定であり、騎兵とセレニーの恋には、いささか古風な宮廷風恋愛の残滓が読み取れる。

セレニーを美徳の女性に、騎兵を意中の女性の意志に忠実な「恋人」のままにする限り、二人の関係は膠着状態となり進展しない。セレニーの美徳に感服した騎兵は、「あなたの美徳の勝利」(*Continuation*, p. 252) と語り、自分のもとを立ち去るようにという彼女の指示に従うことを告げる。ゆえに、二人の関係を進展させるのは、嫉妬深い夫ソタンその人となる。別離が定まり、二人が嘆き悲しむ場に、二人の様子がおかしいことに気づいたソタンが踏み込み、イタリア女性ジュリアと称していた人物が男性であることが露見する。ソタンは騎兵とセレニーを殺そうとして果たせず、二人を取り逃がしてしまう。ソタンが感情のまま行動に移した結果、騎兵とセレニーは結果として結ばれ、ソタンは周囲の嘲笑の中で憤死する。そして語り手サンヴィルは次のように、騎兵もセレニーもともに幸福になったと話をしめくくる。

彼〔騎兵〕は、これほど美しく有徳の女性の所有にのみ幸福を味わっているのではなく、彼女〔セレニー〕は嫉妬深い夫とともにあって不幸であったのと同じほど、彼とともにあって幸福なのです。

(*Continuation*, p. 255)

4 「慎重な夫」——冷静に、したたかに

サンヴィルからバトンを渡され、侯爵夫人が話し始めるのは、「騙された嫉妬深い夫」とは対照的な、「夫が慎重であることによって、自分の評判と同時に妻の評判も救った」(*Continuation*, pp. 224-225)ある紳士の物語である。

①物語の発端——沈黙から始まる意に染まぬ結婚

「慎重な夫」の主要な登場人物はシルヴィと恋人ヴェルヴィル、シルヴィの父クレオン、そしてシルヴィの夫ジュスタンの四人のみである。シルヴィの母は若くして亡くなり、父クレオンは一人娘のシルヴィの成長だけを楽しみに過ごしてきた。彼女は十五歳の時、騎士ヴェルヴィルと恋に落ちる。しかし、ヴェルヴィルは「クレオンが好まなかった家に属していたので、あるいはむしろシルヴィの

財産に匹敵する財産をもっていなかったので」(*Continuation*, p. 258)、結婚の申し込みをしない方がいいと忠告を受けていた。おりしもクレオンはシルヴィにふさわしい結婚相手を見つける。だがこの物語に登場する父親像は頑固で娘の話に聞く耳を持たない人物というわけではない。語り手は、「もし彼女がヴェルヴィルと一緒でなければ幸福に生きられないと言明したならば」(同頁)クレオンはシルヴィに自分の決めた結婚相手を強制しなかっただろうと語る。つまり、シルヴィがはっきりと意思表示さえすれば、以降の悲劇は防げたであろうことが、ここで仄めかされている。しかし、彼女がそのような言明を行うことはない。その理由を、語り手は次のように説明する。

(…) しかしこのような言明を妨げる慎みに加えて、彼女は父が父自身以外の考えを認めないのではないかと心配したのでした。彼女は、彼女のような身分の者の場合、結婚を取り決めるのは、通常、財産と地位であり、結びつけられる人々の愛情にはいかなる考慮も払われず、彼らは実を言えば親族の野心の犠牲者でしかないと知っていたのでした。(同頁)

シルヴィが実際に言明したら、はたして彼女はヴェルヴィルと結婚できたのだろうか。ここではそれは曖昧にされたまま、父クレオンは暴君ではないということと、シルヴィの慎みと恐れによる「沈黙」が彼女の意に染まぬ結婚とそれに由来する不貞へと発展していくことが暗示されているのである。だが彼女の恐れは、「彼女のような身分の者は」と一般化されているとはいえ、当時にあってはごく自然な恐れ、ごく当然の配慮とも言える。彼女は冷静に状況を把握していたとも考えられる。こうして二人の恋人たちはなすすべもなく、シルヴィは父親クレオンの選んだジュスタンと結婚する。このように、なかば強制されていたとはいえ、自らの意志も介在した沈黙によって彼女の結婚は始まる。しかし、結婚後の彼女の沈黙は、彼女の意志によるものあるいは彼女が実際に沈黙しているというよりは、語り手によって周到に彼女の声が排除された結果の沈黙であるように思われる。とくに、不貞発覚後の彼女の言葉はわれわれ読者には聞こえてこない。

②不貞の始まりと継続

まずは、彼女の不貞がどのように始まるのかを見てみよう。妻となったシルヴィは夫を愛そうと努める。しかし「ヴェルヴィルが彼女の心の主となりすぎていたがために」(*Continuation*, p. 259) 愛することができない。やがて彼女はヴェルヴィルから「いとまごいのために二人だけで会うこと」(同頁) を求める手紙を受け取る。傷心して遠国に立ち去ると言う恋人との最後の会見を、彼女は承知し、かつ、夫にヴェルヴィルという人物を知られる恐れから、「女性が犯し得る最大の過ち」、すなわち、「恋人が自由に振舞える場所で会うことに同意」(*Continuation*, p. 260) してしまう。ヴェルヴィルが彼女の同意を以下のように利用するのを、われわれは容易に想像することができるだろう。

ヴェルヴィルは始めのうちは礼儀正しく振舞っていましたが、少しずつ大胆になっていきまし

た。(…)そしてとうとう過ちの面目を保ついくらかの抵抗のあと、彼女は身を委ねたのです。(同頁)

ひとたび関係ができてしまうと、二人の関係は変わってしまう。かつてヴェルヴィルの恋人であったシルヴィは、いまや彼の「奴隷」であり、「ヴェルヴィルはもはや出発について語らず、反対に自分の征服したものを楽しむために残りたがっている」(同頁)ことにシルヴィは気がつく。

性的関係の前後での男女の関係のこうしたあからさまな変化は、ラクロの『危険な関係』においても、まったく同様の記述が見受けられる。女性リベルタンのメルトゥイユ夫人は、自分という特権的な女性と一般的な女性を比較し、普通の女性が恋愛関係においていかに男性の奴隷となるかをヴァルモン子爵への手紙の中で語っている。

しかし不幸な女性が自分の鎖の重みを男性よりも先に感じたら、彼女はどんな危険を冒さなければならないことか。もし彼女がその鎖から逃れようとし、ただその鎖を持ち上げようとするだけで。(…)もし彼があくまで留まろうとすれば、彼女は愛に与えていたものを、恐れに委ねなければなりません。「心は閉じても腕はなお開く」。あなたがた男性だったらバッサリ断ち切ったであろうその関係を、彼女は慎重に巧みに解きほぐさなければならないのです。(*LOC.*, p. 169)

メルトゥイユ夫人はこうした女性の隷属状態は「あまりにも明らか過ぎてありふれたものとなった真実」（同頁）とさえ述べている。シャールの「慎重な夫」とラクロの『危険な関係』との間には七〇年近い歳月が流れているが、こうした記述は、十八世紀を通じて、性的関係にある男女の力関係に関する凡庸な真実と受け止められていたのであろう。シャールは、「身を任せる女性は自分の恋人の奴隷になる」« Une femme qui accorde les dernières faveurs devient esclave de son amant. » (*Continuation*, p. 260) と、une femme と一般化しており、ラクロの上記引用の「不幸な女性が自分の鎖の重みを男性よりも先に感じたら」« qu'une femme infortunée sente la première le poids de sa chaîne » も同様に une femme である。また、シャールの「奴隷」esclave はラクロの「鎖」chaîne に通じる表現であろう。

ヴェルヴィルの奴隷となったシルヴィには、メルトゥイユ夫人のいう「慎重に巧みに解きほぐ」す力はなかった。彼女はヴェルヴィルとの関係を続け、さらには、証拠になってしまうので「女性がしてはならないこと」（同頁）、すなわち、手紙を書いてしまう。ここにも、証拠として残るような手紙を書くべきではないという教訓が、語り手によって付け加えられている。この教訓もまた上記のメルトゥイユ夫人の書簡中で同様に述べられている。

とりわけ暇にまかせて動き回るあの女性たちのために心配してください、あなた方が感じやすいと名付けている彼女たち、(…) 自分の考えに興奮して留保なく身をまかせ、そうした考えから、ああしたきわめて甘い手紙、しかし書いたらきわめて危険なことになる手紙を生み出す女性たち。

自分の弱点のそうした証拠を、証拠の原因である男性に委ねることを恐れない女性たち。慎重さに欠けた女たち、彼女たちは、現在の恋人が将来敵に回ることがわからないのです。[23]

（*LOC.*, p. 170）

③目撃する夫と父の連携プレー

このように、きわめてありきたりな意味での不実で慎重さに欠けた妻となったシルヴィは、証拠となる手紙を夫ジュスタンに押さえられる。その手紙に書かれていた家をジュスタンが不意に訪れると、そこにはシルヴィとヴェルヴィルがいた。だが彼らは決定的な証拠がないのをよいことに言いぬける。ジュスタンは信じるふりをして、以後シルヴィにヴェルヴィルと会わないことだけを約束させる。また、彼は義父クレオンに事の次第を報告するが、クレオンは「娘は自分の生まれにふさわしくないことは何もしないようにきちんとしつけられている」「自分自身の目で娘の不貞を見ないかぎりは娘の罪は決して信じないだろう」（*Continuation*, p. 261）とジュスタンに言う。

しかしジュスタンは、妻とその愛人が密会用に借りていた部屋のある家を偶然見つけ、その家に彼自身部屋を借りて張り込み、ついに密会の現場を目撃する。「男と女が共にしうるすべてのことをするのを見」（*Continuation*, p. 263）たのである。[24]

後に改めて詳述するが、このときジュスタンは現場には乗り込まない。彼は自宅に戻り、スキャンダルを避けるため召使がいなくなってからシルヴィに午後をどこで過ごしたのか尋ねる。彼女がはぐらかそうとすると彼は次のように言う。

「これ以上ペテンを続けないでくれたまえ」と彼は嘲笑とともに彼女に言いました。(…)そのあと彼は彼女にすべてを事細かに説明したので、ジュスタンがすっかり事情を分かっていると彼女は悟りました。(*Continuation*, p. 265)

このときシルヴィは「夫の足元に身を投げ、可能な限りの抗議をしました」(同頁)と語られるが、彼女の言葉は具体的には再現されておらず、言葉の中身は読者にはわからない。しかし、シルヴィの言葉が曖昧であるのに対し、ジュスタンの言説は上記のように直接話法で、あるいは以下のように間接話法で、明確に再現されている。

彼は(…)ひとたびだまされた以上、もはや信用できないこと、(…)軽蔑する以外の復讐を彼女にするつもりはないことを言うだけで満足したのです。(同頁)

ジュスタンは義父クレオンには何も告げず、「以後シルヴィとは食卓のみをともにする」(同頁)こととなる。シルヴィは「夫の許しを得るために何度も夫の足元に身を投げたが無駄」(同頁)であった。ここでもまたシルヴィの言葉は書き留められず、ただ足元に身を投げるという行為が描写されるのみである。だがシルヴィの行為に対するジュスタンの言葉は「他人に隠しだてをせずにすむよう、決して元の鞘に収まるつもりはないと、軽蔑したように彼は彼女に言った」（*Continuation*, pp. 265-266）とまたも具体的である。

たしかにシルヴィは無垢ではない。彼女は六カ月後、またもヴェルヴィルとの関係を再開するのである。だが愛人との関係によって夫との間が険悪になっているときに、なぜシルヴィは再びヴェルヴィルと会おうとするのだろうか。いかにも不自然であるが、その事情やシルヴィの側の心理について、いっさい語り手は説明しておらず、読者であるわれわれにはシルヴィの心情は不透明なままである。

さて、シルヴィがヴェルヴィルとの関係を再開したのを悟り、ジュスタンはクレオンにシルヴィの行状を報告する。「彼はクレオンに会いに行き、彼の娘の行いについて彼自身が見たこと、彼が被ったことを率直に報告し、結論として、義父自身の目でそうした事柄を見てほしいと申し出」（*Continuation*, p. 266）る。もし義父がそうしないなら、世間を騒がすかもしれないが他人に見させるとまでジュスタンは言うのである。ジュスタンが義父にあくまでも「見させ」ようとする熱意もさることながら、クレオンの「見よう」とする意志、あるいは語り手が伝える「見ること」への意志も特筆に値する。クレオンは、婿がそうまで言うなら娘の不身持は確かなことだと思いつつ、「すべてを自分の目で見たいし、それ以外の証人は信用しない」（同頁）とジュスタンに言う。こうしてシルヴィの夫と父は、彼女の密会現場に乗り込み、ついにクレオンは娘の不貞の現場を目撃する。ここでは、クレオンの視点で場面が語られている。

クレオンは二人が近づいて交わし合う愛撫を見ました、ついには二人が固く抱き合うのを見て、彼は婿を従えてすぐさま降りて行きました。（*Continuation*, p. 267）

以後、密会現場の言葉を支配するのは夫と父である。ヴェルヴィルの言葉もシルヴィの言葉も語り手は伝えない。この二人はクレオンとジュスタンに踏み込まれた後、無言だったのだろうか。ともあれ、口火を切るのはジュスタンであり、彼はまず義父クレオンに言葉をかける。

「私は絶望しております、お義父さん」と彼〔ジュスタン〕はクレオンに言いました。「あなたにとりましても私にとりましても、これほど不快なものを、今こうしてご覧に入れねばならないとは。ですが私におっしゃったことを思い出してください。あなたご自身の目で見なければ娘の貞節の不利になるようなことは決して信じないとおっしゃったことを。（…）私は彼女の命をあなたにお返しいたしますから、あなたのお気にかなうようになさってください、（…）。」（同頁）

ジュスタンはクレオンにシルヴィの処遇を任せると伝え、次に妻の愛人であるヴェルヴィルに向かってこの場を離れるように告げるが、「しかし一言でも漏らしたならば命はないものと思うんですな。」（*Continuation*, p. 268）と釘を刺すのを忘れない。クレオンもまた、とどめの脅しとも言える言葉をかける。相手がジュスタンでなければ、ヴェルヴィルに命はないだろうということ、またクレオンとしては二四時間以内にこの土地を離れることを要求するというのである。

ヴェルヴィルが退散してのち、クレオンはシルヴィとジュスタンにシルヴィの処罰について説明する。彼はシルヴィに「おまえを処罰するのは私の役目だ。」と言明し、ジュスタンには娘を「永遠の牢獄に向かわせるつもり」と述べ、すぐにも「シルヴィを修道院に連れて行こうと」するほどであり、すぐに修道院に行かせたら「世間を騒がせてしまう」(*Continuation*, p. 269) とジュスタンにたしなめられている。シルヴィは、自分の処遇を巡ってこのように相談を始める夫と父を前にして、何をしていたのだろうか。

> その間ずっとシルヴィはあるときは夫の、あるときは父の足元にいて、同情に値する状態でした。彼らは彼女に目もくれませんでした。[25]（同頁）

またもや足元にすがりつくシルヴィであるが、ここでも彼女の言葉も声も完全に消し去られている。彼女は無言で彼らの足元にいたのだろうか。それとも彼女の声も言葉も描写に値しないと語り手は考えたのだろうか。

④父の金銭、妻の沈黙

前節でのクレオンとジュスタンの呼吸の見事な一致には、一つ見逃してはならないと思われる部分がある。クレオンが金銭の贈与をジュスタンに申し出ていることだ。

「感謝していますよ」とクレオンは婿に向かって続けました。「娘の命を助け、私の一族の名誉、とくに私の名誉を救ってくれたあなたの善意に。(…) 私は常にあなたを息子も同様と思っていますし、私の娘に値しない、永遠の牢獄に向かわせるつもりのあの見下げ果てた女以外に子はいないのですから、私の全財産をあてにしてくださっていいのですよ。私はそれをさっそくあなたに贈りますし、明日すぐ贈与証書を渡すつもりですよ。」

(*Continuation*, pp. 268-269)

シルヴィを修道院に入れるという処遇を口にしてすぐのこのクレオンの発言には、「贈与証書」というきわめて具体性を伴った提案であるがゆえにさらに、クレオンのしたたかな駆け引きが読み取れる。彼は「あの見下げ果てた女」と言いつつ、娘可愛さゆえの術策を弄しているように思われる。このクレオンの提案へのジュスタンの直接的な返事は語られていない。ただジュスタンは、すぐにも「永遠の牢獄」である修道院に娘を連れて行こうとするクレオンを引き留め、スキャンダルを避けるため、外聞を守るための策を相談するのである。二人の相談の結果、翌日、周囲には、シルヴィが父親の地所でしばらく過ごすため、クレオン自身がシルヴィを連れていくという体裁をとり、その実修道院に入れることとなった。周囲に取り繕うため、知り合いの前で「シルヴィは自らジュスタンに、ここから二〇里以上の父親の地所にしばらく過ごしに行く許しを求め」（*Continuation*, p. 270）るという演技まで行うのである。前日のシルヴィの声と言葉の完全な消去と比較すると実に興味深くはないだろうか。語り手は密会現場でのシルヴィの弁明や哀訴ではなく、体面を保つためのクレオンとジュスタンの計画に従うよう強制された彼女の演技を聞き手に、したがってわれわれ読者に、伝えているのだ。

シルヴィの修道院での生活は描かれていないに等しい。われわれが知りうるのは、彼女が一八カ月そこで過ごしたこと、神に許しを乞い夫の気持ちが和らぐよう祈り、夫に手紙を書いたことのみである。肝心の、シルヴィの祈りの言葉も、夫への手紙の文面も一言も紹介されない。一年半もの間の葛藤や懊悩も触れられず、語り手はただ一八カ月後夫の気持ちが和らぎ、ジュスタンはクレオンに会いに行ったと語るのみである。修道院滞在中の経緯は、読者としてはいささか拍子抜けがするほどあっさりとしか触れられない。

クレオンは喜び、早速二人でシルヴィを迎えに行く。修道院から彼女を出して、三人だけとなったとき、クレオンが口にするのはまたも金銭の贈与である。

「あなた〔ジュスタン〕がお受け取りになるのは新しい妻なのですから」と彼は言った。「新たに持参金を持っていくべきでしょうね。そしてあなたが私の存命中は私の全財産という贈り物を受け取りたがらなかった以上、私の死後あなたのものということにいたしましょう。しかしながらここにお渡しする内金があります。これを拒否して私を気まずくさせないでくださるといいんですが（…）。」

(*Continuation*, p. 272)

ジュスタンは提案を受け入れた。やがてクレオンは娘夫婦と同居し、娘の行動の監視役となる。シルヴィもまた完全に父と夫の気に入るような貞節な女性となり、以後、完全に家に引きこもって暮らすようになったのである。彼女は、十九歳にして、世を捨てて修道院にいるのとほぼ同じ聖女のような生活をおくる。

（…）それ以来つまり二五年以上、彼女は全く聖女のように生きてきたし生きているのです。それでみな彼女を完璧なお手本と見ています。彼女を知る者はみな讃嘆して見ています。彼女はフランスにいる最も正直で最も有徳の女性の一人です。少なくとも、彼女は最も家庭内に引きこもっている女性なのです。

(*Continuation*, pp. 272-273)

こうしてシルヴィは沈黙したまま家の中に消え去り、物語は終わる。彼女の沈黙は、物語冒頭の、恋人がいながら意に染まぬ結婚に従った際の沈黙を別とすれば、自身の意志による沈黙というよりは、語り手によって意図的に声が消去されているものと言えるだろう。最初に不貞が夫に露見した際も、夫と父に不貞の現場に踏み込まれた際も、夫の、あるいは夫と父の足元に身を投げるという彼女の行動のみが語られ、彼女が何を言ったのか、われわれ読者にはわからない。彼女が修道院から夫に書いた手紙の文面にも語り手は触れていない。二五年以上家に引きこもっているという彼女の言葉が読者に紹介されることもないのである。語り手の侯爵夫人は、この「慎重な夫」をいわば美談としてわれわれに紹介しているように思われる。しかし、彼女の上記の語りにはかすかな皮肉が感じられないだろうか。シルヴィを「フランスにいる最も正直で最も有徳の女性の一人」と形容した直後に、「少なくとも、彼女は最も家庭内に引きこもっている女性」——「騙された嫉妬深い夫」のセレニーが夫によって監禁状態にされたように——と言い直しているのである。美徳の持ち主であることと家庭内にひきこもっていることとがほぼ等価とみなされる傾向があることが言外に言われているようでもある。だが、修道院の外にいながら世捨て人のような生活を十九歳のときから送り続けることは、シルヴィにとって幸福なことだったのだろうか。ここでは美徳と幸福は両立しているとは言い難い。しかしながら彼女の心を示す言葉はどこにもない。われわれ読者の判断は宙づりにされたまま残される。

⑤誰にとっての教訓なのか

すでに述べたように、「慎重な夫」はスペイン人とフランス人の愛の作法に関する議論の中で、不貞をはたらいた妻を慎重な夫がどう取り扱ったかを語る「実話」として語られている。したがって、語り手のフランス人の侯爵夫人は、話の折々に介入し、教訓を語り、聴衆の注意を引く。まず、彼女は初めてジュスタンがシルヴィとヴェルヴィルとの決定的な密会を目撃した際に、次のように聞き手に語りかける。

私の話を聞いていらっしゃる殿方のみなさん、ここで刀をふるわず、このときこの婦人と殿方を刺殺しに来なかったようなお方はあなた方の中には一人もいないと、私は確信しております。ジュスタンはみなさんがそうであったろうよりも賢明であったたし、彼が知らないふりをしたのは、勇気を欠いていたからではありませんでした。

(*Continuation*, p. 264)

語り手は、ジュスタンの慎重さを、聞き手である一座の人々に強調している。しかし同時に、この語り手の介入は、物語の読者である当時のフランス人に対しては、ジュスタンのような慎重な夫でなければ、シルヴィはヴェルヴィル共々殺されていたかもしれないと仄めかしてもいる。というのは、当時のフランスでは、姦通した妻を殺した夫は、殺人罪に問われても通常恩赦が与えられていたからである。十八世紀末フランスで出版された姦通法に関する書物には、妻を、ときには愛人も含めて殺害しながら恩赦を与えられた夫の例が複数、実名を出して列挙されている[26]。

物語末尾で、語り手の侯爵夫人は次のように話を締めくくるが、彼女はここでさまざまな教訓を聞き手に伝えている。

「以上が」と侯爵夫人は続けた。「皆さん方にお約束していたお話です。この話には、私がこしらえた付け足しの部分は一切ありません。ここから引き出すことのできる教訓は、紳士が不運にも不実な妻を持った場合には、妻の不始末が知られていなければ、妻を軽蔑するのみで我慢し、外聞を守らなければならないということです。しかしもしその不始末が公になっているのなら、夫は妻と永遠に別れなければなりません。さらに付け加えることのできるのは、父親、母親というものは、結婚のような終生の状態に子どもを結びつける前に、彼らの愛情と相談すべきだろうということです。しかしここから引き出し得る最良の教えは、女性というものは決して自分の美徳を試練にかけてはならないということです。」

（*Continuation*, p. 273）

侯爵夫人は、夫、親、妻の順に教訓を述べている。すなわち、不貞な妻をもった夫の妻への対処法、そして子どもを結婚させる際の親の心構え、さらに貞節な妻であり続けるための妻のあり方が述べられる。夫への教訓のみが不貞後のものであり、親と妻への教訓は、不貞予防のためのものと考えられる。一見当事者それぞれへの教訓を公平に述べているように見えるが、「ここから引き出し得る最良の教え」と述べているように、その重点は妻への教訓にあるように思われる。とくに、侯爵夫人の話のあとに聞き手の一人であるメドック公が次のようにコメントするだけになおさらである。

「夫人とこちらの男性たちが」と、侯爵夫人が話し終えたのちに、メドック公が続けた。「私たちに彼らの国の優れた特性を率直にお話しくださったのですから、（…）彼らの主義の方が私達のよりも好ましいと認めるのが正当ですね。しかしながら、我々が我々の妻の不貞の現場を取り押さえたときに、刀にものを言わせるのは我々だけではなく、フランス人も我々と同様けっこうよく刀を使うものです。そうした暴力行為はまさしく非難すべきではありますが、通常許されているようです。(…) フランス人の主義は我々のよりもずっと賢明だと思われます。それは怒りの最初の衝動によるその場での殺人は許す。しかし、毒や刀は謀殺として罰するのです、実際それは謀殺なのですから。」

(*Continuation*, pp. 273-274)

メドック公は、フランス人の夫も不貞の現場では殺人を犯すが、フランスでは、現場での衝動殺人は許され、事後の殺害は罰されると述べている。「慎重な夫」の物語は、慎重ではない夫のケースを、スペイン人の聞き手に語らせて終わるのである。したがって、侯爵夫人の教訓「女性は自分の美徳を試練にさらしてはならない」の次に、メドック公のコメント、「夫のその場での殺人はよくあることだし、社会的に許される」が重なるのであるから、全体としては女性に向けた教訓が強調されていると言えるだろう。貞節であれ、さもなくば死を覚悟せよ。かりに慎重な夫、財力のある父という幸運に恵まれても、一生引きこもっての暮らしを余儀なくされるのだ、と。

5　ドン・キホーテの教訓は聴衆を納得させられるのか

「慎重な夫」の挿話の直後、聞き手の一人であったドン・キホーテは次のように彼の教訓を語り出す。このドン・キホーテの教訓は「ドン・キホーテ殿の見事な教訓」とタイトルを与えられ、挿話「騙された嫉妬深い夫」や「慎重な夫」と同様、一つの独立した章を為している。翻訳者の「私」はその章の冒頭で以下のように述べる。

ラ・マンチャの英雄は、自分の教訓を開陳する良い機会を黙っているつもりはありませんでした。もともと私は彼の説教を翻訳するつもりは全くありませんでしたし、それらをすべて省略しようと思っておりました。しかしこの集まりにおいて彼の行った話は私にはとても素晴らしく良識に溢れているように思われたので、それを読者から取り上げなければならないとは思わなかったのです。彼は公爵に続いて発言しましたが、以下が、シッド・ルイ・ゴメスが彼に言わせた事柄です。

(*Continuation*, p. 274)

このように、「私」は「もともと私は彼の説教を翻訳するつもりは全くありませんでした」もしくは「以下が、シッド・ルイ・ゴメスが彼に言わせた事柄です」と自らの責任を回避あるいは軽減しつつもドン・キホーテの教訓を紹介していく。では、ドン・キホーテが挿話から導き出した教訓はどのようなものだろうか。

（…）最も私を驚かすのは、スペイン人の夫がすべての道理が自分の側にあり、すべての過ちが妻の側にあることを望んでいることです。（…）彼らは不貞な妻は死に価すると判断しますが、概ね彼ら自身がまさにその当事者、裁判官、死刑執行人なのです。（…）この罪は彼らにとって許しのない、容赦のない、取り返しのつかない罪なのです。そしてこれほどの厳しさで自分の妻を罰しながら、彼らは自身にはあらゆる種類の放縦を与えているのです。実際、妻がいながら、さらに公然と愛人を囲う、ときには複数の愛人を持つことをしないスペイン人などいるでしょうか？

（*Continuation*, p. 275）

このように彼はスペイン人の夫の不貞の妻への過酷さを批判し始める。以降の彼の論点は、以下の三点に要約できる。第一に、夫は自分ができないこと（結婚相手への貞節）を妻に要求している。第二に、男性の方が、精神力が強いのだから、誘惑への抵抗力も本来妻よりも強いはずだ。第三に、神はアダムに一人のイヴを与えたのだから、キリスト教的観点からも、夫は一人の妻を守るべきである。したがって、夫が不貞をした妻を厳しく罰するのは道理に適っていない、というのが彼の結論である。ただしドン・キホーテは常に「スペイン人の夫」として論を展開している。すなわち、フランス人の夫はこの論の枠組みからは表面上除外されている。そのせいか、その場の聴衆の反応は二様に分かれる。ドン・キホーテの教訓に、スペイン人たちは「口論を恐れて」反論せず、フランス人と婦人たちはみな狂人であるドン・キホーテがかくも論理的で適切な教訓を語るのに感心し、「互いに顔を見合わす」(*Continuation*, p. 281)のである。しかしながら、彼らは一様に何も発話しない。居合わせた村の司祭だけがドン・キホーテの論に賛同し、持論を述べる。ただし司祭は、この段階ではまだドン・キホーテとサンチョの素性を知らない状態であったから、彼らの身分や狂気を了解していた場合に同じような態度を取ったかどうかは疑問である。

ここでまた翻訳者の「私」が介入する。

以上が、私がスペイン語の原本に見出した教訓であり、私はそれをフランス語に翻訳することは、他の多くのものと同様、適当だと思いました、なぜなら、その教訓は、正当で自然であり、とりわけても読者が神を畏れ、臨終の祈りの救済を信じているならば、読者の精神に感銘を与えることができると私には思われたからです。読者が名誉を重んじていればなおさらです、基本のところで誠実さがないならば、名誉は決して現実でも真実でもないのですから。

(*Continuation*, pp. 281-282)

「私」はドン・キホーテの語った教訓とそれを支持する村の司祭に賛同し、フランス語に翻訳することに意味があると述べている。一方で、この「私」の介入部分には、自分はスペイン語を翻訳しただけなのだと念を押すという意味もあるように思われる。

では、ドン・キホーテの教訓は、この場の人々の賛同を得てこの章は終わることになるのだろうか。いや、シャールは別な幕切れを用意する。ドン・キホーテは宗教を持ち出したことをきっかけに、村の司祭と議論し始める。だが、二人の議論はサンチョ・パンサが与太話風に割って入ったことで続かない。サンチョが何か一言言うたびに一同は笑い出す。サンチョはドン・キホーテの教訓を完全に笑い話にしてしまうのだ。

サンチョは自分の妻はあらゆる女性と全く同じであり、もしドン・キホーテに妻がいたなら自分と同じように考えるだろうと言う。このサンチョの言葉に、その場の聞き手は、ドン・キホーテの教訓に対するのとは対照的に、次々に反応し、サンチョの女性観を尋ねることとなる。

「おいらが思うに」、とサンチョは答えた、「えーと、……ここで御婦人方が聞いてらっしゃるんじゃ何も言いたくないですよ。」「それどころか、お友達のサンチョ」、と麗しのドロテが彼に言った、「お考えになっていることを全部言ってくださいな、私たちみなお願いしますわ、そうすれば私たちの欠点がわかってそれを直すのに役立つことでしょう。」「それじゃ皆さんはおいらのかみさんには似てないな、あいつは何も直さないから」、と彼は彼女たちに言った。「とにかくあらゆる女性についてどうお考えなんですの？」と御婦人方が同時に彼に言った。「おいらが思うに」、と彼は彼女らに言った、「アダムは泥で作られた、泥がそこにあったから。でも神様はイヴを作るのに、アダムのあばら骨の一番固いのを使い、始めに頭を作ったんだよ。だって女の頭は悪魔みたいに固いからね、特にうちのかみさんのは。」みんながサンチョの返事に笑い出した。

(*Continuation*, p. 284)

その後もドン・キホーテが話している際のサンチョのしぐさや言葉によって、「一同は大口を開けて笑った」(*Continuation*, p. 288)、「みな再びサンチョのこのすばらしい表現に笑い出した」(*Continuation*, p. 289) と、「ドン・キホーテ殿の見事な教訓」は笑いで終わってしまう。ドン・キホーテの教訓が、村の司祭の反応しか引き出さないのに対し、サンチョの言葉には聞き手は男女を問わず活発に反応していく。語り手(もしくは翻訳者)は、フランス人と婦人たちはドン・キホーテに賛同したと述べているが、彼らの直接的な言説は語られてはいない。彼らにとってドン・キホーテの教訓はむしろ気まずい正論であり、サンチョの滑稽な言動に周囲の人々がすかさず反応していくのは、場の気まずさを救われたように感じたからではないだろうか[27]。こうして二つの挿話の後のドン・キホーテの教訓は翻訳者「私」によって一つの章を与えられ、その場の論調を支配しかけたところで有耶無耶にされ、骨抜きとなるのである。

3　ラクロ『危険な関係』（一七八二）——沈黙から始まり、沈黙に終わる物語

『危険な関係』は、一七八二年四月出版されるや初版二千部がたちまち売り切れ、翌月二千部を再版する。当時の例にもれず、偽版も多数あり、恋愛遊戯の果てに自滅する貴族を描いたスキャンダラスな内容とあって良くも悪くも大評判となった。周知のように、この作品は、十九世紀においてはボードレールという例外を除けば評価されず、二十世紀に入って再評価された。この作品を原作とした映画はフランス本国のみならず、アメリカ、日本、韓国にも存在し、その影響の広さ大きさは、フランス文学史上でも屈指の一つと言えるだろう。[28] 本格的なラクロ研究は二十世紀後半に始まったに等しいが、『危険な関係』研究には二つの源流があると思われる。一つは、ジャン＝リュック・セイヤズの『危険な関係』とラクロにおける小説の創造』（一九五八）[29]であり、もう一つはロジェ・ヴァイヤンの『彼自身によるラクロ』（一九五三）[30]である。ほぼ同時期に発表されたこの二つの著書の前者は書簡体小説という形式に重きを置き、後者は登場人物の出身階級に重きを置いてこの小説を分析している。もちろんこれら二つの傾向そのものは、本来完全に排除し合うものではないはずであり、ジャン・ルーセの『形式と意味作用』（一九六二）[31]や、トドロフの『小説の記号学』（一九六七）[32]は、書簡体という形式

による文学表現が、登場人物の造形、人物相互の関係、その変化の提示にどのように結実していくのかを検討している。

また、ラクロにおけるルソーの影響はつとに指摘されており、ラクロの『女子教育論』への『人間不平等起源論』の影響は明白なものと考えられている[33]。そして、『女子教育論』と『危険な関係』の照応もまた無視できぬものである以上、ルソーの『新エロイーズ』と『危険な関係』とのつながりを考慮に入れずして、『危険な関係』を解釈することはできないとする研究もある。しかしながら、ロラン・ヴェルシニの述べるように、ラクロはルソーの必ずしも忠実な弟子ではなく、『危険な関係』は『新エロイーズ』を肯定的源泉と同時に否定的源泉ともしていると思われる[34]。

1 物語を起動する沈黙——ヴォランジュ夫人の沈黙

『危険な関係』は多声型（ポリフォニック）の書簡体小説であり、全体が一七五通の書簡で構成されている。ただこの小説において、登場人物の声は均等に立ち現われはしない。物語を支配し動かしていく登場人物は、リベルタン[35]であるメルトゥイユ夫人とヴァルモン子爵であり、この二人の策略がストーリーを展開させる。策略の始まりは、メルトゥイユ夫人が、かつての恋人ジェルクールが修道院から出たばかりのセシルと婚約したことを知り、ヴァルモンにセシルを誘惑させようと持ちかける手紙に見ることができる。以下は小説中の第二信、メルトゥイユ夫人がヴァルモンに宛てた手紙である。

ヴォランジュ夫人が娘を結婚させるのです。この結婚はまだ秘密なのですが、昨日私に知らせてきました。夫人がだれを婿として選んだと思います？　ジェルクール伯爵なのです。私がジェルクールの従姉になるだなんて。

(*LOC.*, pp. 13-14)

ヴォランジュ夫人は、まだ公にはされていない縁談を親戚関係にあるメルトゥイユ夫人に知らせてきたのである。しかし結婚する当人のセシルには、母親のヴォランジュ夫人はまだ何も知らせていない。上記の第二信に先立つ、物語の冒頭の手紙は、修道院から出たばかりのセシルが書き手である。

でもまだ何も話してもらってはいないのよ。それで、いろんな準備がされているのを見なければ、たくさんの職人たちがみな私のためにやって来ているのでなければ、私を結婚させることなんて考えていないと思うでしょう、またジョゼフィーヌばあさんのたわごとだって思うかも。でもママンが、娘というものは結婚するまで修道院にいなければならないってよく言っていたし、私が修道院から出された以上、ジョゼフィーヌの言うことが正しいにちがいないわ。(*LOC.*, p. 12)

このように、セシルは自分自身の結婚について母親から何も聞かされてはいないが、修道院の門番の話や周囲の結婚準備を思わせるあわただしさ、母親が以前言っていたことから、どうやら自分は結婚することになるらしいと想像しているのである。十五歳の、修道院から出たばかりの少女にとって、なんとも落ち着かない状態だと言えるだろう。シャールの「慎重な夫」のシルヴィも、修道院を十五歳で出て、ジュスタンと結婚する。当時にあっては、十五、六歳ではるか年上の男性と結婚することは決して珍しいことではなかった。[36] シルヴィとセシルには、当時の良家の子女のありふれた設定が施されていると思われる。ただ、シルヴィとは異なり、セシルは手紙の中で饒舌に語る。

わかるでしょ、私約束を守ってるわ、帽子やポンポンにすべての時間を使ってはいないのよ。いつだってあなたのためには時間を残しておくつもり。でも今日一日だけで私たちが過ごした四年間に見たよりももっとたくさんの飾り物を見たわ。

(*LOC.*, p. 11)

セシルは修道院での親友ソフィに宛てて、静かで単調な修道院生活から一転した現在の華やかな生活について、浮き浮きと語っている。「帽子やポンポン」、「今日一日だけで私たちが過ごした四年間に見たよりももっとたくさんの飾り物」といった美しい物に囲まれ、「私専用の小間使いがいて、自由に使える居間と化粧部屋があって」(同頁)と、浮足立った彼女のおしゃべりは留まることがない。しかしその一方で、すでに述べたように、華やかな結婚準備を思わせる支度がされつつ、母親からは結婚について何も明確なことが言われてはいないのである。そうした状況で、セシルは、出入りの靴職人を自分の結婚相手と勘違いするような失態まで演ずる。このエピソードは、彼女がいかに世間知らずでありかつそれほど「結婚」について意識過剰になっているのかが窺えるものと言えよう。

実際には、ねえ、その男の人は靴職人だったのよ。どれだけ恥ずかしかったか言えやしないわ。幸いなことにママンしかいなかったけど。結婚したら、その靴職人はもう使わないつもりよ。ホント、私たちって物知りよね！

（*LOC.*, pp. 12-13）

ここで彼女が修道院時代の友人ソフィに「私たちって物知り」nous voilà bien savantes と言っているのは、もちろん反語であろう。実際には彼女は自分がいかに savante から程遠い所にいるか、物を知らず世間を知らないかを自覚しての記述であろう。[37] 修道院から出たばかりで世慣れていないのに加えて、母親から何の情報もないというこの落ち着かなさ、この宙づり状態が、セシルに対するメルトゥイユ夫人とヴァルモン子爵による誘惑を容易にする土台となっているのではないだろうか。したがって、ヴォランジュ夫人の沈黙、すなわち、セシルの結婚についてセシル自身に曖昧なままにしておいたことが、この物語を起動させているとも言えるだろう。第三信でも、セシルはソフィに「まだ何もわからないのよ。」（*LOC.*, p. 13）と語り、第七信では、「結婚について何も話さなかったのは、最初と同様、何も教えられていないからなのよ。結婚についてもう考えない習慣がついて、今の生活で十分だと思っているわ。」（*LOC.*, p. 23）と、結婚に思いを巡らすよりも、今の生活を楽しもうという姿勢に変わってきている。このあと、セシルはソフィに宛ててダンスニー騎士との出会いと淡い恋を語り始めるのである。第二九信、セシルの手紙を見てみよう。第一・三・七信と同様、ソフィ宛である。

彼女〔メルトゥイユ夫人〕はママンに、あさって私をオペラ座の彼女のボックス席に連れていくことも頼んでくれました。そこは私たちだけなんですって、それでわたしたちずっとおしゃべりするのよ、人に聞かれる心配をせずに。そっちのほうがオペラ座より楽しみだわ。私の結婚についてもおしゃべりすることでしょう。というのは、彼女が言うには、私が結婚することになっているのは本当なんですって。(…) たとえば、ママンが結婚について全然何にも言わないなんてほんとに不思議じゃないかしら?

(*LOC.*, p. 62)

第二九信は第一信から三週間後の日付の手紙であるが、セシルは相変わらず母親ヴォランジュ夫人から結婚について何も聞かされてはいない。しかし、今度は自分よりも階級が下の周囲の人間ではなく、親戚のメルトゥイユ夫人から「結婚することになっているのは本当」だと聞かされるのである。このセシルの手紙からは、メルトゥイユ夫人が着々とセシルの信頼を勝ち取り、ヴァルモンがセシルを誘惑しやすくする下地を作り上げていくさまが、小説の読者であるわれわれに示されている。

やすやすとメルトゥイユ夫人の策略に乗りつつあるセシルは、夫人との関係を緊密にしていく一方で、自分ではそれと気がつかぬうちにそれまでの信頼関係をないがしろにし始める。母親ヴォランジュ夫人及び修道院時代の親友ソフィとの関係である。前記第二九信の冒頭は、ソフィのセシルへの忠告に対する非難から始まる。セシルはダンスニー騎士という若者に出会い、淡い恋を抱く。彼女はダンスニーに手紙を書いてほしいと頼まれたが、だれかと結婚するかもしれない微妙な時期ゆえに、断っていた。しかしセシルは本心では彼に手紙を書きたいのである。そういうとき、十五歳の少女は女友達に相談する。ソフィの手紙はこの小説中にはないが、以下を読めば彼女がどんな忠告をしたか、われわれには明らかであろう。

だから言ったでしょ、ソフィ、手紙を書いてもいい場合があるんだって。誓って言うけどあなたの意見に従ったこと私後悔してるわ。そのおかげで私たち、ダンスニー騎士と私は、あんなに苦しんだんだもの。私が正しかった証拠は、メルトゥイユ夫人、そういうことをほんとによく知ってる人なんだけど、彼女が最後は私みたいに考えるようになったってことなのよ。（*LOC.*, p. 61）

ソフィが「ダンスニーに手紙を書くべきではない」という忠告をしたのに対し、メルトゥイユ夫人は「最後は私みたいに考えるようになった」のである。セシルは、自分の欲望に反する忠告をしたソフィではなく、自分の欲望を支持してくれたメルトゥイユ夫人との関係を強化していく。オペラ座のボックス席で、だれに気兼ねすることもなく、セシルはメルトゥイユ夫人に恋の相談をすることだろう。自分が気に入る忠告をしてくれないソフィに、彼女は恋について語る機会を少しずつ減らし始めることになるだろう。

第三九信で、再びセシルはソフィに宛てて自分の結婚を話題にする。新しい情報がもたらされたのだ。だが、新情報はやはり母からではなく、メルトゥイユ夫人からである。

私昨日はメルトゥイユ夫人とオペラ座にいたの。私たちそこで私の結婚についてたくさん話しました。何もいいことは聞かなかったわ。私が結婚することになっているのはジェルクール伯爵で、それは十月なんですって。彼は金持ちで、身分が高く、＊＊連隊の連隊長で……、ここまでは全部すごくいいわ。でもまずその人は年をとっているのよ。考えてもみて、少なくとも三十六歳なのよ！　それに、メルトゥイユ夫人がおっしゃるには、その人は陰気で厳格で、私は彼といっしょだと、幸せにはなれないかもしれないって。

(*LOC.*, p. 79)

セシルは母親からは何の情報もない中でメルトゥイユ夫人からの情報を鵜呑みにし、自分の結婚に暗澹たる気分を抱き始める。この手紙の日付は八月二十七日であり、彼女は十月の結婚まであとひと月あまりしかないと、動揺するのである。

2　セシルの沈黙

物語の末尾、策略の共犯者同士であったメルトゥイユ夫人とヴァルモン子爵は決裂し、メルトゥイユはダンスニーに、ヴァルモンがセシルを誘惑し二人に性的関係があったことを教える。ダンスニーとヴァルモンは決闘し、ヴァルモンは命を落とす。末期のヴァルモンが託した手紙の束によって、メルトゥイユの評判は地に落ちた。すべてが破綻へと収斂していく中で、ことのからくりを悟ったセシルはどんな行動をとったのだろうか。セシルの手紙は、第一五六信のダンスニー宛を最後に、小説中に登場しなくなる。第一五六信は上記の破綻以前のものであるから、破綻後の彼女の様子は、他の者の手紙からしかうかがいしれない。以下は、母親ヴォランジュ夫人がヴァルモンの伯母ロズモンド夫人に宛てた手紙である。

昨日、朝一〇時ごろ、まだ娘の姿が見えないのに驚いて、どうしてこのように遅れたのか知ろうと小間使いを行かせたのです。小間使いはまもなくひどく怯えて戻り、娘が部屋にいないと言うので、私はさらに怯えました。(…)娘は手持ちのわずかなお金だけしか持っていかなかったのです。娘は昨日初めてメルトゥイユ夫人について言われていることを知ったので、メルトゥイユ夫人をとても慕っている娘は、一晩中泣いてばかりいたほどでした。

(*LOC.*, pp. 375-376)

ヴォランジュ夫人は、娘セシルとメルトゥイユ夫人の真の関係を知らないでこの手紙を書いているが、われわれ読者はセシルの涙の本当の意味と失踪の真相を容易に推理することができる。彼女ははじめてメルトゥイユ夫人と自分の行動の意味とからくりを悟ったのだ。ヴォランジュ夫人はまもなく、修道院長とセシルからの手紙を受け取り、セシルが修道院に赴いたことを知る。

娘の手紙には、修道女になるという決心に私が反対することを恐れたのだということ、それについて私に告げる勇気がなかったと書いてあるだけなのです。残りは、私の許しのないままにしたこの決心についての謝罪だけでした。付け加えて、もし私が発心のわけを知ったら、きっと反対しないだろうと言うのです。それでいて、わけを聞かないでくれと頼むのです。（LOC., p. 376）

小説の冒頭では、母親が何も言わなかったがゆえに、セシルは、自分の結婚を予感しつつも、相手も時期も曖昧なままに宙づりにされていた。今度は、ヴォランジュ夫人が、セシルの修道女になるという決意の理由を量りかねている。セシルが理由について語らないうえに、ヴォランジュ夫人にとって、若く美しく六万リーヴルの年金のある娘の修道女志願はありえない事柄だからである。夫人が修道院までセシルに会いに行っても、セシルは何も語らない。

（…）私がひたすらに泣く娘から聞き出すことができたのは、娘は、修道院でしか幸せになれないということだけでした。（LOC., p. 377）

3　ロズモンド夫人の沈黙

セシルの頑ななまでの決意と沈黙に途方に暮れたヴォランジュ夫人は、ヴァルモンの伯母ロズモンド夫人に忠告を求める。ロズモンド夫人のヴォランジュ夫人への返答を検討するには、彼女が、決闘によって甥のヴァルモンを死に至らしめたダンスニーを介して、メルトゥイユ夫人の手紙、さらにはセシルの手紙も入手していたことを考慮しなければならないだろう。ダンスニーはロズモンド夫人に「この不幸な出来事が沈黙の中に埋もれたままになるように」(*LOC.*, p. 373) ロズモンド夫人の助力を要請している。当初ダンスニーの告訴を手配しようとしたロズモンド夫人も、ヴァルモンとメルトゥイユ夫人の策謀を知り、「あなたが私に知らせてきた事柄の後では、泣くことと沈黙することしか残されてはおりません。」(*LOC.*, p. 377) とダンスニーに返事を書き送っている。こうしてセシルの修道誓願の決意の背景をすでに承知していたロズモンド夫人は、以下のようにヴォランジュ夫人に返答する。

　はなはだしい苦しみを感じずにはいられませんが、あなたにお願いをいたします。お嬢さんに関して、あなたが私に望んでおられる忠告の根拠を、私に言わせないでいただきたいのです。お嬢さんが望んでいる修道誓願に反対なさらないことをお勧めいたします。(…) あなたもおわかりのように、お嬢さんご自身がおっしゃっておいでです。もしあなたがわけを知れば、お嬢さんに反対しないだろうと。

(*LOC.*, p. 379)

ロズモンド夫人の言葉は、セシルの言葉とほぼ同じである。根拠は言えないが、セシルは修道女になるべきだというのである。愛する娘は、なぜ世を捨てなければならないのか、理由を知らされない、知ることのできない母親は、苦悩に突き落とされる。ヴォランジュ夫人は、再度ロズモンド夫人に手紙を書く。

ああ奥様! あなたは娘の運命をなんと恐ろしいヴェールで覆ってしまわれるのですか! しかもあなたは私がそのヴェールをまくり上げるのではないかと恐れておいでのようです! それではそのヴェールは、何を隠しているというのでしょうか、あなたのために私がいだく恐ろしい疑い以上に、母親の心を深く悲しませるものがあるというのでしょうか? (…) もし私の不幸がこのような程度を超えるものでしたら、そのときは、あなたが沈黙によってのみご説明なさるにまかせるのを、確かに同意いたします。

(*LOC.*, pp. 380-381)

ヴォランジュ夫人は、彼女の想像できる限りのセシルの過ち、しかしなんとかとり繕うことの可能な範囲の過ちを推理し、善後策を考え、修道誓願を回避できないかと、ロズモンド夫人に相談するのである。すなわち、娘とダンスニーは手紙のやり取りを超えた恋愛関係に入っていたのかもしれない。であるならば、ダンスニーとの結婚を許そう。ダンスニーには道義的責任があり、さらに、彼にとってても彼の親族にとってもこの結婚は有利なのだから、彼は結婚を受け入れるだろう。これがヴォランジュ夫人の推理であり、善後策であった。しかし、ロズモンド夫人に忠告を求めつつ、「もし私の不幸がこのような程度を超えるものでしたら」(*LOC.*, p. 381)と、彼女は自分の予測を超えた事態も予感している。

尊敬に値する親愛なる奥様、以上が、私に残された唯一の希望です。もし可能でしたなら、いそぎお知らせください。おわかりでございましょう、どれほど私が奥様のお返事を望んでいるか、そして奥様の沈黙がどれほど恐ろしい打撃を私にもたらすことになるのかを。(*LOC.*, pp. 381-382)

しかしこのヴォランジュ夫人の手紙に、返事が来ることはなかった。ロズモンド夫人は、彼女の手紙に、石のような沈黙で答えたのである。それはすなわち、セシルの過ちがヴォランジュ夫人の想像を超えるものであったと暗に告げていることに他ならない。

『危険な関係』を構成する一七五通の手紙の最後のものは、前記の手紙の一カ月後、ヴォランジュ夫人が沈黙を守ったロズモンド夫人に宛てたものである。

明日親族がメルトゥイユ夫人の債権者と折り合いをつけるために集まることになっております。遠縁ではありますけれど、私は協力を申し出ました。でもその集まりには参りません。ずっと悲しい式に出席しなければなりませんから。娘は明日修道誓願をするのです。お忘れではないと存じますが、奥様、私がこの大きな犠牲を払うにあたって、そうせざるをえないと思いましたのは、奥様が私に対して守った沈黙以外に理由はないのです。

(*LOC.*, pp. 385-386)

こうしてこの物語は、自分の予測をはるかに超えた事態の存在を、その具体的な内容はわからないままに納得せざるをえない、一人の母親の手紙で幕を閉じるのである。

4　沈黙で始まり、沈黙で終わる

以上見てきたように、『危険な関係』における悪役主人公とも言うべきメルトゥイユ夫人とヴァルモンとの策謀が起動するその背景には、ヴォランジュ夫人の沈黙が大きくあずかっていると言ってよいだろう。ただし、ヴォランジュ夫人には意識的に娘に結婚について隠すつもりはなかったと思われる。当時の上流階級の結婚は基本的に親が決定するものであり、当人の意志は問題とはならなかった。ヴォランジュ夫人は娘の有利になるような結婚を進めていたつもりであり、セシルにその詳細を報告しなければならないとはつゆほども思っていなかっただけであろう。したがって、彼女の沈黙はセシルをやきもきさせたであろうが、意図的なものではなかった。

では、セシルとロズモンド夫人の沈黙はどうだろうか。セシルは修道院に逃げ込むにあたってヴォランジュ夫人に無断で家を出ている。また、修道院を訪ねてきた母親に対して、ただ涙で修道誓願をするという決意を語り、理由は言えないがその理由を知ればヴォランジュ夫人も納得するはずだとのみ語る。セシルの沈黙は、修道誓願をするに至る理由を意図的に隠すことにある。その理由を語れば、ヴァルモンの誘惑に屈し、妊娠までした過去にふみこまざるを得ないだろう。ヴォランジュ夫人の言う最悪の予想、すなわちダンスニー騎士との婚前恋愛という予想をさらに大きく越えた、自分の行動を、セシルは何としても母親に隠したかったのだろう。母親が彼女に対して抱いている純真なイメージを損ないたくはなかったのではないだろうか。母親を悲しませたくない、母親に愛されている娘のままでありたい、おそらくはそのような配慮が彼女の意図的な、頑強と言ってよい沈黙を支えていたことだろう。この小説冒頭のセシルの手紙は八月に書かれ、セシルの修道誓願の決心を知ったヴォランジュ夫人の手紙は十二月に書かれた。ほんの四カ月余りで、セシルは、無垢で無邪気な世間知らずの浮かれた少女から、頑強に沈黙する娘へと変貌したのである。われわれはそこに、幼いながらも強い彼女の意志を読み取ることができるのではないだろうか。

ロズモンド夫人の沈黙は見事なものである。忠告を求めるヴォランジュ夫人に対して、まずはセシルと同様、理由は尋ねず彼女の修道誓願を認めるべきと答える。次に、畳みかけるように手紙をよこすヴォランジュ夫人に、まさに何も答えない。いっさい手紙の返事を出さないのである。この鉄の沈黙には、さすがのヴォランジュ夫人も、諦めざるをえなかった。彼女は理由を問いただささぬまま娘の修道誓願を認めるのである。ロズモンド夫人の完全な沈黙があってこそのヴォランジュ夫人の諦念であろう。したがって、ロズモンド夫人の沈黙もまたセシルの沈黙と同様、意図的なものであり、セシルの修道誓願を円滑にし、ヴォランジュ夫人の詮索をやめさせるためのものだと言える。彼女は、ヴォランジュ夫人が娘の修道誓願の理由を詮索しても、セシルもヴォランジュ夫人も傷つけるだけで何の益もないと判断したものと思われる。物語中最年長の女性の、決然とした判断が窺われる。ただし、その判断には夫人自身の利己主義も仄見えなくもない。セシルの修道誓願の理由を明らかにすることは、彼女の不行跡を明らかにすることであるが、それは同時にロズモンド夫人の甥ヴァルモンの、セシルへの不行跡を暴露することにもなるからである。したがって、無意識にかもしれないが、亡くなった甥の名誉、翻って自分の家名のために沈黙を守っていることを否定はできないだろう。

5　教訓と沈黙

「騙された嫉妬深い夫」及び「慎重な夫」と同様、『危険な関係』にも教訓が付与されている。副題には「教訓となるよう出版された」ともある。その上で、「編集者の序」には次のように書かれている。

この作品の有用性は、よりいっそう疑いの余地があるかもしれないが、私にとってはより容易に明らかにできるようだ。少なくとも、品行の良い人々を騙すために品行の悪い人々が用いる手段を暴露するのは、風紀良俗に奉仕することだろうと思われるし、この書簡集はそうした目的に効果的に貢献しうるだろうと思う。さらにここに見出されるであろう二つの重要な真実たる証拠と例は、それがどれほど実行されていないかを見れば、世に認められていないと信じることができるだろう。その一つは、自分の社交の集まりに品行の悪い男性を迎えるのに同意する女性は、みなその犠牲者となるということ、もう一つは、自分が娘から得ている信頼を他の者に認めるような母親は、少なくとも慎重さに欠けているということである。 (*LOC.*, p. 7)

この二つの教訓が、トゥールヴェル法院長夫人とセシルがヴァルモンに誘惑されたこと、ヴォランジュ夫人がメルトゥイユ夫人のセシルへの接近を許したことを指しているのは明らかである。そして、メルトゥイユ夫人がセシルの歓心を買うことに成功した一因として、彼女の結婚について語ったことが大きいとするならば、ヴォランジュ夫人の沈黙は、あからさまな形ではないにしても、ラクロによって暗に批判的にとらえられているのではないだろうか。意図的ではない沈黙ゆえに、なおのこと問題化されにくい沈黙として、ヴォランジュ夫人の沈黙は描かれているように思われる。

シャールの「騙された嫉妬深い夫」は、語り手によれば、たとえ妻のふるまいに端を発する事柄であろうとも、周囲の嘲笑の的となるかどうかは夫の行動次第だという教訓を引き出すべく話し始められている。語られた話は、夫の行動が決定的な要因となっているのは確かであり、夫の異常な嫉妬心が妻を追い詰め、若い色事師を家に呼び込むという皮肉な事態をも生む。しかし、この挿話は、妻の実際の不貞に対する夫の態度を描いたものとは言い難い。妻は夫の嫉妬深さと同程度に稀なレベルの美徳の持ち主と言えるし、はじめは単なる色事師として登場する若い騎兵もまたロマンティックさと自制心を併せ持つあり得ないほどのすばらしい恋人へと変貌を遂げている。夫は自身の異常な嫉妬心が招いた事態の中で周囲に嘲笑されつつ憤死するのだから、嫉妬深い夫への教訓が込められているのは間違いないだろう。しかし語り手サンヴィルから語りを引き継ぐ侯爵夫人がサンヴィルの話をまとめて教訓づけるとき、それはやはり女性への教訓となる。また、異常な嫉妬心で理性を失った夫と驚異的な美徳の妻、理想的で忠実な若い男性という、並はずれた三者がそろって、初めて妻は幸せになれたかのようである。

「慎重な夫」は、一見男性に夫として慎重であれという教訓を述べているように装いつつ、実際は女性に貞節と慎重さを説いていた。換言すれば、表層と深層の教訓を読み取ることができた。そしてこうした教訓と対照的に、女性の側の心理や心情はその女性の沈黙――それも彼女自身の意識的な沈黙というよりは、語り手によって声を排除されたことによる沈黙――で覆い隠され、われわれ読者には曖昧なままに残されていた。「騙された嫉妬深い夫」の妻は、自分を誘惑しようとする若い騎兵に対して雄弁に拒絶する。セレニーはシルヴィのようには沈黙していない。セレニーの言葉が消え去るのは、ソタンに偽のイタリア女が男性だと露見してからである。これ以後、彼女の言葉はテクストにはない。

ドン・キホーテの教訓は、語られた挿話の中の沈黙する女性（妻）たちの言葉を代弁するかのように、テクストに登場する。彼はスペイン人の夫が不貞の妻に行う容赦のない処罰を見事な論理で批判する。ドン・キホーテの教訓には、聞き手による論理的な反撃がなされることはないが、サンチョの言動によって彼の教訓は滑稽化されてしまう。女性の立場を擁護する饒舌な教訓が滑稽なものとなって揶揄されていくのは、偶然ではなかろう。

ラクロの『危険な関係』においては、「編集者の序」において、教訓は明確に規定されている。風紀良俗のため、品行の良くない者たちの手口を明らかにし、犠牲者となりがちな女性たちに警告するというものである。また、娘を持つ母親にも娘の周囲の人物に警戒すべきと述べている。この書物も女性たちに慎重であれと説いているのである。しかしこの小説における沈黙は、「慎重な夫」における沈黙とは大きく異なる。ヴォランジュ夫人の沈黙は、すでに述べたように、ラクロの批判の対象と考えられる。セシルとロズモンド夫人の沈黙は、ヴォランジュ夫人に真実を隠すための沈黙である。意志的な沈黙と言えるだろう。したがって、ヴォランジュ夫人にとって真実は隠されているが、われわれ読者はセシルとロズモンド夫人が隠したものを知っている。彼らがなぜ隠したのかも、われわれには推理可能である。

このように、「騙された嫉妬深い夫」「慎重な夫」と『危険な関係』には、ともに女性に慎重であれと説く教訓を掲げているという点で大きな共通点を持ちつつ、女性登場人物の沈黙の扱いには興味深い差異が見られる。「慎重な夫」では、女性登場人物は沈黙させられている。したがって、彼女が自分に課せられた「懲罰」を受容する意志や感情は読者には不明である。これは、女性の側の意志がどうあれ、貞節ではない女性は罰されるさだめにあると暗に示しているようにも読むことができる。一方、『危険な関係』のセシルの沈黙は、自ら修道院に入ることを選択し、母にその真の理由を悟らせまいとするための、意志的な沈黙である。したがって、セシルは自らの運命を引き受ける覚悟をもって修道院に入ったのだと読者には察せられる。ロズモンド夫人の沈黙は、セシルの意志を支え、かつ亡くなった甥の、ひいては自分の一族の名誉を守るためのものと言えよう。では、セレニーの沈黙は何を意味するのだろうか。彼女がそれまで語ったのは、女性としての美徳を貫くための言葉だった。

語り手は、若い騎兵と結婚するセレニーにもはや言葉を与えるわけにはいかなかったのだろう。非現実的と言ってよい極端な条件が重なって初めて幸せをつかむセレニー、十代で聖女のように家に引きこもるシルヴィ、理由を隠し通したまま十五歳で修道女となるセシル、三人の沈黙と教訓は、当時の若い女性たちにとってどれほど有用となりえたのかは、定かではない。しかし、「小説の有害性」を中和するためには、こうした徹底した沈黙と懲罰を土台とする教訓が必要だと、作家たちは考えたのではないだろうか。

4 『危険な関係』への異議申し立て――リコボニ夫人とラクロの往復書簡

『危険な関係』は一七八二年四月に出版され賛否入り混じる大きな反響を引き起こした。同月、リコボニ夫人とラクロの間で交わされた書簡は、一方は当時の典型的な反応の一つとして、また、もう一方はラクロ自身が『危険な関係』を語る貴重な証言として、とりわけ小説の有用性を巡る問題に関して、われわれの検討に値すると思われる。

1 女性作家リコボニ夫人

まず、リコボニ夫人について簡単に紹介したい。マリ゠ジャンヌ・リコボニは、一七一三年、パリに生まれた。父は重婚で破門され、マリ゠ジャンヌの母との結婚は破棄され、最初の妻のもとに戻る。残された母によってマリ゠ジャンヌは修道院に入れられるが、十四歳で修道院を出てからは、母親との不仲に苦しむ。一七三四年、イタリア座 Comédie-Italienne の座長ルイジ・リコボニの息子アントニオ゠フランチェスコ・リコボニ（フランス名アントワーヌ゠フランソワ）と結婚。二〇年以上に渡り女優として舞台に立つが、彼女自身が言うように女優としてははかばかしい才能は示せなかった。一七五五年以降、彼女は夫と別居する。一七五七年、『ファニー・バトラーの手紙』で文壇にデビューする。その後、『クレシ侯爵の物語』（一七五八）、『ジュリエット・カテスビーの手紙』（一七五九）と順調に文学的実績を作っていく。一七六一年、舞台から完全に離れ、元女優の女友達テレーズ・ビアンコレッリと同居を開始する。その後も、小説の執筆、イギリス小説や戯曲の翻訳など順調に文筆業を続け、ルイ十五世から年金を得る。

彼女の小説は男性のエゴイスムの犠牲となった女性の心情を繊細な筆致で描いたものである。『危険な関係』の出版後、ラクロとの間で交わされた書簡は、リコボニ夫人がラクロに書き送った手紙から始まったが、それは「女性が男性の無情とエゴイスムの犠牲者であることを示そうとかくも闘った彼女は不実な侯爵夫人の創造を許せなかった[38]」からである。

2　ラクロの対応

リコボニ夫人は、今日では多くの読者を獲得しているとは言い難いが、同時代にあっては、一七五七年の文壇デビュー後、順調に文学的実績を重ね、一七八二年当時六十八歳、文学的名声を確立した女性作家であった。一方のラクロは四十歳、一躍文名をあげたとは言え、作品に必ずしも好意的な評判ばかりであったわけではなく[39]、年長の女性作家に対し慎重な対処を試み、書簡には彼の並々ならぬ配慮をくみ取ることができる。ロラン・ヴェルシニは、プレイヤード版の「リコボニ夫人-ラクロ往復書簡」の註でラクロのリコボニ夫人への対応について、以下のように述べている。ラクロは非常に詳細かつ真摯に、リコボニ夫人の抗議に応えようとしている。また、彼は、リコボニ夫人が書簡のやり取りを終了する心づもりをしているにもかかわらず、再開しようとしている。さらに、同一の手紙に二通もの返事を書いている。そして、彼自身の意志で、『危険な関係』の一七八七年版にこの書簡集を入れている。このようなラクロの態度は、ヴェルシニに拠れば、ラクロがリコボニ夫人を『危険な関係』を挑発、あるいはせいぜい、クレビヨンやリチャードソンに習った文学的試作品に還元する意見や批評の代表者と見做し得る」と考え、リコボニ夫人に、「彼が作家という存在に与えている企てと使命の重大さを説得しようとしたから」だと言う[40]。つまり、ラクロはリコボニ夫人にいわば「世間の声」を聞き、作家として弁明を試みていると言える。われわれはこれまで小説内においてときには「編集者」、ときには「語り手」、ときには「作者」として小説の意義や有用性を主張する言説を検討してきたが、この書簡では明確に作家として小説『危険な関係』の意義を語るラクロの声を聞くことになるだろう。

3 最初のやり取り——リコボニ夫人の異議申し立てとラクロの返答

まず、リコボニ夫人が最初にラクロに書き送った異議申し立てを見てみよう。以下に全文を引用する。

私はコデルロス氏の息子が巧みにものを書くことに驚きは致しません。才気は彼の家系の父祖伝来のものなのです。ですが、彼の才能、能力、彼の文体の魅力を、自分の国の風俗及び自分の同胞の趣味についての大変ひどい考えを外国の方々に与えるために用いることを、賞賛することはできかねます。ラクロ氏のような、卓越した作家は、作品を印刷する際には、二つの目的、すなわち、好評を博し、有用であるという目的を持たねばなりません。その一つを満たすだけでは、誠実な人間にとって十分ではありません。存在しえない性格に用心する必要はないのですし、ラクロ氏には、氏がメルトゥイユ夫人に付与した魅力で悪徳を飾るようなことは二度としないようお勧めいたします。（*LOC*., p. 757）

この決して長くはない手紙で、リコボニ夫人は簡潔に三つの批判を行っている。第一に、『危険な関係』は他国人にフランスは退廃的な国だという印象を与え、第二に、そもそも女性でメルトゥイユ夫人のような悪徳、退廃の人物は実在せず、第三に、悪徳のメルトゥイユ夫人を魅力的に描きすぎるというものである。他に手紙から読み取れるものとして、冒頭部分で、リコボニ夫人がラクロの親族と交際があったことが窺われ、それが両者の率直な意見の応酬の基盤の一つとなっていたと思われる。ただし、ラクロへの書簡でありながら、「コデルロス氏の息子」「ラクロ氏」「彼」と一貫して三人称を用いて距離を作ってもいる。さらに、小説を発表する際には、「二つの目的、すなわち、好評を博し、有用であるという目的」という、作品としての面白さと同時に有用性が要請されることが、自身女性作家であるリコボニ夫人によって語られている。

では、手紙の本題である三つの批判にラクロはどのように応えたのだろうか。ラクロは彼女の短い手紙のおよそ四倍以上の分量の返事を書いている。量が必ずしも機械的に彼の熱意を示すことにはならないにしても、考慮に値する長さであろう。さらに、ラクロは自身を「ラクロ氏」、相手を「リコボニ夫人」と三人称で表現し、リコボニ夫人以上に客観化を目論んでいることが見て取れる。彼の手紙は次のように始まる。

ラクロ氏は、発表したばかりの氏の著作への意見をお送りくださったご厚意に関し、リコボニ夫人に、心より感謝致します。氏は、夫人が文学的評価に注いだ寛容さに、さらにより多くの感謝をすべきと心得ております。ですが氏は、夫人が作者の道徳を裁いた際の厳しさについて多少抗議することをお許しくださるよう願っております。

(*LOC.*, pp. 757-758)

ここでラクロは、リコボニ夫人の三つの批判に答える前に、「作者の道徳を裁いた際の厳しさについて多少抗議」と述べている。つまり、ラクロはリコボニ夫人の批判は何よりもまず「道徳」を基盤としていると判断して、反論を組み立てようとしていると考えられる。この冒頭部分の後で、ラクロは三つの批判に以下のように個別に反論している。まず彼はメルトゥイユ夫人のような女性は存在しえないという批判への反論から始めている。

L〔ラクロ〕氏は始めに、R〔リコボニ〕夫人が悪意ある退廃した女性の存在を信じていらっしゃらないことを賞賛致します。彼にとっては、より不幸な体験によって目を開かされた事柄であり、彼は、悲しみをもって、しかし真摯に、断言致しますが、メルトゥイユ夫人という人物にまとめた特徴のうちいかなるものも、自分の良心に嘘をつかずに、少なくとも、彼が見た事柄の一部を包み隠さずには、消し去ることはできないことでしょう。それではこのような醜悪なものに憤激して、それを暴き、それと闘い、もしかしたらそれと似通ったものを警告しようと望んだことは、過ちなのでしょうか？

(*LOC*., p. 758)

ラクロは実体験から「悪意ある退廃した女性」は実在すると主張し、かつ小説中の登場人物であるメルトゥイユ夫人に、そうした悪徳の特徴を「まとめた」と述べている。つまり、現実社会における複数の「悪意ある退廃した女性」を小説内の一人物として形象化したと言うのである。しかもそうした人物造形は、「このような醜悪なものに憤激して、それを暴き、それと闘い、もしかしたらそれと似通ったものを警告しようと望んだ」からであり、いわば道徳的な意図からだと弁明している。

次に彼が反論するのは他国人にフランスは退廃的な国だという印象を与えるという批判である。この批判に対し、ラクロは「ラヴレイスの描き手に、『心の迷い気の迷い』の作者等々に同様の非難をしなければなりません」と、退廃的な風俗を描いているのは自分だけではないこと、また「もし外国人がメルトゥイユ夫人のような人物への有益な恐れをその国にもたらすとすれば、彼らはトゥールヴェル夫人やロズモンド夫人のような人物の価値をそれほど感じていないのでしょう」（同頁）と、そもそもメルトゥイユ夫人を描くことによる警告は「有益」であり、かつ『危険な関係』には美徳の持ち主であるフランス人女性も登場しているのだから、フランスは退廃的という印象を与えることにはならないと主張している。

第三の反論は、悪徳のメルトゥイユ夫人を魅力的に描きすぎるという批判に対するものである。率直に言って、この点に関するラクロの反論は他の反論と比べて若干切れ味に欠けるように思われる。

最後にL〔ラクロ〕氏は「M〔メルトゥイユ〕夫人に付与した魅力で悪徳を飾る」つもりはなく、悪徳を描きながらも、魅力のすべてを彼女に残したままにできると思ったのです、その魅力はただむやみに悪徳を飾っているだけなのですから。彼が望んだのは、このような危険で誘惑的な装飾が、悪徳の常に引き起こすはずの醜悪さの印象を一時たりとも弱めることのないようにすることでした。

(*LOC.*, p. 758)

ラクロは、メルトゥイユ夫人が魅力的なままでも悪徳の醜悪さを明らかにしたと弁明しているが、この弁明はむしろメルトゥイユ夫人を魅力的に描いたことを自ら肯定していると言えるだろう。またなぜ彼女を魅力的に描いたのか、その理由の根本のところはここでは明白になっているとは言い難く、さらにその「魅力」が単に容姿に由来する外見上のものに限定されるのか、それとも別の次元のものも含むのかも明確ではない。

手紙の後半では、ラクロは、リコボニ夫人の小説を例にとって、作家の性によって作品の傾向に差異があると述べている。女性作家には「貴重な感受性、触れるものすべてを美化し、そうあるべきように対象を創造する楽で快いこのような想像力」があり、男性作家である「彼〔ラクロ〕の読者が、このような気の滅入るイメージに疲れ、より甘美な感情に休息したくなる時、美化された自然を追い求めたくなる時、精神と優雅が愛情と美徳に魅力を加え得るということすべてを知りたい時」には、リコボニ夫人の小説を読むよう勧めるだろうと言うのである。しかし男性作家は「より厳しい仕事を余儀なくされ」、「自然を正確かつ忠実に描」かねばならない。つまり、悪徳の女性は実在しえないのではなく、むしろ「自然を正確かつ忠実に描い」ているのであり、リコボニ夫人の描く「美化された自然」「魅力的な描写」は、「読者がモデルの存在を疑」うほどであり、「モデルは画家の心の中」、すなわち実在せず、リコボニ夫人の想像の中にしかいないという皮肉が込められている（*LOC.*, pp. 758-759）。このように、登場人物のリアリティに関するラクロの反批判は、前述のメルトゥイユ夫人の魅力に関するそれと比べて、格段に明晰であると言えるだろう。

4 第二のやり取り――リコボニ夫人の再批判とラクロの再反論

リコボニ夫人からの第二信は、ラクロの返事ほど長くはないが、自身の第一信のおよそ二倍の分量となっている。彼女はラクロの丁寧な返事への儀礼的な謝辞のあとすぐに本題に入り、ラクロが性差による作家の傾向の違いを持ち出したことへの異論から始める。

あなた様が私に「作家としての」偏りがあると見做すならば、私にとっては真に迷惑となりますでしょう。私が書いたものはほんのつまらないものに過ぎませんから、新しい本を読んで、それを私のペンから出たつまらないものと比べたり、私の考えが他の人々の考えを導くのにふさわしいなどと思ったりしたならば、自分が不当で愚かに感じることになるでしょう。（*LOC.*, p. 759）

リコボニ夫人は、自分は「作家として」ラクロを批判しているのではない、と述べる。では第一の手紙での彼女の批判は、何に基づくものなのか。

メルトゥイユ夫人の性格で私の心が傷ついたと感じましたのは、女性として、フランス人として、自国民の名誉に熱意をもった愛国者としてなのですわ。（同頁）

リコボニ夫人は、作家としてではなく、「女性として、フランス人として、自国民の名誉に熱意をもった愛国者として」『危険な関係』の登場人物の性格、悪意ある退廃した女性リベルタンの描写に異を唱えると言うのである。つまり、リコボニ夫人はラクロと同業者の立場ではなく、むしろ一読者の立場、すなわちより世論に近い立場からこの小説を批判していることになろう。前述したラクロの手紙において、ラクロが男性作家には女性作家よりも「厳しい仕事」をしなくてはならず、自然を自分の想像力によって美化する女性作家のようなわけにはいかないという抗弁の前提を巧みに崩すものである。しかし、リコボニ夫人はラクロとの議論を長く続けるつもりはなく、収拾に向けて以下のように手紙を結ぶ。

パリ中があなたの御本をいそいそと読み、パリ中があなたについて話しています。この広大な首都の住人たちの心を占めることが幸福ならば、その喜びを享受なさいませ。あなた様ほどこの喜びを味わうことができた者はおりません。

(*LOC.*, pp. 759-760)

しかしラクロは再びリコボニ夫人に、しかも第一の返事よりもさらに長い手紙を書く。手紙はその過剰とも解釈されかねない熱心さへの弁解から始まっている。

奥様、またもや私です、そして奥様にわずらわしいと思われるのではないかと私は危惧しております。ですがどうして奥様の御親切なお手紙にお返事せずにいられましょうか！（*LOC.*, p. 760）

最初の返信では、ラクロは、自分を「ラクロ氏」、相手を「リコボニ夫人」と固有名詞もしくは三人称代名詞で表現していたが、今回は「私」je と「あなた」vous での表現となっている。また感嘆符を用いてむしろ感情的な表現を試みているように推測される。さらにラクロは、手紙のやり取りは止めることができるし、自分はそれを覚悟しており、リコボニ夫人には「沈黙する権利」があり、自分はその沈黙に苦情を言うつもりはないと述べる。だが同時に、自分から手紙を書くことを止めるつもりはないということも付け加えるのである。いわば議論を続けるかどうかの主導権を慇懃に相手に預けた上で、ラクロは以下のように再反論を行う。

まず、リコボニ夫人の、自分は「女性として」の立場から批判しているという主張には、ラクロは「今日女性たちにこれほど非難される、あの同じ『危険な関係』が、私が女性たちに心を砕いたことのかなりはっきりとした証拠となる」（*LOC.*, p. 760）と反論する。彼は「貞節な女性に奉仕」するためにこそこの小説を書いたと述べる。また、メルトゥイユ夫人にはモデルがいるのではないかという一般の詮索に「中傷文書を書きたかったわけではない」（*LOC.*, p. 761）と釘を刺しつつ、リコボニ夫人の、メルトゥイユ夫人のような女性は現実にいるとは思えないという批判に、モリエールを援用して「一人の登場人物に、同じ性格のばらばらな特色を集める」（同頁）ことによってメルトゥイユ夫人を創り上げたと述べている。
また、リコボニ夫人の「フランス人として」批判している点について、ラクロは「メルトゥイユ夫人はほかのどの国の女性以上にフランス人女性というわけではない」（*LOC.*, p. 762）と、悪徳の持ち主である女性の普遍性を示唆する。彼は、退廃した女性にフランスの衣装を着せ、地方色のもとに描いたに過ぎず、それはとりわけフランスやフランス人を貶めることにはならないと弁明するのである。

5　第三のやり取りと書簡の終結

リコボニ夫人の第三信は、「あなた様にお返事をすることが私には免除されているとお思いになることと、私にあなた様のご住所を下さること、少なくともそれはちょっとした矛盾ですわね。」（*LOC.*, p. 762）と、ラクロへの皮肉から始まっているが、第二信の数倍の長さであり、ラクロの「理屈」に怯むことなく論を立てている。このリコボニ夫人の第三信に対して、ラクロは二通の長い返信を彼女に与えている。ラクロの長い複数の返信に、リコボニ夫人は簡潔な返事で二人の書簡のやり取りを終結させている。ではまず、リコボニ夫人の第三信を検討しよう。上述した皮肉の後、彼女は早速本題に入る。

あなた様は酔狂にも私を説得しようとなさっています、理屈で私を説き伏せようとさえなさっています、あなたの才気がきらめく本が、あなたの考察の成果であって、想像力による作品ではないのだと。(…)そう仮定しても、すべての田舎が良い景色の面を提供するわけではなく、自分が描く眺めを選ぶのは画家だということになります。ええ確かに、あなた様以前にも、厭うべき怪物は表現されたでしょう、ですが彼らの悪徳は法によって処罰されます。(*LOC.*, pp. 762-763)

リコボニ夫人は、ラクロの、自分は現実から出発し考察しているという主張に、どの景色を選ぶのかは画家次第、すなわち作家もまたどの現実を選んで表現するのかが問われていると反論している。そして、やはりリコボニ夫人にとっての最重要事項はメルトゥイユ夫人であろう。彼女は、第二信ではメルトゥイユ夫人を「怪物」と形容したが、第三信ではさらに具体的に以下のように述べる。

あなた様の才気にもかかわらず、ご自分の意図を正当化する器用さにもかかわらず、あなた様は常に非難されることでしょう、ごく若いころから悪徳へと自己形成し、邪悪な信条を作り出し、窮乏から恥辱にまみれた暮らしをせざるを得ないようになるあの不幸な女たちのような品行を取り入れるもくろみを、全ての眼差しから隠す仮面を作り出すことに熱心な、下劣な女を読者に示したことで。(*LOC.*, p. 763)

メルトゥイユ夫人という「下劣な女」を作り出し読者に提示したことによってラクロは読者に非難

されるだろうという主張だが、ここでの「読者」は vos lecteurs と男性複数形で表現されてはいるものの、直後の内容からもっぱらその内実は女性読者を想定していると考えられる。さらに、ラクロの、女性のためにこの小説を書いたという主張には、リコボニ夫人は「『これは違う、こうではありえない!』と(…)頁ごとに叫ぶ」女性たちを黙らせ、「彼女たちの叫びをなだめ、彼女たちの怒りを鎮めてください。」(同頁)と抗弁する。ここには、現代のわれわれには実感しにくいことであるが、当時の女性読者の典型的な反応の一つがあるのだろう。このような女性読者にとっては「有益な省察はほんの少しも引き起こさない」こととなり、小説の有用性は奪われるというのが、リコボニ夫人の結論である。

前述したように、ラクロはリコボニ夫人の第三信に二通の手紙で答えている。一通目の末尾には、手紙の続きを送ることを控えたほうがよければ知らせてほしいと要請し、数日後、リコボニ夫人から返事がないことを「あなたの沈黙は私に続きを書く権利を与えてくださっているように思われ」ると沈黙を許可と解釈し、「この権利を活用して、あなたとともに論じるべき残った問題を明らかに致しましょう」(*LOC.*, p. 766)と書き起こしている。

では、二通の手紙の前篇に当たるラクロの手紙を検討しよう。ラクロはこの手紙では周到に社交辞令を駆使してリコボニ夫人の第三信冒頭の皮肉に応えてから、描く景色を選ぶのは画家であり、「下劣な女」を描いたことで女性たちに非難されるだろうというリコボニ夫人の主張に以下のように返答する。

奥様、あなたに同意いたします、「すべての田舎が良い景色の面を提供するわけではない」ことと、「自分が描く眺めを選ぶのは画家だということ」に。ですがもし私たちがいくつかの田舎を、目を楽しませる風景によって気に入るからといって、自分が描く絵として、岩や断崖絶壁、洞窟、火山を好む者たちを完全にはねつけることになるのでしょうか？（…）同じ絵筆はかわるがわる二つのジャンルで行使され得ないのでしょうか？

(*LOC.*, p. 765)

ここでラクロはリコボニ夫人に倣って現実と作家を景色と画家に譬えて説明し、現実には美しい面ばかりがあるわけではないことと、どの現実を選んで書くかは作家次第なのだというリコボニ夫人の主張にまずは同意した上で、目に快くはないものを描くことが拒絶されていいのかという問いを投げかけ、さらには同じ画家（作家）が二つのジャンルに取り組む可能性も指摘している。しかしながら自分自身は「ほかの道を追い求めようとしているというわけではありません」と『危険な関係』におけるような題材および描写を継続する意志を明白にしている。その理由としてこの手紙に挙げているのは、「おそらく、美しい魂、感じやすい心、繊細な精神を持って生まれた女性は、自分が描くポートレイトに、自分が持っている魅力の一部を放つことができる」（同頁）が、男性が女性を描写する際には冷静に女性を研究できないし、また冷静であれば女性を十分には描けないというジレンマに陥るのだと述べる。ここで彼が述べようとしているのは、男性である自分が美徳の女性を描くことの困難であろうか。だからこそ冷静に分析描写できる「下劣な女」を描いたのだと言外に述べているようでもある。

上記の手紙の続編では、『危険な関係』以前の作品では悪徳の人物は法によって罰されたというリコボニ夫人の主張に抗して、ラクロは、タルチュフは「権力機関によって罰されている」「タルチュフの罰はそれ自体君主の憤慨の結果」と指摘し、「モラリストの権利は、演劇のであれ小説のであれ、法が沈黙する時にしか始まらないと思われる」(*LOC.*, pp. 766-767)と述べる。モリエールの『タルチュフ』(一六六四)では、劇の内部では国王という絶対的権力の介入によってしか悪徳が罰されなかったが、[41] ラクロは、モリエールは悪徳の人物を「万人の憤激に委ねた」(*LOC.*, p. 761)と解釈しており、自身もまた『危険な関係』によって、法によって罰されることのない悪徳に公衆の憤激を喚起しようと試みたと主張している。それこそがラクロの考える小説の有用性であろう。さらに、ラクロはこの主張を『危険な関係』に即して以下のように述べ、手紙を締めくくる。

しかしこうしたためになる公衆の憤慨は、その憤慨が緩んでしまいそうに思える悪徳について、呼び覚ませば、どれほど役立つのではないでしょうか！　それこそが私のしたかった事です。(…)「メルトゥイユ夫人とヴァルモンは、今、全体からごうごうたる非難を引き起こしています。「模倣したくなるような感情」を描くことには価値があると認めますが、思うに、それは、抵抗しなければならない感情を描くことが有用であることを妨げるものではないでしょう。(*LOC.*, p. 767)

ラクロは、悪徳の持ち主であるリベルタンという美しくはない現実を意図的に描写の対象とし、「抵抗しなければならない感情」を描いて「ごうごうたる非難を引き起こして」小説の有用性を示すことに成功したと主張しているのである。

このようなラクロの二通の返信に、リコボニ夫人は書簡のやり取りを終わらせる簡潔な返事を書き送る。まず、ラクロのような「才気、雄弁、根気」があれば、「過剰に熱烈に議論したり自分の意見を主張したりすることを好まない人々を、沈黙に追いこ」むことができるのだから「どうかこの議論を終えさせてください」と彼女は言う。つまり同意したわけではないが終わりの見えない論争に業を煮やしたということであろう。加えて「あなた様の作品の輝かしい成功は私のささやかな検閲を忘れさせる」はずであり、すでに多くの賛同を得ているのだから自分の「賛同が、あなたにとって何の役に立つのでしょうか?」と謙遜した身振りも見せる。しかしながらラクロの主張に賛同していないことを、「かさばるお手紙の後でも、私たちは私たちが出発した地点にあいも変わらずいることになるでしょう」(*LOC.*, p. 768) と確認して手紙を締めくくっている。

5　まとめ——小説の有害性を有用性に変えるために

以上、女性の美徳にとって小説の読書は有害であるという当時の「常識」に対して、ルソー、シャール、ラクロがどのように小説内あるいは小説外で対処してきたかを検討してきた。いずれもその「常識」を前提として、「作者」あるいは「編集者」による序文や、「翻訳者」や語り手の言説によって、巧みに小説あるいは語っている事柄の有用性すなわち教訓性を喧伝していると言えるだろう。

第一に、序文で読者層をあらかじめ限定する（ふりをする）。ルソーとラクロがこれに該当する。第二に、小説ではない、すなわち事実であるかのように仄めかす。これもルソーとラクロが該当する。第三に、女性の美徳にとって有用な教訓が含まれていることを前面に押し出す。これは、ルソー、シャール、ラクロの三者ともに該当するだろう。このように小説の有害性という当時の「常識」に巧みに配慮しむしろ利用しつつ、作家たちは小説を書きつづっていたのではないだろうか。ただし、ラクロとリコボニ夫人の往復書簡に見られるように、「小説の有用性」を掲げるという作家たちの戦略は必ずしも容易に読者に受け入れられていたわけではないこともまた確実であろう。

第四章

小説における読書する女性たち

第一章は絵画における書物と女性を巡るイメージ、第二章では女子教育論における小説の読書を巡る負の言説を検討してきた。第三章では、このような小説外部で表現された小説の有害性に対抗する形で、主として小説内部で小説の有用性がどのように構築されていくのかを考察した。本章では、「小説の読書は有害である」という言説にあらかじめ取り囲まれた十八世紀の小説において、登場人物は、どのような読書をしているのか、小説を読む登場人物はどのように描かれているのかを検討したい。小説内での読書には、絵画における読書と同様、性差が存在するのかも併せて考察の対象とする予定である。[1]

本章では、十八世紀フランスの代表的な小説であり、かつ日本でも比較的知名度の高い作品である、マリヴォーの『マリアンヌの生涯』『成り上がり百姓』、プレヴォーの『マノン・レスコー』、ラクロの『危険な関係』、ベルナルダン・ド・サン＝ピエールの『ポールとヴィルジニー』を取り上げ、女性を中心に登場人物の読書を検討したいと思う。

1　マリヴォー『マリアンヌの生涯』（一七三一―四二）における読書

『マリアンヌの生涯』における読書について論じる前に、この小説と次節で論じる同じくマリヴォーの『成り上がり百姓』の先行研究について概略したい。マリヴォーの小説は、十八世紀の読者に熱狂的に迎え入れられた後、十九世紀においては、彼の戯曲と比較すると、ごく少数の文人以外には顧みられることはなかった。しかしながら、二十世紀に入って、再び取り上げられるようになり、少なくとも多くの研究者にとって重要な検討対象となった。まず、『マリアンヌの生涯』と『成り上がり百姓』のクラシック・ガルニエ版の校訂者、フレデリック・ドゥロッフルによる、マリヴォーの詳細な文体研究『マリヴォーとマリヴォダージュ』（一九五三）[2]が挙げられる。書名にあるように、作家の名から生まれた、繊細複雑な心理の表現としての洗練された――ときには過剰に――言葉遣い、マリヴォダージュが俎上に乗せられている。二つの小説については、主に第二部と第六部で検討されている。第二部では、第一人称の使用、半過去形と直接話法の多用という語りの手法、そしてさまざまなタイプの言葉遣いが書き分けられていることが指摘されている。第六部では、マリヴォーの文章が、話された文、分析の文、レトリックの文の三つに分類されて検討される。マリヴォーの文体が論じられる中で、語りの構造、視点、再現という、その後のマリヴォーの小説研究への重要な示唆となっていくであろうものが読み取れる。

次に、ジュネーブ学派の批評家ジャン・ルーセの『形式と意味作用』（一九六二）[3]と『小説家ナルシス』（一九七三）[4]とが、挙げられるだろう。この二つの書物においてルーセが取り上げるのはマリヴォーの『マリアンヌの生涯』と『成り上がり百姓』のみではないが、この二作に大きな比重が与えられているのは確かである。ルーセは作品の形式を徹底して追究することによって、すなわち『マリアンヌの生涯』

が一声型の書簡体小説であり、かつ回想小説でもあることを中心に論を展開している。『形式と意味作用』では、見る主体と見られる客体が同一人物であり、小説において二重構造化していることについて検討されている。『小説家ナルシス』ではそれに時間概念を導入して、語る主体と語られる客体が、語り手＝主人公である同一人物において結合していることによって、過去の物語に現在が挿入されていることが小説において果たしている語りの編集的な機能が論じられている。

ルーセが徹底して形式を追究したとすれば、アンリ・クーレは、形式を等閑にするわけではないが、むしろ表現された人物像や出来事、人間心理に焦点を合わせて論を展開する。確かにフレデリック・ドゥロッフルが述べるように、マリヴォーは「日記も手紙も原稿も」(*LVM.*, p. V) 残しておらず、作家の伝記的な事実には曖昧な部分が多いが、新批評の批評家たちが作品から作家を意識的に除外したのとは逆に、クーレは『マリヴォー——実験的人文主義』(一九七三)[5]において、マリヴォーの伝記的事実と彼の小説における人物像・出来事・心理を積極的に関連させている。とは言え、彼は作家の伝記的事実に作品の解釈のすべてを解消しているわけではなく、テクストに即して、多様な人物像の描写、筋立ての細部におけるリアリズム、心理分析の細密さを明らかにしている。ここに、マリヴォーの小説の特色を読み取ることは、マリヴォー解釈の一つの大きな柱と考えることができる。また、クーレは『小説家マリヴォー』(一九七五)[6]において、一人称の使用、未完と反復とがマリヴォーの小説の構造を特徴づけ、現在の語り手と過去の主人公の間に埋めがたいギャップを生じさせていると論じ、マリヴォーは社会的行動ではなくそれによって引き起こされた感情の変容に重きを置いていると述べている。

最後に、『マリアンヌの生涯』の構造主義的研究として、ベアトリス・ディディエの『マリアンヌの声』(一九八七)[7]を挙げておきたい。ディディエは、従来比較対照されてきた『マリアンヌの生涯』と『成り上がり百姓』を、「呼応しあいかつ互いに対照をなす二部作の二つの面としてつねに識別されてきた」としつつも、その類似性よりも相違を指摘し、『マリアンヌの生涯』に固有の主題と構造に着目する。彼女は女性の語り手によって再現された女性の声に注目し、それを「女性の声のためのオペラ」と表現する。しかしこの「女性の声」はもちろん虚構の声であり、マリヴォーという一人の男性作家によって再現されたものなのだが、それは「ある時代とある社会秩序に結びついた女性性のなにがしかのイメージに、必然的に従属している男性によって書かれたもの[8]」と指摘されている。

本論においては、とりわけ語りの構造に関わる部分に関して、以上の先行研究に依拠しつつ、登場人物の読書に焦点を当てて考察を行う。読書する登場人物と、それを語る現在の語り手の間には、語りによる解釈が存在する。小説において、小説や読書は言及され解釈され、小説内部また小説外部の読者に提示されていくのである。

1　読書と社会的上昇

マリヴォーの『マリアンヌの生涯』は、伯爵夫人マリアンヌが、女友達に自身の波乱の生涯を物語る書簡体の回想小説である。語り手は手紙の書き手である現在のマリアンヌ、主人公は若き日のマリアンヌである。

出自の不確かな美少女がおのれの美貌と機智とをもとに庇護者を得て成り上がっていくさまを物語るこの小説においては、主人公マリアンヌの読書とは何はおいても彼女の社会的上昇を可能にするために「有用な」読書である。

若さと美貌は人生を切り開く有効な手段ともなるが、同時に彼女に危険な状況をもたらす諸刃の刃である。慈悲深い信心家を装いつつ、彼女を性的対象としてのみ取り扱おうとする貴族クリマル氏の本心をマリアンヌが見抜くことができたのは、彼女の読書に負っていることを、アンリ・ラフォンは指摘している。「小説は男性の欲望、物の言い方、策略を娘たちに教える」のである。[9]

> そう答えたとたん、私〔マリアンヌ〕は彼〔クリマル〕の眼差しの中に何か大変熱いものを見ました。それは私に閃きを与えてくれたのです。私はすぐに心の中でこう考えました。『この人はもしかすると、私を、恋人が恋人を愛するように愛しているのかもしれない』、というのは、（…）私は小説をいくつか、こっそり読んだことさえありましたから。
>
> (*LVM.*, p. 37)

こうしてクリマルの本心を悟ったマリアンヌは、からくも窮地を脱する。似非信心家の本心を見抜き、貴族の愛人ではなく、貴族の未亡人である語り手マリアンヌの現在に至るためには、人生と処世術を教えてくれる書物が主人公マリアンヌには必要だったのである。

これはまさに「他の者たちの経験を利用する」疑似体験として「読書は実際には教育の不十分さを補完する第二の教育」となり、「書物の中にこそ、それ〔他の者たちの経験〕は見出される」(*LOC.*, p. 434)という、第二章ですでに言及した、ラクロの『女子教育論』第三エッセーにおける読書の効用と共通する認識とみなすべきであろう。ラクロの言う「しばしば高い代償を伴」う個人的な経験ではなく、有益な読書の恩恵もあって、主人公マリアンヌは危機を回避することができたのである。

2 『マリアンヌの生涯』における小説観

主人公マリアンヌの読書に直接関連した記述は、前記の部分に限定されるが、語り手マリアンヌや「編集者」の述べた部分に、マリヴォーの、あるいは同時代の読者の小説観が、透けて見える部分がある。

第二部の「前書き」で「編集者」は『マリアンヌの生涯』第一部が多くの読者に好評であり、作中のマリアンヌの省察が気に入られたようだと述べる。一方で、「編集者」はこうした省察を繁雑に感じるであろう読者に向けて以下のように書いている。

（…）それではなぜここでの省察は彼ら〔省察が多すぎると言う読者〕の気にいらないのだろうか。省察は省察であるということしか為していないというのに。彼らは言うことだろう、それは、この物語のような冒険物においては、省察はしっくりこないからだ、と。ここでは、われわれを楽しませることが大事なのであって、考えさせることは必要ないのだ、と。それに対しては次のように答えよう。もしあなた方が『マリアンヌの生涯』を小説だと見做すなら、あなた方の言う通りであり、あなた方の批判は正当である。省察が過剰であり、小説の、すなわち単に楽しませるために作られた物語の、普通の形式ではない。しかしマリアンヌもまた小説を作ろうとは思っていなかったのだ。

(*LVM.*, p. 55)

この「編集者」の前書きでは、「小説」を「単に楽しませるために作られた物語」と明確に定義している。したがって、省察が多すぎると主張する読者の、「小説」は読者を考えさせるよりも楽しませることにより主眼を置いたものだという考えに、一応は同意していることが読み取れる。ただし、「編集者」の考えをマリヴォーに直結させるわけにはいかないだろう。ここでは語り手マリアンヌの「省察」への批判を和らげるために、そうした読者の考えに一応の理解を示すポーズを取った上で、「これは小説ではない」のだから、省察が過剰だという批判は的外れだとして、省察への批判を封じ込めているように思われる。しかしながら、小説とは何よりもまず読者を楽しませるためにあるという考えは当時の読者の少なくない層を代表するものだと、マリヴォーが見做していたのは確実だろう。

同じく第二部で、語り手マリアンヌの小説観が読み取れる。主人公マリアンヌは、彼女を家に送ろうと考えた青年貴族ヴァルヴィルに、自宅を尋ねられ、窮地に陥る。彼女は自分が下着商人の家に間借りしている、身分も不明なみなし児であることを自尊心の故に貴族のヴァルヴィルに告げることができない。途方に暮れ、混乱のあまり彼女は泣き出すのだが、この涙が事態を良い方向に向かわせる。そして、語り手マリアンヌは「涙」という自分自身の行動が、自分の生まれの曖昧さを粉飾することを「小説的」と形容するのである。

> それはこのような落胆と涙が、この若い男性〔ヴァルヴィル〕の眼に、何かわかりませんが小説的な威厳のある様子を私に与えたからなのです。そしてこのような小説的な威厳のせいでヴァルヴィルは畏敬の念を感じ、私の生まれのみすぼらしさはまず繕われ、眉をひそめることなく私の生まれを受け入れるような余地を残すことになったのです。
>
> (*LVM.*, p. 80)

さらに語り手マリアンヌは考察を進める。主人公マリアンヌの不幸の性質は「小説的」な不幸であり、したがって彼女の生まれの凡庸さを粉飾するようなものだと言うのである。

美しい人そのものを美化するようなある種の不幸があり、そうした不幸はその美に威厳を付与するのです。それで、その人はもともとの美貌に加えて、小説のように作られたその人の物語がさらに与える魅力を持つことになります。

（*LVM.*, pp. 80-81）

このように、語り手マリアンヌは現実を美化する作用を「小説的」と形容する。ここには、小説とは現実を粉飾するものだという意識が透けて見える。第二部冒頭の「編集者」は、マリアンヌは小説を作ろうとは思っていないと力説していたが、語り手マリアンヌは、主人公マリアンヌの不幸が「小説的」であり、彼女の行動が現実に「小説的」様相を与えていると考察している。すなわち、語り手の考察過多は、「編集者」によれば「小説」の規定から外れるが、主人公の物語は「小説的」に作られているということになろう。ここには、作家マリヴォーの、多様な読者を相手にした、したたかな計算が働いていると見なすべきではないか。「編集者」は語り手が小説を作ってはいないと言明するが、語り手は主人公の行動が「小説」化していることを示唆しているのである。しかしながら、語り手は主人公の行動が現実を「小説」化していると解釈するのみで、現実の「小説」化を行っている主体は主人公に差し戻されている。

3　サブストーリー「修道女物語」における読書

主人公マリアンヌの読書に触れた部分が少ないのはすでに述べたが、それとは対照的に、副筋となる「修道女物語」では、登場人物の読書に関する記述がしばしば見出される。「修道女物語」の語り手は、主筋の登場人物の修道女であり、彼女はマリアンヌに修道誓願を思い留まらせるために自らの体験を語っている。また、「修道女物語」で触れられる読書は、ほぼ主人公テルヴィール嬢、つまりのちの修道女の読書である。

その女性〔サント・エルミエール夫人〕は自分のあらゆる宗教儀式に私を参加させ、聖なる読書に彼女とともに私を閉じ込め、彼女が足しげく通う教会やすべての説教に私を連れていきました。

(*LVM.*, p. 453)

サント・エルミエール夫人は主人公の実母の意を受けて、主人公に修道誓願をさせるべく彼女に宗教的環境を整えていく。しかしその目的は、専ら自身の虚栄心にあり、また主人公の実母の意図もまた、実の娘に対する責任放棄に近いものである。したがって、ここでの「聖なる読書」はそのような策略の一環と言ってよいものである。次の記述もまた、修道女になるよう仕向けられる中で出会った修道女に借りた本を返しに行くというものである。

私はお友達の修道女にお返しする本があって、お訪ねしたのですが、お会いできなかったのです。彼女にはリューマチの気があり、そのせいで床についていたのでした。そのことは彼女が言いに寄こしたある修道女から聞いたのですが、その人は普段彼女といっしょに面会室に会いに来ていた修道女の中の一人でした。

(*LVM.*, p. 456)

ここで本来会うはずだった修道女ではなく、伝言を言いに来た別の修道女と個別に会うことにより、テルヴィール嬢の運命は大きく変化する。この修道女の忠告によって、修道女の生活への疑義、サント・エルミエール夫人の策略への疑義が芽生えるからである。ここでは、修道女に借りていた本、すなわち策略の一環とも言える書物を返却する行為が、策略の綻びを作り出す契機となっていると言える。

次にテルヴィール嬢の読書について触れられるのは、サント・エルミエール夫人が彼女に勧める縁談相手の男爵の甥との場面である。この甥は準聖職者でありながら上記の修道女の誘惑者でもあり、また男爵とテルヴィール嬢の結婚によって男爵の遺産の相続者としての地位が脅かされるという点で利害関係者でもある。

彼〔テルヴィール嬢の縁談相手の男爵の甥〕は時折私たちの家の近くの大きな並木道まで私に会いに来るほどでした、私はそこを読書しながら散歩する習慣があったのです。私たちは何回もそこで一緒にいるところを見られました。

(*LVM.*, p. 471)

前述の修道女関連の読書とは異なり、このとき彼女が手にしていた書物がどのようなものだったのかは定かではない。しかし彼女が読書を習慣と言えるほどに生活に組み込んでいたことが明確にされている。また、ここでも、読書にまつわる場面が主人公の運命の分岐点となっている。男爵の甥は、自分とテルヴィール嬢が恋人同士であると偽装し、男爵との結婚を破談へと導こうとするからである。さらに、気の進まぬ結婚の前夜、眠れない彼女が手にするのはやはり書物である。

私は全く眠くはありませんでした、それで安楽椅子でぼんやり考え事を始めたのですが、一時間以上我を忘れておりました。その後、最初よりもさらに目が冴えてしまって、棚にあった本を眺め、その内の一冊を取って、読書で眠気を催そうとしました。実際半時間以上かなり疲れを感じるまで読書致しました。それですでにテーブルに本を投げ出してしまっており、眠るために服を脱ぎおえようとしているときでした、私の寝室に隣接する小部屋から物音が聞こえたのは。

(*LVM.*, pp. 475-476)

このとき彼女が聞いた物音の主は、サント・エルミエール夫人の手引きで小部屋に入り込んでいた例の甥であり、その直後に男爵たちも部屋に踏み込み、男爵の甥との密会を疑われた彼女と男爵の結婚は破談となる。ここでも、書物や読書行為は、筋の展開の節目に登場していると言えるだろう。

以下の場面でも、テルヴィール嬢の運命を大きく変える人物との出会いの場面において、彼女は読書を行っている。

(…)、城の周辺を読書しながら散歩していた時でした、私が、通りとなっていた並木道の外れに物音を聞きましたのは。それで何なのだろうとそちらを振り向きますと、デュルサン夫人の番人が手下の一人とともにおりましたが、若い男性と言い争い、その人をひどく扱おうとしているようで、その人が持っている銃を取り上げようとしておりました。

(*LVM.*, pp. 499-500)

この「若い男性」との出会いが、後に彼女が苦境に陥る事態をもたらすこととなる。また、修道女となったのも、この男性の心変りがもととなっていることが、明示的にではないが、後に示される。また、出会いの場面の「並木道での読書しながらの散歩」は、男爵の甥と出会う並木道の場面と同様であり、また、読書中に物音を聞くというのも、男爵の甥が寝室の隣に潜んでいた場面と類似している。その結果、この「若い男性」の登場が、彼女の運命にとって何か良からぬ作用を及ぼすのではないか、そうわれわれ読者は予感するのである。

以上のテルヴィール嬢の読書のほか、彼女の大叔母デュルサン夫人の読書が一度だけ触れられている。デュルサン夫人の息子は、不釣り合いな結婚のゆえに彼女から縁を切られていた。死に瀕したその息子とデュルサン夫人を再会させるべく、テルヴィール嬢は、司祭、デュルサン夫人の息子の妻とともに、夫人の部屋へと急ぐ。

私たち〔テルヴィール嬢、司祭、デュルサン夫人の息子の妻〕がデュルサン夫人の部屋に入った時、彼女は読書をしていました。

(*LVM.*, p. 523)

ここでも、われわれ読者は微かな既視感を覚えるだろう。静かに読書をしている女性のもとに、数人がやってくる。彼女の心はこの後大きく乱されることになるのである。

以上、『修道女物語』における読書は、専ら女性の読書であり、一人静かに行うものである場合が多い。それゆえに、その後の筋や心情の変化を劇的に感じさせる効果があると言えるだろう。

2 『成り上がり百姓』(一七三四―三五)――小道具としての書物あるいは官能の仄めかし

1 読書と社会的上昇

では、同じくマリヴォーの小説の代表作であり主人公の社会的上昇をテーマとする『成り上がり百姓』では、主人公の読書はどのように描かれているだろうか。彼もまたマリアンヌ同様、書物に人生の機微と処世術とを読み取ったのだろうか。テルヴィール嬢のように、書物は人生の分岐点を示す小道具として使われていただろうか。同じ作家の筆になるとはいえ、男性である彼は女性のマリアンヌやテルヴィール嬢とは異なる読書をするのだろうか。

『成り上がり百姓』は語り手が自らの生涯を振り返るという『マリアンヌの生涯』と同様の回想小説である。冒頭で、田舎から所用でパリに出てきた主人公ジャコブは、領主夫人の引き立てでパリに滞在することになる。この段階では、彼は読書どころか、字を書くことさえできない。

> 問題は私の父に、事態を通知することだったが、私は字を書くことができなかったのである。しかし私はジュヌヴィエーヴ嬢を思い出した。そしてもはや躊躇なく、手紙を書くのを彼女に頼みに行った。（*PP.*, p. 13）

こうして、領主夫人の小間使いジュヌヴィエーヴに手紙の代筆を頼むジャコブだが、ジャコブと読み書きとジュヌヴィエーヴとの関係はこのあとおもしろい展開を見せることになる。領主夫人の甥のおつきの者となった主人公は、書き方を習い始めるが、その費用は領主夫人だけに出してもらったのではなく、ジュヌヴィエーヴからも受け取っているのである。しかも、ジュヌヴィエーヴは、領主の「愛」を受け入れることによって領主から金銭を受け取っていたのだ。さらに、ジュヌヴィエーヴは金銭を手にした経緯をジャコブに隠すこともしない。

「誓って言うけど、あんたのためにそのお金をもらうのよ、それに明日すぐ受け取ることになるかもね。だって、彼〔領主〕が私にお金をくださろうとしない日はないんだもの。」そして約束されたことは果たされた。私は金貨六ルイを自分の自由に使えるようになり、これは奥様が書き方の先生に支払うように私に下さった三ルイと合わせて、おびただしい、莫大な九ピストルというものとなった。（*PP.*, p. 22）

このように若い娘の自分への好意を利用して金銭を手に入れるジャコブだが、以下の個所には、何の良心の呵責も感じていないわけではないことが、換言すれば、自分の行為の意味を意識していることが、読み取れる。

ジュヌヴィエーヴからお金をもらったのは、もしかしたら悪いことをしたのかもしれない。思うに、それはどう言っても礼儀にかなった振る舞いではなかった。というのは、私はこの娘に、私が彼女を愛していると思わせておいて、彼女を騙していたからである。つまり、私はもはや彼女を愛していなかった、（…）それに、彼女が私にくれたこの金は、キリスト教的なものではなかった。私はそれを知らないわけではなかった、（…）。（同頁）

しかし、語り手は、若かった自分が何らかの疾しさを感じていたことを認めつつも、道徳的に突き詰めた考察は行わない。のみならず、むしろ自己合理化を図り始めるのである。

（…）しかし私はまだそんなに微妙な考察はできなかったし、私の誠実さの原則はまだかなり不十分なものであった。そして神様も私のこの収入を許してくれたように思える。というのは、この収入の私の使い道は良いものだったのだから。このお金は私には大変役に立った。私はこれで、書き方と算術を勉強した。これによって、その後私が出世したとも言えるのだ。

（*PP.*, pp. 22-23）

このように若き日の自分を合理化する語り手だが、彼は、事態が都合よくばかりは進展しないこともわれわれ読者に語っている。小間使いの、自分への気持ちを利用して書き方を習うジャコブは、領主に彼女との結婚を押し付けられあわてふためく。しかし彼にとって都合の良いことに、領主の急死により難を逃れ、今度はポン・ヌフで出会った、親の遺産で裕福に暮らす五十歳近い女性と結婚することになる。結婚の同意を得るため、またも父親に手紙を書くジャコブだが、今回は以下に見られるように自筆である。彼はジュヌヴィエーヴを踏み台に「書き方」を習得してあったのだから。

「最初にあなたはお父様にお手紙を書いて、お父様の御承諾を送っていただかなければいけないわ」「分かりました！」そう私は即答した、「父は気難しくはありませんから。」 (*PP.*, p. 98)

その場ですぐ私は、紙をさがして本当に父親あての手紙を書き出した。 (*PP.*, p. 103)

小説が未完で終わっているため、結婚後のジャコブの出世の道筋は明確ではないが、彼自身が回想するように、書き方の習得が彼の立身に役に立ったであろう事が以下のように仄めかされている。貴族の未亡人フェルヴァル夫人との会話をみてみよう。

「あなたはきっと読みやすい字をお書きになるわね？」「まああだと。」そう私は言った。彼女は続けて、「それで十分よ。あたくし、あたくしが清書したいと思っているものを、あなたに書き写していただきたいの。」「奥様のお望みのときに。」そう私は言った。 (*PP.*, p. 137)

若さと美貌を武器にして成り上がっていく主人公には、女性の引き立てと「書き方」とが密接に関連していることが、ここでは暗示されている。また、主人公がフェルヴァル夫人の書き物の手伝いをすることは、以下のように、両者の間では性的な関係の仄めかしと同義で用いられていることも、強調しておきたい。この場面ではジャコブはフェルヴァル夫人を訪問し、夫人の私室に案内されている。

対面当初、フェルヴァル夫人はジャコブに尊称の vous を使って話していたが、互いの男女としての感情を確認してからは、親称の tu に切り替え、さらにその前夜結婚したばかりのジャコブの新婚生活の様子を尋ねる。その直後に、フェルヴァル夫人は以下のように言う。

> 「ところで、いっしょにそこ〔自分の小部屋〕に行って、このあいだ話した書類を渡したいんだけど、そうなさる?」夫人はそう言ってすぐさま立ち上がった。「私が行きたいかどうかですって?」そう私は夫人に言った。(…)「駄目よ、行くのはやめましょう、もしあの小間使いがここに来て、あたくしたちがここにいないのに気付いたら、何を考えるかわからないわ。ここにいましょう。」そう彼女は言った。「でも私はその書類がとても欲しいのですけど。」と私は言った。
>
> (*PP*., p. 175)

二人は結局夫人の邸宅とは別の宿で逢う手筈を整えるのだが、その際にもジャコブは「それではここでのように、私たちの話を聞いたり、私が書類をいただくのを邪魔したりするような小間使いはいないのでしょうね?」(*PP*., p. 177) と言っていることからも、二人の間では「書き物の手伝い」という言葉は、小間使いに勘ぐられかねないような疚しさを感じる行為を仄めかす符牒として、機能していると言ってよいだろう。

では、ジャコブは「書く」一方で読書は一切しないのだろうか。たしかに、ジャコブは熱心な読書家とは言えないようだ。小説中、彼自身の読書について触れられるのは、以下の部分のみである。

午後の三時ごろ、晩禱の鐘が鳴り、妻は出かけた。私がどんな本か自分でもわからないまじめな本を読んでいる間に。私にはその本はあまりよく理解できなかったし、あまり理解しようともしなかった。ただ、紳士が自宅にいるときの態度を真似して、楽しんでいただけである。

(*PP.*, pp. 249-250)

つまり、ジャコブは知的な紳士が自宅で読書するのを模倣したのであって、読書そのものが目的ではなかった。したがって書物の内容を理解することはなかったが、理解できないことを気に病むこともないのである。ここにモリエールの『町人貴族』のこだまを聞くのは容易なことだろうが、ジャコブの読書はそれ以上言及されることはない[10]。

2 『成り上がり百姓』における女性の読書

他方、この小説での女性たちはどんな読書をしているのだろうか。小説に登場する人物で読書する女性は四人である。ただし、うち一回は音読であり、聞くという形での読書の女性も含んでいる。また、女性が直接登場するわけではないが、男性登場人物が自分の妻の読書に触れている場面がある。

では、読書する女性を登場順に挙げよう。一人目は領主夫人である。二人目は、前出フェルヴァル夫人、三人目・四人目はフェクール夫人とその妹である。フェクール夫人の妹以外はいずれも、ジャコブにとって庇護者となる役割を付与された身分が高い女性たちである。

領主夫人は、すでに述べたように、主人公ジャコブがパリに残れるよう尽力し、彼に書き方を習得するよう勧めた人物である。彼女は、庭で読書している。[11] いかにも日常の一部といった様子がうかがわれる。

フェルヴァル夫人の読書は小説中二回描かれるが、常に密室でジャコブと差し向かいになる場面に出現する。一回目、夫人の私室に通されたジャコブは、以下の夫人を見出す。

> 彼女〔フェルヴァル夫人〕が、ソファーに寝そべって、片方の手で頭をささえ、部屋着で本を読んでいるのが見えた。その部屋着は非常にきれいなものではあったが、かなり着付けがおざなりになっていた。足首までは完全には下ろされてはいない裾を想像してくれたまえ、そしてその裾からはこの世で最も美しい脚がちらりと見えてさえいるのだ。(*PP*., p. 171)

この場面では、「着付けがおざなり」であることによって、むしろ私室における女性の官能的な美が語り手によって強調されている。また、この直後に前記の「書類」を巡ってフェルヴァル夫人とジャコブとの間の会話が交わされていることを鑑みれば、しどけない姿態での夫人の読書は、『成り上がり百姓』の読者にとって、官能的なイメージを喚起するものとして機能しているように思われる。

作品内に二回めに描かれるフェルヴァル夫人の読書は、夫人とジャコブの逢引のための、とある宿が舞台となる。遅れてきたジャコブは、「寝台に腰掛けて、本を読んでいた」(*PP.*, p. 222)夫人を見出すのだ。フェルヴァル夫人の読書は、いずれも、なまめかしい場面と結び付けられており、女性の読書と性的なものの仄めかしが関連させられている。すなわち、若い男性と二人きりであり、ソファーあるいは寝台の上での読書であり、第一の場面では、夫人の服装がおざなりである。ここで注意しなければならないのは、衣服の着方がおざなり négligé であることは、マリヴォーにあってはむしろ女性の美しさなまめかしさを際立てるものとして取り扱われていることだ。『マリアンヌの生涯』においても、語り手マリアンヌが、おざなりな服装がむしろ女性の美しさをひきたてるケースに言及している。[12] 第二の場面では、まさに二人の性的関係を始めるために宿で落ち合っているのである。ここには、本論第一章で述べた十八世紀の絵画における女性読者の官能的イメージが、小説においても共有されていたことが見て取れる。ただし夫人と主人公とのあいだには思わぬ邪魔が入り、二人の性的関係は開始されることなく終わる。

フェクール夫人とその妹の読書が描かれるのは、上記の主人公とフェルヴァル夫人の性的関係に障害が生じた直後である。期待していた関係に邪魔が入って気落ちしたものの、主人公は気を取り直して、フェクール夫人のもとに向かう。明らかに、フェルヴァル夫人のもとで手に入れ損ねた快楽をフェクール夫人のもとで取り戻そうとしてのことであった。しかし、ここでジャコブは、頼みのフェクール夫人が病床にあることを知る。主人公は、彼女のために、フェクール夫人の妹が本を読み聞かせているのを見出すのだ。

（…）私は彼女〔フェクール夫人〕のアパルトマン全体を誰にも出会わずに横切り、誰かが話しているかあるいは読んでいるのが聞こえてくる部屋に着いた。というのは、会話の言葉よりは読書に似た調子が続いていたからである。（…）そうではないかと思っていた通り、フェクール夫人のベッドの枕元で誰かが本を読んでおり、フェクール夫人は横たわっていた。ベッドの足もとには老いた小間使いが座っており、窓のそばには下僕が立っていた。そして本を読んでいたのは、背の高い、醜く、痩せていて、冷淡で厳格、口やかましい顔つきの婦人だった。（*PP.*, pp. 242-243）

病床のフェクール夫人に本を読み聞かせている彼女の妹は、夫人とは対照的に「醜く、痩せていて、冷淡で厳格、口やかましい顔つきの」（*PP.*, p. 243）女性であり、ジャコブが期待していた快楽とは対極にあるような存在である。彼女がフェクール夫人に読んでいるのは、『キリストのまねび』であり、さきほどのフェルヴァル夫人のなまめかしい読書とは一転している。まさに皮肉な展開、主人公にとっては踏んだりけったりというところであろう。フェクール夫人（とその妹）の読書は、フェルヴァル夫人の読書と異なり、死を前にした厳粛な読書として描かれるが、主人公の視点から眺めると、彼の期待——性的であると同時に出世に関する期待——を裏切る事態を象徴するものとして、演出されているように思われる。二つの対照的なベッドの上での読書が並置されることによって、皮肉な展開が強調されているのではないだろうか。

最後に、小説中直接には登場しない女性の読書について語られた部分を見てみよう。主人公ジャコブは、パリからヴェルサイユに向かう四人乗りの乗合馬車の中で、乗客たちと世間話をする。このうちの一人は妻と訴訟中であり、彼が妻と不和になった主因は、妻と使用人の若者との仲を疑ったことにある。以下は、訴訟中の夫が乗り合わせた乗客に語った部分である。

> この若者は、言っておきますが、普段妻の命で、どこそこの爺さん、ばあさん、何とかかんとか氏、こっちの主任司祭、あっちの助任司祭、司祭、あるいはただの坊さんのところにご機嫌伺いに行ったり、それからまたその返事を伝えに、妻の化粧室に入ってそこでおしゃべりしたり、絵を、神の子羊像を、聖遺物箱を置いたり、本を持って行って、時々読んであげたりしていました。こうした事柄のせいで私は不安になり、時々罵りました。(*PP.*, p. 196)

ここに描かれるのは嫉妬深い夫の定型であるが、妻のもとに入り浸る（と彼の眼には映る）若い男の行動を列挙した最後に、本を読み聞かせることが挙げられているのは、やはり、恋人同士の読書、あるいは誘惑の手段としての読書というイメージが、当時はひろく受け入れられていたことをうかがわせる。

3 『マノン・レスコー』(一七三一)——日常の一部あるいは偽装

1 魔性の女の読書

プレヴォーの『マノン・レスコー』は、『ある隠棲した貴人の回想』(全7巻)(一七二八—三一)に挿入された一エピソードであり、独立した内容の恋愛小説となっている。この作品は、娼婦型ファム・ファタルの典型を最初に小説化したと言われ、女主人公マノンは十九世紀のロマン主義的「宿命の女」像の原型となって少なからぬ影響を与えたと見做され、そうした意味で、この作品はロマン主義文学にとって特権的な位置を占めている。マリヴォーの『マリアンヌの生涯』が十九世紀において、スタンダールというごく例外的な評価者を除外すれば忘れられた存在となったのに対し、『マノン・レスコー』はむしろ十九世紀に多くの文人に言及され、オペラや劇となり、ポスト・マノンを小説の登場人物として生み出す源となってさらに人気を増していく。

小説の語り手は女主人公の恋人デ・グリューであり、彼が「貴人」ド・ルノンクール侯爵にした身の上話を、侯爵がそのまま書き綴ったとする設定で物語は書かれている。女主人公マノンは、徹頭徹尾デ・グリューの視点で描写されている。そして、原題の「騎士デ・グリューとマノン・レスコーの物語」が示すように、この小説が描くのは二人の恋人の運命的な出会いと破滅への道筋である。しかし、邦題では『マノン・レスコー』が人口に膾炙し、語り手であり男性主人公でもあるデ・グリューの名は題名から消されている。また、プレイアード版の序文に述べられるように、十八世紀の読者（モンテスキュー）[13]も、十九世紀の読者（モーパッサン）[14]も、この小説を『マノン・レスコー』と呼んでいる。それほどに、この女性主人公マノンの人物造形は印象的であり、この小説は「マノン」の物語なのだとわれわれ読者に認知させる力を持っているのだろう。

しかしながら、『マノン・レスコー』研究においては、視点の主体であるデ・グリューとその視点の対象であるマノンのいずれを主軸とするのか、また、恋愛心理分析あるいはデ・グリュー父子の葛藤を中心とするのかによって、解釈は大きく分かれることになるだろう。

たとえば、J・スガールの『小説家プレヴォー』（一九六八）[15]は、プレヴォーの小説が彼の人生と深くかつ複雑に結びついていることを基調として展開し、スガールはプレヴォーを一小説だけの小説家とは見做してはいないが、『マノン・レスコー』が彼の小説の中で占める位置の重要性を明らかにしている。スガールの論考は、プレヴォーの人生、感受性、思想に関する探究の上に成立し、とりわけ、プレヴォーの想像力と感受性に関するテーマは、家族間の葛藤、恋愛を理由とする社会からの断罪、嫉妬の分析など、彼の小説総体において反復されるものである。スガールは作家の人生を通して小説を分析しているが、『マノン・レスコー』がプレヴォー固有のテーマの集約された作品であると同時に最上の統一性を保持しているのは、「作者が語りにおいて消滅し、主人公と溶け合っている[16]」からだとしている。すなわち、スガールはプレヴォーの小説のテーマ解釈の鍵を彼の人生に求めつつも、作品としての完成度を作者の消滅した文体に見ている。ここでは、『マノン・レスコー』が作品としては重要な位置を占めていることは間違いないが、マノンという女性あるいは恋愛がプレヴォーの小説の絶対的テーマとされているわけではない。あくまでも全体の中の一部と見做されていると思われる。

マノンに焦点を合わせた研究としては、ジャック・プルーストの「マノンの肉体」(一九七一[17])を忘れるわけにはいかないだろう。マノンの肉体的美しさが前提とされる物語において、マノンの美しさは抽象的に述べられるのみで、具体的描写が欠如している。プルーストの論考「マノンの肉体」は、このマノンの肉体の表象の欠如を、語り手による描写の忌避と見て、そこにこの作品の抑圧された死とエロスを読み取ろうとするものである。プルーストは「中心人物たる美しい女性を描写するくだりがまったく含まれていないということ、これは彼の作品のけっして無視することのできぬ逆説[18]」と述べ、「どこから見ても、テクスト全体の構造の中で死と埋葬の場面は、体系のあらゆる位相をくまなく覆う円天井の要石となるように定められている。(…)私はさらに大胆に、作品全体をマノンの腐乱死体の形象とみなしうるとまで言いたい。[19]」とまで言い切っている。J・プルーストの論は、語り手デ・グリューの視点を徹底して追い、彼が、何を、どのように見、語ったか、あるいは語らなかったか、そしてなぜ語らなかったのかを追究している。したがってプルーストの論考においてマノンはマノンの肉体に還元され、もっぱら客体としてしか存在しえない。

プルーストの論考と同時期に発表され、テクストの構造分析という一九六〇年代以降文芸批評に大きな影響を与えた手法をプルーストと同様に援用しつつも、シモーヌ・ドゥルザールの論考[20]は、まったく異なる読解の地平をわれわれに開く。彼女は、この作品に「階級」という視座を持ち込む。プレイヤード版『マノン・レスコー』の注釈者エティアンブルは彼女の論考を「この物語において階級のもつ意味について本質をついている唯一の研究」（*ML.*, p. 1604）と評しているが、この「階級」という視座を持ち込むことにより、ドゥルザールの研究は、男性には理解と制御の不可能な宿命の女というマノン像がどのようにテクストの中で構築されていったのかを明らかにしている。S・ドゥルザールは、デ・グリューを何よりもまず良家の生まれの「子ども」と定義し、小説内には「法的な父のみならず、複数の人物に体現された象徴的な父もまたおり、彼らは彼の欲望に対立するように思われるのに、実は彼を守っている[21]」と述べている。上流社会に属する「父」なる存在の人々が、同じ階級の「子ども」であるデ・グリューを保護すべく次々に登場する。デ・グリュー自身もまた特権階級の思考の枠組みから抜け出られないことが、マノンとの結婚の無意識の先延ばしに読み取ることが可能であろうし、マノンの有罪判決の際によりいっそう顕在化すると言えるだろう。デ・グリューが自らの思考の枠組みの中でマノンを捉え、語るとき、彼女の行動は不可解で制御不能なものと映り、描かれることになる。

では、文学作品における女性像として別格の位置を占めていると考えられ、かつ、「美徳」や「道徳」と程遠い所にいると見做されてきたマノンの読書行為は、小説中、どのように描かれているだろうか。彼女の読書について触れられている個所は、小説中二カ所ある。意外なことに、マノンはごくごく自然に読書を行っている。その読書行為はあまりに自然で生活の一部となり得ているためか、ほとんどクローズアップされることもなく、まるで特記事項なしとでもいうように、さらりと流されているので、気をつけていなければ読み流しそうになるほどである。

マノンと駆け落ちしたものの、実家に連れ戻されたデ・グリューは二年後に現れた彼女と再び駆け落ちを決行する。金銭に窮してついには美人局を働いたマノンとデ・グリューは、それぞれ感化院に入れられるが、先に脱走したデ・グリューは、マノンの様子を案内の下僕に尋ねる。すると、彼は、マノンは「朝から晩まで、読書に当てる数時間以外は、縫い物に没頭している、と言った」(*ML*., p. 1296) のである。また、デ・グリューは首尾よくマノンをも脱走させたのではあるが、二人がふたたび経済的に立ち行かなくなると、マノンは前回の美人局の当事者G…M…氏の、今度は息子から金銭を巻き上げようとする。彼女がただ単に金銭を巻き上げるための芝居ではなく、実際に自分を裏切る行為に出ようとしているのをデ・グリューは知る。苦悩と怒りにかられた彼がマノンのもとに踏み込んだとき、「マノンは読書に没頭していた。これこそ私がこの不思議な娘の性格を感嘆することになる部分なのだ。」(*ML*., p. 1326)。いずれも、彼女の読書が特別な出来事というよりは、日常の一部であったことがうかがわれる。マノンとデ・グリューの行動と関係が波乱に満ち、われわれ読者はつねにこの二人の前途がどうなるのか急かされるように辿らされるのだが、マノンは一人で居室にいるときは静かに「読書」しているのである。感化院では、はじめの数週間は日夜嘆いていたが、落ち着きを取り戻してからは縫物と読書に没頭し、G…M…氏（息子）の別宅でも、G…M…氏の不在中、一人読書に没頭するのである。彼女にとって、読書が日常の何気ない営為であったと考えられよう。もっとも、G…M…氏宅でのこうしたマノンの何気なさが、デ・グリューにとっては彼女の裏切りをさらに耐えがたいものにしていたにちがいない。彼女が何の心の痛みも感じずに平然と彼を裏切っていることを示すものとなっていただろうから。自分という恋人が憤激に駆られるような行動を取りつつ、一方で平然と読書に没頭する彼女の姿に、デ・グリューは「不思議な娘の性格」を感じている。

では、彼女はいったい何を読んでいたのだろうか。明確には記されていないが、彼女の読書対象を暗示する部分がテクスト中にないわけではない。以下は、G…M…氏（息子）がマノンを愛人にするために様々な好条件（年金、家具付きの邸宅、召使、馬車など）を提示したことをデ・グリューが知るところとなるが、まだマノンの裏切りが判明していない段階での二人の会話である。

「まさに父親とは違って寛大な息子というわけだな。」と私はマノンに言いました。「率直に話しましょう。」と私は付け加えて尋ねました。「そういう提案に気をそそられはしないのですか？」

「私が？」と、彼女は自分の思いにラシーヌの二つの詩句を嵌め合わせて答えました。

――私が！　私にそのような移り気をお疑いなのですか？

――私が！　そうなれば、忌むべき顔に苦しむことになります、
――その顔は常に私の眼に感化院を思い起こさせるのでは？
「いや」と私はこのパロディーを続けながら言いました。(…)。

(*ML.*, p. 1319)

マノンが演劇好きであることが言及されているため、マノンがラシーヌの戯曲を「読んだ」とは断言することはできないだろうが、マノンがラシーヌを知っているし、ラシーヌの韻文悲劇『イフィジェニー』をもじった詩[22]を即興で口にすることもできることが、デ・グリューの語りの中で再現されている。したがって、彼女の兄レスコーの野卑な振る舞いとは対照的に、彼女の読書は、知的娯楽としてのものだと暗示されているように思われる。また、マノンの読書には『成り上がり百姓』におけるような性的な場面との関連付けはない。

2　デ・グリュー――偽装としての読書

さて、上記のような日常の一風景としてのマノンの読書とはまるで対をなすように、デ・グリューの読書は、語り手デ・グリュー自身によって周到に意味を付与されている。

マノンの最初の背信行為によって、父のもとに幽閉されたとき、デ・グリューは読書に救いを求めた。

私は書物を与えられ、そうした書物は私の魂を少し鎮めることに役立ちました。私は今まで読んだことのあるものをすべて読み返しました。私は新しい知識を得ることができました。私は学業への尽きることのない関心を取り戻したのです。どれほどそれが私にとってその後役に立ったかおわかりになることでしょう。恋のお陰で知識を得た私は、かつては謎に思われたホラティウスやヴェルギリウスの中の多くの箇所を明快に理解できるようになりました。（*ML.*, p. 1248）

ここでは、われわれは、マノンの最初の背信による傷心を読書によって慰め、乗り越えようとし、あるいは「恋」という人生経験によって書物をより深く理解するようになったと自尊心をささやかに満足させるデ・グリューを見ることができる。さらに彼は聖職者になることを決意する。そして、聖職者となった自分を夢想してデ・グリューは以下のように語る。

そこで私はあらかじめ、平穏で孤独な生活方式を考案しました。そこに入れたのは、人里離れた家、そして庭の端の小さな木と小川、選ばれた本で構成された図書室、徳高く良識のある少数の友人、趣味の良いしかし質素で節度のある食卓でした。（*ML.*, p. 1250）

しかしこのような夢想はまさに夢想に終わる。まるで絵にかいたような完璧なイメージが——まさに本論第一章で検討した、絵画における読書する聖人と重なる、隠遁した聖人のイメージ――むしろその実現不可能性をあらかじめ告げているかのようでもある。

> 私は自分が恋の過ちから絶対に逃れられたと思っていました。聖アウグスティヌスの書物の一頁の読書や、十五分のキリスト教的瞑想の方が、あらゆる感覚的快楽よりも――マノンによって供されたであろう快楽を除外することもなくです――好ましいであろうと私には思われました。
>
> (*ML.*, p. 1251)

このように完全に立ち直ったと自分では思っていたにも拘らず、また聖職者としての立身出世が約束されていながら、二年後再び現れたマノンとともに、デ・グリューは駆け落ちする。

次に彼の読書が取り上げられるのは、マノンの不在時、彼女の通常と異なる行為、すなわち彼に何も言わずに兄のレスコーと外出してしまったことで猜疑に囚われる場面である。彼はなんとか心を落ち着けようと読書を試みる。

> レスコーといっしょの、このような事柄は不可解に思われましたが、私はむりやり猜疑心を押さえました。何時間か過ぎるにまかせ、読書をして過ごしました。とうとう、不安をどうにもできなくなって、部屋の中を大股で歩きまわりました。
>
> (*ML.*, p. 1270)

もはや読書は彼の心を慰め、平静にすることはできない。彼の心を占める猜疑心、不安があまりにも大きく激しいものであり、彼の心中で重きをなすものは、かつて夢想したような知と徳ではなく、恋であるからだ。

最後にデ・グリューの読書行為について触れられるのは、二人が行った美人局のゆえに収容された、貴族の子弟向けの感化院サン・ラザールでの場面である。デ・グリューは院長が彼の生まれ育ちを承知しており、彼の性格を本来善良なものと見做しているため、彼を長く感化院に留置しなくてよいと考えているのを知った。そこでデ・グリューは院長の心証をより良くするため、以下のように行動する。

私は院長が私に関してそうした考えを持っているのを喜びました。私は完全に院長を満足させ得るような振る舞いによってそうした考えを増大させようと考えました。それこそが私の収監を短くする最も確実な方法だと思ってのことです。私は院長に本を頼みました。院長は読む本の選択を私に任せたのですが、私が真面目な著者幾人かを選んだので驚きました。私は極度に没頭して学業に従事しているふりをし、同時にあらゆる機会に、彼が望むような変化の証拠を示しました。

(*ML.*, pp. 1280-1281)

ここでのデ・グリューの読書行為は、明らかに感化院の院長を欺くための偽善的なものである。前出の、読書によって傷心を和らげ、経験と知を結びつけたと密かに自負する純真なデ・グリュー、知と徳を夢想するデ・グリューは、もはや完全に過去のものとなったことがわれわれの前に明白となる。彼は明らかに戦略的に見かけを偽装して事態を打開しようと試みている。そして、読書は彼にとって知と道徳のためにあるものではなく、それを偽装するものとして機能しているのである。

4 『危険な関係』(一七八二)——策略と教訓

1 加害者・犠牲者としての登場人物

ナタリー・フェランは、『危険な関係』の登場人物は、加害者・犠牲者に二分され、さらに、読書に対する態度がそれに呼応しているようと指摘している。[23] 確かに、小説中、悪人 méchant(s)/犠牲者 victime(s) という語がたびたび用いられ、作家が明白に加害者と犠牲者の構造の中で登場人物を配置していたことが窺われる。なお、犠牲者とは、ここでは「恋愛事件で相手に意図的に捨てられ、評

判を落とす者」という意味で使用されているケースを想定する。(24)

第三章「小説の有害性と効用」で述べたように、ラクロは「編集者の序」において小説の教訓について語っているが、その際、「犠牲者」という言葉を用いて小説の有用性を説明している。

> さらにここに〔この書簡集に〕見出されるであろう二つの重要な真実たる証拠と例は、それがどれほど実行されていないかを見れば、世に認められていないと信じることができるだろう。その一つは、社交界で品行の悪い男性を迎えるのに同意する女性は、みなその犠牲者となるということ、もう一つは、自分が娘から得ている信頼を他の者に認めるような母親は、少なくとも慎重さに欠けているということである。（*LOC.*, p. 7）

ここでは「犠牲者」は「品行の悪い男性」と対で用いられている。「編集者」という形を借りてではあるが、作者の考えに近似と思われる意見を表明するのはこの部分のみであり、以降は書簡体小説であるがゆえに、それぞれの手紙の書き手の中で「犠牲者」という語が使われている。その内訳は、ヴォランジュ夫人からトゥールヴェル法院長夫人宛ての手紙で二回、同じくヴォランジュ夫人からロズモンド夫人宛て一回、トゥールヴェル法院長夫人からヴァルモン宛て二回、ヴァルモンからメルトゥイユ夫人宛て一回、メルトゥイユ夫人からヴァルモン宛て一回である。以下に概略を記す。

まず、ヴォランジュ夫人がトゥールヴェル法院長夫人に宛てた手紙では、彼女は法院長夫人にヴァルモンには気をつけた方がよいとの忠告を二通の手紙で行う中で「犠牲者」という語を使用している。

（…）彼〔ヴァルモン〕は何の危険もなく冷酷な悪人となるため、犠牲者として女性を選んだのです。

（*LOC.*, p. 26）

お聞きなさい、お望みなら、彼〔ヴァルモン〕が救った不幸な人の声を。でもその声が彼のいけにえとした一〇〇人の犠牲者の叫びをあなたが聞くのを妨げませんように。

（*LOC.*, p. 65）

だがそのヴォランジュ夫人も、自身の娘がヴァルモンの犠牲者となった事実は明確には知ることもなく、ただ彼女の修道院入りを嘆くばかりなのは、前章で見てきたとおりである。策略をほしいままにしたメルトゥイユ夫人の末路をロズモンド夫人に語るなかで、彼女は「犠牲者」という語を用いる。しかしヴォランジュ夫人は娘セシルもまたヴァルモンとメルトゥイユ夫人の策略の犠牲者であることを明確には意識することはないのである。

さようなら、尊敬に値する親愛なる奥様。これで悪人たちは罰されました。それでも彼らの不幸な犠牲者たちにとっての何の慰めも、私は見出せません。

（*LOC.*, p. 383）

一方、トゥールヴェル夫人がヴァルモン宛ての手紙で「犠牲者」と書くときは、以下のように、彼の批判を試みる場合である。

あなたは友情を軽蔑していらっしゃる。そして狂った陶酔の中で、不幸や恥を何とも思わずに、快楽と*犠牲者*だけを求めるのです。（*LOC.*, p. 158）

率直に認めますが、私の前にあれほどのほかの*犠牲者*がおりましたのに、あなたを信用したのは私の過ちでした。（*LOC.*, p. 317）

加害者側であるヴァルモンも、策略の共犯者となるメルトゥイユ夫人がプレヴァンを罠にかけようとしているのを知り、自分同様危険な男性である彼を警戒するよう、以下のように忠告する。

こうした準備の後、彼〔プレヴァン〕は引き上げ、他の三人の策略の加担者に知らせました。そして四人全員で彼らの*犠牲者たち*を意気揚々と待ち受けたのです。（…）その時から、彼女らの一人は修道院におりますし、他の二人は自分の領地に引きこもって打ちしおれています。（*LOC.*, pp. 164-165）

メルトゥイユ夫人は、ヴァルモンの忠告に対し、プレヴァンあるいはヴァルモンという個人と自分という個人ではなく、男性と女性という性に関連させて反論する中で、「犠牲者」を用いる。

実際、恋の隠語で言えば、この互いに与え合い受け取り合う絆、これをあなた方男性だけが、自分の好き勝手に、締め直したり断ち切ったりできるのです。あなた方男性が無頓着で、世間を騒がすよりも秘密にすることを好み、侮辱して捨てるだけで満足して、昨日の偶像を明日の犠牲者にはしないというだけで、女性はまだ幸せなのです！（*LOC.*, p. 169）

メルトゥイユ夫人は男性と女性の恋愛における不均衡な立場を冷徹に指摘する。恋愛関係の継続あるいは断絶の決定権は原則として男性にあり、女性の側は、醜聞にならずにすむだけで「まだ幸せ」と思うほかない立場にあるというのだ。しかし彼女は女性一般から自身を差異化して、特別な女性である自分は決して犠牲者とはならないと結論し、ヴァルモンの忠告に耳を貸すことはない。

以上見てきたように、『危険な関係』においては、「犠牲者」は加害者・犠牲者いずれの側の登場人物も等しく用いる語であり、その概念も共通している。そして「犠牲者」が指すのは常に女性である。すなわち、冒頭の「編集者の序」に示された枠組みが、登場人物の手紙においても完全に通徹していると言えるだろう。

では、「犠牲者」に対置する悪人 méchant(s)[25] は、小説中どのように用いられているだろうか。「編集者の序」においては、「悪人」は用いられず、「犠牲者」に対置するのは「品行の悪い男性」である。換言すれば、ラクロが定義するこの小説の「悪人」は「品行の悪い男性」と言えるだろう。[26]「悪人」が使用されるのは、登場人物がやり取りする手紙においてであり、全部で七回である。内訳は、ヴォランジュ夫人の手紙において四回（トゥールヴェル法院長夫人宛て三回、ロズモンド夫人宛て一回）、トゥールヴェル法院長夫人からヴォランジュ夫人宛て一回、メルトゥイユ夫人からヴォランジュ夫人宛てとセシル宛て各一回である。ヴォランジュ夫人が手紙の書き手もしくは受け取り手となっているのが七回のうち六回であることを慮れば、加害者と犠牲者という対立構造がヴォランジュ夫人を要として構築されているとも言える。以下、手紙の中の「悪人」について検討してみよう。

まず、ヴォランジュ夫人からトゥールヴェル法院長夫人宛ての手紙（第九信）において、「悪人」は「何の危険もなく冷酷な悪人となるため、犠牲者として女性を選んだのです。」（*LOC.*, p. 26）と、「犠牲者」と対で用いられ、かつヴァルモンを形容する言葉となっている。同じくトゥールヴェル夫人宛て（第三二信）では、「悪人にも善人に対するのと同様寛容さが必要」（*LOC.*, p. 64）とより一般化して「悪人」と「善人」を対置しているが、やはり後に「それ〔美徳〕を信じないふりをして、あなたを美徳の持ち主であるがゆえに罰そうとする悪人たち」（*LOC.*, p. 66）のように、女性の貞節の敵である存在を指示する言葉として用いている。また、ロズモンド夫人宛ての手紙では、「これで悪人たちは罰されました。それでも彼らの不幸な犠牲者たちにとっての何の慰めも、私は見出せません。」（*LOC.*, p. 383）と、やはり「犠牲者」と対で用いられている。

トゥールヴェル法院長夫人はヴォランジュ夫人の忠告の手紙に対し、以下のようにヴァルモンを弁護している。法院長夫人はヴァルモンが貧しい村人に慈善を行ったことを知り、彼の美徳を信じ込んだのである。ただしこの慈善行為は、法院長夫人の下僕に尾行されていることに気付いたヴァルモンによる、美徳を演出するためのものであった。

こうなれば、奥様、ヴァルモン様は実際手に負えない放蕩者と言えるのでしょうか？　もし放蕩者でしかなくてこのように振舞うのでしたら、正直な人々には何が残されているのでしょうか？　それでは、慈善の神聖な喜びを、悪人は善人と分かち合うことになるのでしょうか？

(*LOC.*, pp. 48-49)

ここでは、トゥールヴェル法院長夫人は、「悪人」と「善人」を対置させ、「悪人」のより具体的な内容としては「手に負えない放蕩者」と述べている。

では、加害者側の登場人物であるメルトゥイユ夫人はどのように「悪人」を用いているだろうか。メルトゥイユ夫人は、自分の策略でプレヴァンを陥れ、自身が危うくプレヴァンの「犠牲者」となるところだったという見せかけのもと、ヴォランジュ夫人に手紙を書いている。

しかも、この男「プレヴァン」には何人か友人がいるはずですし、その友人たちは悪人にちがいありません。彼らが私を害するためにどんな作り話をするのかだれにわかるでしょうか？　ああ、若い女とはなんと不幸せなものでしょう！
(*LOC.*, p. 196)

このように、ヴォランジュ夫人への手紙において、メルトゥイユ夫人は自分を同情すべき存在に仕立て上げるために、「悪人」を用いていると言える。では、彼女はヴォランジュ夫人の娘セシル宛ての手紙では、どのような文脈で「悪人」を用いているだろうか。セシルは無知と羞恥心に付け込まれ、ヴァルモンに性関係を強要されたのち、メルトゥイユ夫人に相談の手紙を書く。以下はその手紙への夫人の返事である。

あらあら！　お嬢さん、あなた随分お悩みで恥じ入ってるのね！　で、そのヴァルモン氏は悪人、そうなんでしょう？　まあ！　彼はあなたを最愛の女性のように扱ってるわけね！　あなたが死ぬほど知りたがっていたことを教えてくれたわけだわ！
(*LOC.*, p. 239)

手紙の調子は、上記のセシルの母親ヴォランジュ夫人宛てのものとかなり異なっていると言わざるを得ず、メルトゥイユ夫人の豹変ぶりがわれわれ読者の目に際立つ。とは言え、この「悪人」も確かに女性を「犠牲者」にする存在として字義的には用いられていると言える。
以上のように、いささか単純なほどに、「悪人」すなわち放蕩者と「犠牲者」すなわち放蕩者の毒牙にかかる女性という図式が、登場人物間で共有されている。特にヴォランジュ夫人においてその傾向が顕著であり、彼女の道徳観が当時の最も凡庸なそれとして小説中に読者に提示されているのだとも考えられる。

2　加害者の読書

では、こうした対立構造の中に配置された登場人物たちの読書について検討してみたい。ラクロは、加害者としての登場人物は、読書によって他者をコントロールするすべを学んだ者たちであり、犠牲者としての登場人物は、そういった学習能力のない者として描いているように思われる。ここでは読書はほぼ学習と同義で用いられていると見てよいし、こうした考え方は著者による『女子教育論』と同じ方向性のものと見做せるだろう。

加害者としての読書とは、貞淑な未亡人としての対面を保持しつつ、策略をめぐらし放縦をほしいままにする社交界の華メルトゥイユ夫人と彼女のかつての恋人であり現在の策略のパートナーであるヴァルモンの読書であり、犠牲者としてのそれとは、ヴァルモン子爵に誘惑される、トゥールヴェル法院長夫人とセシルの読書である。

メルトゥイユ夫人が加害者としての登場人物の筆頭である。彼女は、策略の共犯者ヴァルモン子爵にあてて、若いころには、自分自身で自らを教育してきたことを次のように語っている。

私は読書の助けによっていっそうそうした事柄〔観察〕を確実にしました。しかしすべてが御想像するようなたぐいの読書という風にはお思いにならないように。私は小説の中では私たちの風俗を、哲学者の著述では世論を研究しました。最も厳格なモラリストの著作において、モラリストが私たちに何を要求しているのか探ることさえしました。こうして人は何をなしうるか、何を考えるべきか、どのように見せかけなければならないかを確認しました。 (*LOC.*, p. 173)

ここでメルトゥイユ夫人が述べているのは、行動の規範を小説で、何を考えるべきかを哲学者の著作で、どのように見せかけなければならないかをモラリストの著作で学んだということであろう。ここには、本論第二章で考察したラクロ『女子教育論』の第三エッセーで見た有用な読書の三ジャンル、すなわちモラリストの著作、歴史、文学との呼応が見出され、さらに、メルトゥイユ夫人が小説の結末で破滅することを考慮すれば、第一エッセーでの、教育を受けたがゆえに社会からはじき出される女性という論旨とも呼応していると言える。ただし、メルトゥイユ夫人の読書にあっては、モラリストの著作から彼女が読み取るのは、どのようなモラルを採用すべきかではなく、どのようなモラルを採用していると見せかけるかであり、小説と哲学的著作は別として、『女子教育論』の本来の意図とは外れた読書となっている。つまり、何を読むべきかという点では呼応しているが、どのように読むべきかという点では『女子教育論』における読書論と合致していないと言えるだろう。とはいえ、若き日の彼女の読書には、未来の女性リベルタンとしての、社会に対する現実的で皮肉な対応策がすでに如実に表れていると思われる。
メルトゥイユ夫人は、成人した今でも、策略にあたっては読書で武装する。たとえば、愛人の騎士を待つ間、以下のように書物から有用な表現を学び直している。

（…）私は『ソファー』[27]を一章と、『エロイーズ』[28]の手紙を一通、それからラ・フォンテーヌの『コント』[29]を二つ読みました。さまざまな調子にしていけるよう、その復習のためです。（*LOC.*, p. 30）

ここで彼女が「さまざまな調子」のために参考にしているものはすべて恋愛やエロティックな行為を題材としたものであり、彼女はこうした小説を実践的に利用しているのである。彼女の読書は、書物から有用な表現を「学習」する、理知的な読書といえる。
次に、彼女の盟友、ヴァルモン子爵を検討してみよう。彼もまた、「理知的」な読書を行う人物である。トゥールヴェル法院長夫人を誘惑するにあたり、やはり彼も書物に方策を見出そうとしている。メルトゥイユ夫人宛ての手紙を見てみよう。

（…）それで、一週間前から、あらゆるすでに知られた手段、小説や私の秘密の回想録にあるすべての手段を無駄に調べなおしています。この件の状態にも、女主人公の性格にも、合致するものは何も見つかりません。困難なのは、夜間さえ、彼女のところに忍び込むことではありません。さらには彼女を眠りこませることでさえなく、彼女を新たなクラリッサにすることでもありません。二カ月以上彼女に費やした配慮と労苦の後で、私には無縁の手法に頼るなどと！

（*LOC.*, p. 254）

ヴァルモンは、『クラリッサ』にあるように、女性をアヘンで眠らせ、そのあいだに性行為を行うのは容易だが、それでは工夫がないと言う。本論第二章ですでに見たように、ラクロはリチャードソンの『クラリッサ』を『女子教育論』において高く評価しているが、ヴァルモンにとってはこの小説は女性誘惑のヒントを与える書物であり、しかもその手段は簡単すぎてつまらないというものなのだ。

一方で、『クラリッサ』において、ヒロインの死を招いた自分の行動を悔いたラヴレイスが決闘で落命、『危険な関係』においても、トゥールヴェル夫人が瀕死の状態にあるときにヴァルモンがダンスニーとの決闘で命を落とすという、二人の誘惑者が似たような末路を辿っていることを考えると、『危険な関係』の読者にとって『クラリッサ』という小説は、ヴァルモンの心理を解釈するための、ラクロの目配せともなっていると言えよう。ヴァルモンが果たして本当にトゥールヴェル夫人を愛するようになったのか、悔悟した放蕩者となったのかは、小説そのものの記述、すなわち登場人物の書簡からは定かには読み取れないが、『クラリッサ』と重ね合わせることによって、ラクロはヴァルモンの「改心」を仄めかしていると考えられる。

3　犠牲者の読書

ではつぎに、『危険な関係』における犠牲者、すなわちセシルとトゥールヴェル法院長夫人の読書について検討してみよう。加害者たちの読書が、自己制御と他者の支配のためのものであるのに対し、犠牲者たちの読書は他者に管理あるいは支配されることを示しているように思われる。

まず、メルトゥイユ夫人のかつての愛人ジェルクール伯爵の婚約者セシルは、修道院を出たばかりの頃、修道院時代の友人ソフィに以下のように語っている。

> 残りの時間は私の自由になるの、それでハープ、デッサン、それから修道院でのように本を読むとか。(*LOC.*, p. 11)

このときのセシルがどのような読書をしていたのかは明確にされてはいないが、彼女の読書行為は日常的習慣的なものであったと推察できよう。

セシルはやがてメルトゥイユ夫人の策略で、ヴァルモンに誘惑されることになるのだが、夫人はセシルに、ヴァルモンによる誘惑の、いわば下準備を読書指南によって行うのである。セシルは夫人の思惑にまったく気づかず、親友ソフィに以下のように書き送る。

メルトゥイユさんはそういうこと〔友情から愛情への変化など〕全部が書いてあるような本を貸してくださるともおっしゃいました。その本を読むと、私はどうふるまったらよいかがわかり、そして今以上に上手に手紙が書けるようになるというのです。というのは、わかるでしょ、メルトゥイユ夫人は私の欠点をすべて言ってくださるの。それは私を愛してくれている証拠ね。ただそういう本のことは、ママンには何も言わないようにって言うの。だってそうするとママンが私の教育をおざなりにしすぎていると思っている風になって、ママンを怒らすかもしれないから。

（*LOC.*, pp. 61-62）

「そういうこと全部が書いてある本」の「そういうこと」とは、ここでは異性との友愛や恋を巡るやり取りを意味している。ゆえに、それが全部書いてある本とは恋愛を取り扱った本、おそらくは小説を意味していると考えられる。したがって、ここで無邪気にセシルが述べている事柄の背後に、メルトゥイユ夫人がセシルに仕掛けている読書による「感情教育」を、われわれは容易に見て取ることができる。さらに、セシルと母親ヴォランジュ夫人の意志疎通を意図的に遮断し、メルトゥイユ夫人が仕掛けた読書による誘惑の下工作を悟られないようにしていると同時に、今後、恋愛に関する相談ごとはすべてメルトゥイユ夫人に差し向けられるように方向づけていることが読み取れる。

では、美しき犠牲者トゥールヴェル法院長夫人、すなわち、ヴァルモン子爵に誘惑され、貞節よりも愛を選び取ったうえで、メルトゥイユ夫人の策略で彼に捨てられ、修道院で錯乱の内に死ぬ女性の読書はどのように描かれているだろうか。ヴァルモンは、彼女の動静を探るため、自分の従者アゾランを彼女の小間使いジュリに近づける。以下は、ヴァルモンがアゾランに宛てた手紙である。ヴァルモンは夫人の様子を判断するため、この手紙でアゾランに細かく指図している。

トゥールヴェル夫人の家で起こっていることすべてを私に報告しなければならない。たとえば、彼女の健康について。彼女は眠っているかどうか。陰気か陽気か。たびたび外出するかどうか、誰の所に行くか。自宅に客を迎えるかどうか、そして誰が来るのか。何をして過ごしているのか。侍女たちに機嫌良くしているか、特に、こちら〔ロズモンド夫人の館〕に連れて来ていた侍女に対して。一人の時にしていること、読書しているときに、継続して読んでいるか、それとも読書を中断して物思いにふけっているかどうか。書き物をするときも同様。

(*LOC.*, p. 229)

ヴァルモン子爵の意を受けたアゾランは、トゥールヴェル夫人の動向を以下のように子爵に伝えている。

法院長夫人は午後図書室に行き、本を二冊取って居間に持ち込みました。しかしジュリ嬢が言うには、夫人は一日で一五分と読まなかったし、例の手紙〔ヴァルモンからの手紙〕を読み、物思いにふけり、頬杖をつくだけだったとか。その二冊が何の本だったかを知れば旦那様は満足なさるだろうと思いましたが、ジュリ嬢は知らなかったので、図書室を見るという口実で今日そこに案内させました。本二冊分だけが空いております。その一つは『キリスト教随想』の第二巻、もう一つは『クラリッサ』という題の本の第一巻です。

(*LOC.*, pp. 247-248)

ここでアゾランが子爵に伝えたのは、法院長夫人が図書室の書棚から抜き出した書物である。すでに述べたようにラクロは『女子教育論』のなかで有益な書物としてこの書物を挙げているが、ここでは、皮肉な扱いをしている。というのは、第一に、彼女がヴァルモンの誘惑に抵抗しようと、『キリスト教随想』と『クラリッサ』を読もうとしたのは、これらの書物の性的誘惑への抑止力に期待したからにちがいないのだが、ほとんど読むことなくうちやってしまったからである。第二に、しかもそれを、従者アゾランを介して子爵に知られてしまっているからである。誘惑に抗おうとするということは、とりもなおさず抗う必要があるということ、つまり誘惑に屈しつつある過程とも言える。そして、その屈服の過程をヴァルモンに知られてしまうことによって、新たな誘惑の段階が始まる。皮肉な読書というほかはない。そしてこの読書の対象として、小説執筆後一年を経ずして『女子教育論』において自らが良書として推薦する『クラリッサ』を選ぶとは、しかも誘惑者ヴァルモン自身も、前述したように『クラリッサ』に誘惑のヒントを探していたことを考え合わせれば、ラクロはなんとも皮肉な作家と言えよう。ただし、ラクロは、『クラリッサ』の有益性を否定しているわけではなく、法院長夫人がもし『クラリッサ』を読んでいれば、ヴァルモンの誘惑を少しはかわせたかもしれない、つまりやはり女子教育に有用な良書としてまず位置づける意図があると考えられる。そのうえで、どのような有用な書物も、それを手に取る読者の姿勢如何で書物の値打ちが可変となることを伝えているように思われる。したがって、何を読むべきか、何を読むべきでないかが主として検討されがちな女性の読書にあって、「どう読むのか」という読者の姿勢を問うという視点がここにはあると思われる。この視点は本論第二章で論じたラクロの『女子教育論』における、読者の姿勢のありようによって小説の読書が有用であり得るという主張に発展しうる点であろう。さらには、『クラリッサ』の読者でありかつそれを「活用」するヴァルモンは、『クラリッサ』のラヴレイス以上の誘惑者と見做し得るゆえに、『危険な関係』は『クラリッサ』以上の良書として位置づけられることになり、ラクロが意図した小説の有用性がここに達成されていると言えるだろう。もちろん「有益な」『危険な関係』も、法院長夫人に投げだされた『クラリッサ』のように打ち捨てられれば、無益な存在と化すだろうという含みが込められているわけである。

以上検討してきたように、『危険な関係』における犠牲者たちの読書は、セシルの場合は、メルトゥイユ夫人の策略に最適化され方向づけられる読書として、トゥールヴェル法院長夫人の場合には、ヴァルモンに現状を把握され、誘惑方法構築に利用される読書として描かれていると考えられる。

4　性による対立

以上見てきたように、加害者と犠牲者としての対立が、読書を介在して構築されている。しかし、それだけではない。『危険な関係』においては加害者／犠牲者という対立と同時に、性による対立を指摘することができる。『エミール』と『新エロイーズ』において、教師－生徒として成立していた男女の調和は、『危険な関係』において完膚なきまでに幻想として打ち砕かれている。メルトゥイユ夫人とヴァルモン子爵の加害者としての完璧な共犯関係は崩壊し、二人はまさに「戦争」（*LOC.*, p. 351）を宣言し、敵対する。ヴァルモンとトゥールヴェル夫人とに成立しかけた「真実の愛」もあっけなく崩壊、夫人は狂死する。セシルとダンスニー騎士も、二人とも若くして世を捨てるほど自身と他者に絶望する。いずれの組み合わせも、男女の関係にいささかの幻想も抱かせる余地を持っていない。両者は共通の利害を持たない、敵同士として描かれている。まさに、『女子教育論』第一・第二エッセーのペシミズムが小説化されていると言えるだろう。

5 『ポールとヴィルジニー』(一七八八)における小説の読書——妄想と合理化

1 南海の「島」で育った無垢な少年と少女

ベルナルダン・ド・サン=ピエールにとっての『ポールとヴィルジニー』は、プレヴォーにとっての『マノン・レスコー』であり、ラクロにとっての『危険な関係』であろう。今日彼らの名が広く一般に普及しているのはもっぱらここに挙げた代表作によっている。ただ、『マノン・レスコー』や『危険な関係』と比較すれば、『ポールとヴィルジニー』の現在における受容度は低いものと言わざるを得ない。少なくとも日本では、二〇一四年に新訳が出版[30]されるまで、翻訳は一九七〇年代以降絶版となっていた。「南海の楽園で育った無垢な少年少女の悲劇に終わる純愛」という一見単純な枠組みは、現代の一般的な読者にとっては感傷的に過ぎるのかもしれない。が、すでにさまざまな研究が、こうした牧歌小説的衣装の裏側に隠された巧妙な仕掛けに着目している。

『ポールとヴィルジニー』の研究には、概ね以下の観点からのアプローチからなされることが多いように思われる。まず、ヴィルジニーの死を焦点とする観点、[31]次に、島という一種のユートピア装置と純愛の神話化を問うもの、[32]さらに、エグゾティスムを中心に論じたもの、[33]そして、自然と文明との対比。もちろん周知のようにルソーの影響が顕著であるゆえに、そうしたアプローチも多い。また、多声型書簡体小説として巧緻の限りを尽くした『危険な関係』と比較すれば、語りの構造に関したアプローチは少ないが、皆無ではない。[34]

以上の観点はもちろん単体で取り扱われるとは限らず、ときに関連しつつ『ポールとヴィルジニー』研究の主要な着眼点となっている。

たとえばロラン・ヴェルシニは、十八世紀の小説におけるテーマとしての死を扱う中で、『ポールとヴィルジニー』のヴィルジニーの死を、精神的変容あるいは達成を伴う美的死として位置付け、ベルナルダン・ド・サン゠ピエールがルソーの忠実な弟子であることをも示すものだとしている。ヴェルシニによれば、彼女の死は「堕落した世界と美徳のあいだの手の施しようがない断絶の象徴、根本的な無垢を可能にする唯一の手段[35]」であり、「死は、過ちを罰するよりもずっと、あらゆる不協和音をハーモニーへと溶解させに来る[36]」のである。

そして上記の先行研究の多くの共通項として、牧歌的感傷小説という表面に隠された巧緻な対比構造への言及が挙げられよう。この小説は、綿密な対比構造の中に人物が配置されテーマが設定されていることが指摘されている。[37]まず、主人公二人の出自に対照性が与えられている。貴族の母と平民の父とのあいだの娘ヴィルジニーと、平民の母と貴族の父とのあいだの息子ポールとは、フランス植民地の島でともに育つ。ヴィルジニーの父は病死し、ポールの父は身重の母を捨ててしまっていたので、二組の母子は不遇な暮らしを余儀なくされていた。小説には父親が登場しないので、貴族の母と平民の母が対比されている。次に、二人が生まれ育つのは当時フランスの植民地であったフランス島（現モーリシャス島）だが、南海の自然に満ちた島の暮らしと、のちにヴィルジニーが生活することになるフランス本国の文明生活が対比されている。さらに、主人公たちを取り巻く副次的人物として、二人の世話をする黒人奴隷たちと、二人が偶然出会った島の逃亡奴隷も対比構造の一翼を担っていると考えられる。

十八世紀の文学空間において「島」が占めてきた特殊な地位は、すでにさまざまに論じられてきた。[38]文学作品における「島」の持つ最大公約数的な意味は、以下のように要約することができるだろう。「島」は文学的夢想の、あるいは文学的実験の、現実から隔離された実現の場であると。[39]『ポールとヴィルジニー』における「島」とは、したがって、本国フランスと対比される「楽園」という文学的夢想の実現の場であると考えられよう。

本章では、以上の先行研究における対比構造に着目し、さまざまな対比（「自然」と「文明」、「貴族」と「平民」、「現実」と「楽園」など）における読書の果たす役割を検討する予定である。

「楽園」「自然」の中で文明とは離れて無垢に育った子どもたちが、ポールでありヴィルジニーだと言える。二人に父親がいないのは偶然ではないだろう。「父」とはフランスの文明や掟のシンボルとなりうる存在でもある。さらにポールもヴィルジニーも読み書き教育がなされていない。二人は、語り手の島の老人によれば、「しかもクレオールの子供のように無学で、読むことも書くこともでき」なかったし（PV., p. 90）、「時計も暦も、年代記や歴史や哲学の本も持ってい」なかった（PV., p. 129）。だが二人が無学であることは決して二人を貶めるものではなく、むしろ『ポールとヴィルジニー』においては、読み書きすらも二人の無垢を汚すものとして機能しているかのようである。

彼ら〔ポールとヴィルジニー〕の互いの愛情と母親たちの愛情だけが彼らの魂の活動を担っていました。無益な学問が彼らに涙を流させることは決してありませんでした。陰気な道徳のお説教でうんざりさせられることは決してありませんでした。（PV., p. 90）

この部分で、語り手の老人は、学問を「無益な」inutiles、道徳を「陰気な」triste と形容している。われわれは語り手が学問と道徳を決して上位に置いてはいないことを読み取ることができよう。また、二人は字が読めないとはいえ、まったく読書をしなかったわけではない。二家族のうち唯一字の読めるヴィルジニーの母、ラ・トゥール夫人によって、集団的な読書が行われていたのである。読書は、目だけで行われるとは限らず、このように耳からも行われるものだった。

時々ラ・トゥール夫人は皆の前で旧約あるいは新約聖書の感動的な物語を読みました。彼らは聖書についてほぼ議論することはありませんでした。というのは彼らの信仰は、自然に対する信仰と同様、すべて感情におけるものでしたし、彼らの道徳は福音書の道徳と同様、すべて行動におけるものでしたから。（*PV.*, p. 121）

ここでは、宗教と自然はほぼ同義のものとなり、信仰は「感動的な物語」によって生じる「感情におけるもの」とみなされている。したがって、語り手の老人によれば、聖書について理性に基づいて議論することはない。フランス島という「楽園」において、自然と宗教とは一体化し、甘美な感情として捉えられている。

2 文明への出立

しかし、二人にとってのこのような無垢で幸福な文盲状態は、長くは続かない。二組の母子の、物質的には豊かとは言えぬまでも、幸福な生活を経済的に下支えしてきた――すなわち農園における労働を担ってきた――二人の黒人奴隷が年老いるにつれ、彼らの財政は悪化する。そこにフランス本国から、貴族出身であるヴィルジニーの母親の裕福な伯母からの手紙が届く。やがてヴィルジニーは島に残された者たちへの経済的援助と引き換えに、大伯母の申し出であるフランス行きを承諾する。

幸福な楽園は急に楽園であることを止めたのだろうか。いや、二つの家族は常に反‐ユートピアと隣接していた。ポールとヴィルジニーは逃亡奴隷が主人に残虐に取り扱われることを知った。二つの家族は島内の貧しい白人として貧窮生活を余儀なくされ、ヴィルジニーは島の総督に金持ちの伯母のもとに行くよう促される。そして、島の自然は目に快い美や豊かな実りをもたらすだけではなく、荒々しい自然として災厄をもたらしもする。ベルナルダンはユートピアを設定しつつ、そこに隣接する反ーユートピアの存在を常にわれわれ読者に意識させるのである。(40)

彼女が島から文明の地フランスに出立することにより、ヴィルジニーのみならずポールにも無垢で無学な状態からの変化が生ずる。ヴィルジニーはフランス本国に旅立ち、修道院で読み書きを教わる。また、ポールも自ら読み書きを習おうとするのである。

この若者は、植民地生まれの白人の子供たちと同じように世の中で起きている一切の事柄には無関心だったのですが、まもなく、読み書きを教えてくれるように私に頼んできました。ヴィルジニーと手紙をやりとりできるようにです。

(*PV.*, p. 158)

ヴィルジニーもまた、手紙を書くために読み書きを習得していた。ヴィルジニーは手紙の中で以下のようにしたためている。

私〔ヴィルジニー〕はまずお便りをするために私が字を書けないため誰かに頼もうとしました。しかし到着以来信頼できる人がいないため、昼も夜も読み書きを覚えるよう専念いたしましたが、

神様のおかげで、ほどなく私はやり遂げられるようになったのです。(*PV.*, pp. 161-162)

しかしヴィルジニーからの便りは、島の家族たちのもとになかなか届かず、上記の手紙も一年半たって届いたものである。その事情は、彼女自身によって、上記と同じ手紙の冒頭で以下のように推測されている。

私はみなさまにもう何度も自分の手でお手紙を書きました。ですがお返事がありませんでしたので、お手紙はみなさまのところに届いていないのではと思うようになりました。この手紙はもっとうまくいくと存じます、私の近況をみなさまにお伝えし、みなさまのお便りを受け取るために用心を致しましたから。(*PV.*, p. 160)

このように心ならずも引き離された二人は、手紙のやりとりをしたいために、ともに読み書きを勉強する。しかし、このような知への取り組み自身が、二人を苦しめるもとともなるのである。ヴィルジニーが大伯母のもとに到着し、「読むことも書く事もできないと答えたとき」、大伯母は驚く。そして大伯母はヴィルジニーが「召使いの教育を受けたのだ」と言い、修道院の寄宿舎に彼女を入れて貴族の娘にふさわしいあらゆる教育を授けようとする(*PV.*, p. 161)。

それでは修道院で多くの先生に教えられるようになったヴィルジニーは貴族の娘にふさわしい教養

を身に付け、美しく聡明に成長したのだろうか。彼女自身の言葉によれば、以下のようになる。

彼ら〔修道院の先生たち〕は私に、とりわけ、歴史、地理、文法、数学、乗馬を教えてくださいます。でも私にはこうした学問の素質はあまりありませんから、先生方といっしょにいてもあまり身につくことはないでしょう。先生方が私に言って聞かせるように、私は自分が頭の悪いかわいそうな生き物だと感じています。(PV., p. 161)

かつて「無益な学問に涙を流す」ことのなかったヴィルジニーは、修道院の先生たちに「頭の悪いかわいそうな生き物」と言われ、自分でもそう思うようになっている。一方で大伯母は彼女を貴族の娘として美しく着飾らせ、女伯爵の称号を与える。だがその引き換えにヴィルジニーはド・ラ・トゥールという名を捨てさせられる。ここでヴィルジニーが捨てさせられたのは単なる名ではなく、ド・ラ・トゥールという名に象徴される、彼女の母につながる、フランス島にいたときの自分であり、フランス島での価値観であろう。無垢と自然、家族への愛情を捨て、教養を身に付け外見を整え、社会の上層に位置するものとして文明社会に参与することが、大伯母がヴィルジニーに求めるものであったと考えられよう。ヴィルジニーは修道院外部との交流を禁止され、彼女が会うことのできる人物は大伯母とその友人の老貴族に限定される。この老貴族とヴィルジニーとの結婚は明確なかたちではないが、大伯母の計画の一つに入っていることが仄めかされている。

大伯母さまは私に外部とのあらゆる交流を禁止されました。それは、大伯母さまによれば、大伯母さまが私にとお考えになっている計画の妨げになるかもしれないと言うのです。格子越しに私と面会できるのは大伯母さまと、大伯母さまのご友人の一人の年をとった貴族の方だけで、その人は、大伯母さまのおっしゃるには、私に大変興味をお持ちだとのことなのです。(PV., p. 162)

ヴィルジニーの、きらびやかではあるが不自由な、貴族の娘としての生活には、『危険な関係』におけるセシルの生活と共通するものがある。しかし自分の華やかな生活を修道院時代の友達に浮き立つように書き送るセシルに対し、ヴィルジニーは貴族の娘としての生活に適応できず、自信を喪失し、周囲の誰にも心を許せず孤立している。彼女の心は常に遠くフランス島に向いているのである。それゆえほかの学問はともかく、手紙のやりとりのために、読み書きは必死に勉強し身に付けたのだろう。彼女にとっては読み書き以外の学問は、何の意味も感じられず、彼女の自信を喪失させることにしかならなかったにちがいない。

では、ポールはどうか。彼もまた手紙のやりとりのために読み書きを学ぼうとした。さらに彼は、ヴィルジニーのいる文明の地を知ろうと試みる。

次に彼は彼女〔ヴィルジニー〕が足を踏み入れることになる国を理解できるよう地理を、彼女が

暮らすことになっていた社会の習俗を知るために歴史を、学ぶことを望みました。(PV., p. 158)

しかしポールは結局地理と歴史にはあまり興味を引かれることなく終わった。彼が好んだのは小説であった。

彼はそうした〔地理や歴史の〕読書よりも小説の読書を好んでいました。小説はより人間の感情と利害にかかわるものであり、彼にたびたび自分の状況と同様の状況を見せてくれたのです。(PV., p. 159)

小説の読書は、ポールに喜びと楽しみを与えただけではなかった。ポールは、小説に描かれた当時の退廃的な風俗を知り、ヴィルジニーが堕落してしまっているのではないかと疑惑にかられるのである。

他方彼は、淫らな風俗と教訓に満ちた当節の流行小説を読んで動転しました。そしてこうした小説がヨーロッパ社会を実際に描いたものを含んでいると知って、ヴィルジニーが堕落して彼を忘れてしまうのではないかと心配しましたが、何がしか理由がないというわけでもありませんでした。(PV., pp. 159-160)

上記の、何がしかの理由とは、ヴィルジニーからの便りが長期間に渡ってなかったことを指すが、その原因がヴィルジニーからの手紙によって明らかとなり、彼女自身は手紙を何通も書いていたことを知ってからも、ポールはヴィルジニーへの疑惑を捨てきれない。このような疑惑の継続にもまた小説の読書が関わっている。

ヴィルジニーの手紙を持ってきた船の人々は、彼女が結婚しようとしていると言いました。彼らは彼女と結婚することになっている宮廷貴族の名を挙げました。(…) しかし何人かの島民が、偽りで憐み、この件で彼にしきりに同情して見せるので、彼はいくらかそれを信じ始めました。しかも、彼が読んだいくつかの小説において、裏切りがふざけた形で取り扱われているのを彼は見ていました。そしてこうした書物はヨーロッパの風俗をかなり忠実に描写したものを含んでいると知っていたので、彼はラ・トゥール夫人の娘がかの地で堕落し、自分の昔の約束を忘れるに至ったのではないかと案じました。知識によって、彼はすでに不幸になっていたのです。

(*PV.*, p. 166)

さらにポールは語り手の老人に以下のように問いかける。

「でもおじさんは、ヨーロッパの女性は、おじさんが貸してくれた戯曲や小説本の中に登場している人のように不誠実だと思いますか？」(PV., p. 185)

「女性たちをとても上手に描いているこれらの本では、美徳は小説の題材でしかありません。」(PV., p. 189)

ポールは、語り手によって繰り返し「当時のヨーロッパを実際に描いた」と定義される退廃的な小説を自ら好んで読んでは、ヴィルジニーもまた堕落するのではないかと考える。見ようによってはもはや自分勝手に妄想しているとも言えよう。ポールが手にする小説は、ポケット版のフランス文明である。ヴィルジニーに疑惑の目を向けるポールは、退廃のフランス文明に、いわば感染しているとも言えるだろう。しかしながら、本国に渡ってからのヴィルジニーの情報は、彼女からのたった一通の手紙に限定され、ポールとともに、小説の読者であるわれわれもまた、ヴィルジニーの暮らしぶりに関してほぼ知ることができない。われわれ読者はヴィルジニーよりもポールに容易に感情移入しうる状態に置かれていると言える。

実際のヴィルジニーは堕落もせずポールを忘れることもなく、そして金持ちの大伯母の無理強いする結婚にも従わない。その結果、彼女は大伯母によってフランス島に送り帰される。以下は、帰還を知らせる彼女の二通目の手紙についての語り手の説明である。

ヴィルジニーが母親に手紙で知らせてきたのは、大伯母から多くのひどい仕打ちを受けたこと、大伯母は彼女の意に反して結婚させようとし、次いで相続権を奪い、遂には暴風の季節にしかフランス島に到着できない時期に彼女を送り返したということでした。(…)また彼女は小説で頭がおかしくなった非常識な娘として大伯母から取り扱われたという話でした。（*PV.*, p. 193）

ポールは退廃的な小説を読んで、ヴィルジニーが小説の女性登場人物のように「堕落」しているのではないかと心配し、大伯母は小説のせいでヴィルジニーの「頭がおかしくなった」と非難している。むろん二人の心配と非難の方向は正反対ではあるのだが、二人にとっては「小説」がヴィルジニーの美徳や理性を疑う契機となっているように見える。しかし、彼女が小説を読んだとは、テクストには一切書かれていない。また、退廃的風俗小説や、感傷的恋愛小説に、彼女が影響を受けている様子が作品中に窺われる部分もない。

大伯母が、ヴィルジニーが小説の読みすぎで頭がおかしくなったと考えるのは、彼女が条件の良い結婚を承知しないからだろう。ヴィルジニーが結婚を拒絶するのはポールへの愛ゆえだが、大伯母の思考の枠組みでは、フランス島の貧乏な若者への愛ゆえに貴族との結婚に従わないのは、小説の読みすぎで頭がおかしくなっていなければ起こり得ない出来事なのだ。フランス島の人々と共にあるヴィルジニーの人生観は、大伯母の価値観と理解力を超えるものであり、「小説の読みすぎで気が変になった娘」というレッテルを貼ることでしか大伯母は自分を納得させられなかったのだと思われる。大伯母にとって「小説の読みすぎによる正気の喪失」というクリシェは、自分とは全く異なる世界観の存在へ思考を巡らせるのを容易に停止させ、自分の考えを合理化する結論として機能していたと考えられる。

3　島の美徳と文明の美徳

大伯母の機嫌を損ねたヴィルジニーはわざわざ台風の季節に島に到着するよう送り返され、遭難して死んでしまう。それも、救助しようとした船員に、邪魔になる衣服を脱ぐことを求められたにもかかわらず、それを拒んだゆえにである。彼女が小説の読者であったかどうかは定かではないが、「慎み深い文明」が彼女の死期を早めたのは確かであろう。彼女はポールが心配するような文明の悪徳には染まらなかったが、文明の美徳に染まってしまったのだ。ヴィルジニーはフランス島を目前にしながら帰ることができなかった。彼女はもはや「楽園」である島に帰還できないほどに、極端な美徳の具現として文明化されていたのである。

すでに述べたように、ポールとヴィルジニーの母親たちがこの島に辿り着いたのは、当時の一般的道徳からは外れた行いの故である。ポールの母マルグリットは貴族の庶子を産み、結婚前の娘としての評判を喪失した。ヴィルジニーの母は旧家の出身でありながら平民男性と秘密結婚をした。すなわち、二人とも文明の美徳という見地からは、問題のある女性ということになる。そこでこの二人は、島という「楽園」で自分たちの子どもだけは幸せになってほしいと願っていた。

（…）しかし彼女たち〔ポールの母とヴィルジニーの母〕は、いつか自分たちの子どもたちが、もっと幸せに、ヨーロッパの残酷な偏見から遠く、愛の快楽と平等の幸福とを同時に享受するだろうと考えて慰められました。（*PV.*, p. 89）

ここで言う「愛の快楽と平等の幸福」は、文明の美徳からはかなり隔たりがあるものと思われる。しかしそれこそが島の美徳だと語り手の老人は捉えているようだ。二人の母親はそれぞれに文明の美徳からは瑕疵のある存在であるが、自分たちをそのような存在と見なす「ヨーロッパの残酷な偏見」から今は遠く離れている。そしてこの二人の母親を中心に形成された二家族が、自然との調和、家族間の愛情、日々の労働という島の美徳を体現している。語り手の老人にとって、この二家族にはすでに欠けるところはなかった。だからこそ、ラ・トゥール夫人の伯母が、ヴィルジニーをフランス本国に呼び寄せようとした時、ラ・トゥール夫人から相談を受けた老人は本国行きに強く反対したのである。

老人の反対は聞きいられることなく、ヴィルジニーは文明の側に旅立ち、そこでの生活に不適応の末、島に送り返され、しかし生きて島に到着することなく、文明の美徳に過剰に適応したために遭難死する。彼女が見せる慎みの美徳は、生死を分ける場面では過剰と言うべきだろうし、また家族への愛と家族からの愛のためには、慎みよりも自らの命を優先するという理性が働いてしかるべきだろう。しかしながら彼女の死後、周囲の者たちはことごとく彼女の美徳を称える。ヴィルジニーを救助しようとした船乗りは次のように言う。

その男は、九死に一生を得て、砂に跪き、こう言いました。

「ああ神様！　あなた様は私の命を救ってくださった。ですが私のようには服を決して脱ごうとしなかったあの尊敬すべきお嬢さんのためなら、私は心から命を差し出したでしょう。」（*PV.*, p. 203）

だが、服を脱ぐことを拒んだ彼女の亡骸は浜辺に打ち上げられ、語り手と、したがって語り手を介して、われわれ読者の視線にさらされる。

そして岸辺で最初に私〔語り手の老人〕の目に入ったものは、ヴィルジニーの亡骸でした。彼女は半ば砂に埋もれていましたが、私たちが死なんとする彼女を見たときの姿のままでした。顔立ちは目立つほどには変わっていませんでした。目は閉じられていました。しかし穏やかさがまだ額にありました。ただ彼女の頬には死の蒼い菫色が慎みの薔薇色と混じり合っていました。一方の手は服の上に置かれ、もう一方は、左胸に置かれていたのですが、固く握りしめられていました。

(*PV.*, pp. 206-207)

死してなお衣服がそのままであることが確認され、彼女の死を賭した慎みの美徳が完遂されたことがわれわれの目に明らかとなる。しかしながら同時に、彼女の頬の上に混じり合う「死の蒼い菫色」と「慎みの薔薇色」は死と慎みの美徳の闘いの痕跡であろうが、その本来は秘められたはずの闘いの痕跡をわれわれの視線の前に引き出す描写には、微かではあるが残酷で官能的な手触りがある。[41]

最後にヴィルジニーの身体がわれわれの目に映るのは葬式の場面であり、ヴィルジニーの葬式には、島じゅうの人々が集まって来る。

私〔語り手の老人〕はすぐにポール・ルイに下りましたが、そこにはあらゆる町の住人が、島で最も大切なものを失くしたかのように、彼女の葬式に参列しようと集まっていたのでした。

(*PV.*, p. 209)

港の船は帆桁を十字に組み、半旗にし、大砲を打つ。擲弾兵が葬列の先頭に立っている。彼らの太鼓は喪章で覆われている。白い服を着た島の令嬢が八人で「彼女たちの美徳の友」(*PV.*, p. 209)の遺体を捧げ持っている。そのあとには合唱隊の子どもたちが続く。まさにヴィルジニーの美徳への賛歌が延々と描写される。こうした大げさとも言える葬儀はすべて「役所がヴィルジニーの美徳に敬意を表するために命じてあったもの」(*PV*., p. 209) なのである。このような官製の美徳の祭典とも言うべき葬儀では、文明の美徳に焦点が絞られているように思われる。

しかし葬列が山の麓にさしかかると、「葬儀全体の調子が狂って」(*PV*., p. 209) しまう。島にいたころのヴィルジニーが親切にしていた貧しい住民が多く住むあたりに到達したからである。

(…) 讃美歌も唱歌も途絶えました。平地にはもはや溜息とすすり泣きしか聞こえませんでした。(*PV*., pp. 209-210)

ここに至って初めてヴィルジニーの死を嘆き悲しむ人々が登場する。ここでも人々はヴィルジニーの美徳を口にするが、その美徳は以下のように、島の美徳と言ってよいだろう。

母親たちは神に彼女のような娘を願いました。若者たちは、彼女のように誠実な恋人を、貧しい人々は、優しい友を、奴隷たちは、善良な女主人を願いました。(*PV*., p. 210)

ここでは、ヴィルジニーは島にすむ娘の理想の存在として語られていると思われる。官製の葬儀で荘厳に文明の美徳が称えられ、生前親交のあった島の住人たちによっては島の娘としての美徳が語られる。修道院で教師たちに「頭の悪いかわいそうな生き物」と蔑まれ、大伯母からは「小説の読みすぎで気が変になった娘」と決め付けられた彼女は、死ぬことによって、主体としての意識を失った身体に文明の美徳と島の美徳が充填され、文明側からも島の側からも完璧な美徳の娘となった。ここでわれわれはある既視感を覚えないだろうか。

空洞となった身体に統合された文明と島、対立物の統合の場として空洞化されるヴィルジニー、これは、テクスト内のヴィルジニーの「読書」を想起させないだろうか。文明側の大伯母はヴィルジニーが小説の読み過ぎでおかしくなったと言い、島のポールは自らの小説読書を契機としてヴィルジニーの堕落を妄想する。ヴィルジニーの読書はテクスト内に描かれることはなく、彼女の「読書」はテクストに空いた穴であり、そこに満たされるのは大伯母とポールの、ヴィルジニーの美徳の欠如への懸念なのである。

ヴィルジニーの死後ほどなく、残った家族全員が悲嘆の末に死んでいく。こうして、二人の母親の美徳の欠如から始まった「島」での二家族の形成と崩壊の物語は、娘の美徳の欠如への懸念を経た後、母親たちの美徳の欠如を補填するかのように、娘の過剰な美徳に飾られて結末を迎えるのである。

6　まとめ――美徳と堕落

以上いくつかの小説から登場人物の読書について女性を中心に見てきた。読書が、一定程度の階層の女性の生活において、日常的なものであったことが、まず、確認できた。しかし、「小説」となると、話が若干別になるようだ。『マリアンヌの生涯』において、マリアンヌは小説を「こっそりと」読んでいたし、『ポールとヴィルジニー』においては、ヴィルジニーは「小説のために頭が変になった」と非難されている。『成り上がり百姓』においてフェルヴァル夫人がなまめかしい姿態で読んでいるのはおそらく小説だろう。『マノン・レスコー』においてマノンの読書にいかなる留保もなく、さり気ない日常の一コマとされているのは、マノンという女性像に美徳を要請する前提がないことをむしろ仄めかしていると考えてよいように思われる。しかし、その小説から、マリアンヌは人生の機微を読み取り、自身の危機を回避した。『危険な関係』のトゥールヴェル法院長夫人は、危機回避に失敗はしたものの、読書に救いを求めてはいた。明確に小説から学習効果を得ようとしているのは、同じく『危険な関係』のメルトゥイユ夫人である。さらに、読書そのものから何かを学習するというだけでなく、読書行為は、ときには示威的行為でもあることがわかった。『マノン・レスコー』のデ・グリューは、自分が改心した証拠を示すため意図的に読書の対象とすべき書物を選んでいる。

男性と女性との対比で考えれば、小説においては、女性の読書の方がことさら取り上げられる傾向があるようだ。とくに小説の読書と言う点では、小説中の小説読者は圧倒的に女性である。「小説を読む女」は、小説の中でなぜクローズアップされるのか。それは、本論第二章で分析したような現実のいわゆる反映だけでは片づけられない問題を含んでいると考えられる。男性登場人物の読書は、『マノン・レスコー』のデ・グリューに見られるように、男性の知的精神的ステイタスを構築もしくは表現しているように思われる。『成り上がり百姓』のジャコブもまた「紳士として」ふさわしく見えるような読書を、体裁を整えるためだけとはいえ行う。しかし女性の読書は、小説の読書と強固に関連させたうえで、否定的に取り扱われることが多い。それは、十八世紀の小説において、女性の読書が多くの場合、「美徳」と「堕落」を両極とする基準線に置かれていたからではないか。小説によって美徳を守る。あるいは、堕落する。いずれにせよ、女性の読書は道徳的基準線に結び付けられていた。だからこそ、ヴィルジニー自身の読書はテクスト内で描かれぬまま、大伯母は、ヴィルジニーの読書と堕落とを結び付ける。そしてポールの読書は、彼が腐敗した風俗を描く小説を読もうとも、自身の美徳や堕落とは無関係なのであり、恋人の堕落を彼が妄想する契機にしかならないのである。

結論

十八世紀の絵画と小説、すなわち想像的空間には女性を揶揄し、美徳を強制する執拗な視線が張り巡らされているのではないか、それが本書の出発点であった。画面上に書物が存在する絵画では、明らかに表象に性差が見られた。男性を描いた絵画の場合、画面の書物は、知性や権力、あるいは孤独な思索を示す符号として機能していた。女性の場合は、一部の貴族女性の肖像画や、母子間の教育の場面を除外すれば、書物は個人的な楽しみの符号となり、小説を暗示させるものが多い。そして、感情や官能を刺激されたさまを描いているものが少なくなかった。したがって、十八世紀のフランス絵画においては、「女性読者とは小説を読んでいたずらに感情を高ぶらせている存在」という共通認識あるいは共通の幻想が成立していると言ってよいと思われる。

当時の社会状況はこのような共通認識あるいは共同の幻想を可能にするものだったのであろうか。まず、十八世紀は識字率が男女ともに倍増した世紀であった。ただし女性のそれは男性の約半分にすぎない。また、娯楽としての読書という観念が広く普及し、小説の読者層が広がった。高価な書物を購入することが困難な層にとっては、「読書クラブ」の全国的な普及が、書物への接近を容易にしていた。このような現実の変化が、女性読者と小説をめぐる共通のイメージを形成する土台となっていた。

また、男子教育に比べて蔑ろにされてきた女子教育が、文人たちの検討課題となっていった。本書ではフェヌロン、ランベール夫人、ルソー、ラクロの女子教育論を検討した。フェヌロンとルソーにおいては、女性としての役割、すなわち妻として母としての役割に基づいた教育が重視され、哲学や科学は、滑稽な「才女」や「女学者」を生み出すものとして女子教育には不要とされている。ランベール夫人は哲学も女子教育には必要と見做し、「滑稽」という言葉で女性の知的活動を切り捨てる傾向を批判しているが、フェヌロンやルソーと同様、若い女性にとって小説の読書は忌避すべきものと考えている。ただし、ルソーにあっては小説の読書に関して両義性が見られ、単純な解釈は早計であるように思われる。ラクロは、小説に有用性と有害性の双方を指摘し、条件付きで小説の読書を認めている。総じて、小説の読書は、それに肯定的あるいは否定的いずれの態度をとるにせよ、女子教育について語るときには必ず触れられていたと言える。それほど当時の女子教育において小説の読書は避けて通れない問題だったと考えられる。また、「女学者」savante「才女」précieuse「滑稽」ridicule といった語が、女子教育を考える際に反復され、この三つの単語が世紀を通して女子教育を規制するものとなっていた。

十七世紀の反演劇論において宗教的文脈で展開された演劇の有害性は、十八世紀においては女性、さらには子どもに特化され、概ね若い女性の美徳にとって小説の読書は有害であるという認識に引き継がれた。この認識は十八世紀を通じて一般的な「常識」と見做され、医学・科学も含めた知的権威のある言説においても反復されていたと言える。このような小説観は出版統制下にある作家にとっては、大きな抑圧効果を持っていたにちがいない。シャール、マリヴォー、ルソー、ラクロはその「常識」を前提として、小説内部では「作者」あるいは「編集者」による序文や、語り手の言説によって、ときには小説外部で作家として現実の読者とのやり取りをすることによって、巧みに小説あるいは語っている事柄の有用性すなわち教訓性を喧伝していると言えるだろう。序文で読者層をあらかじめ限定したり、これは虚構ではなくて事実であるかのように仄めかしたり、女性の美徳にとって有用な教訓が含まれていることを前面に押し出したりといった「常識」対策が試みられている。小説の有害性という当時の「常識」に巧みに配慮しむしろ利用しつつ、作家たちは小説を書きつづっていたと考えられる。

しかし女性の美徳が、もっぱら貞節を指示し、型にはまっているのに対し、美徳にとっての有用な「教訓」の内容とその読者への提示の仕方は、小説によってさまざまと言える。シャールは語り手の語る教訓の二面性を巧みに利用している。ルソーは読者の登場人物への自己同一化を通じて、美徳へと向かう登場人物の心情を体感させる。『危険な関係』の手紙には表層・深層の意味が常に込められ、この小説の読者にとっては手紙の書き手すなわち登場人物の心情に自己同一化することが困難であり、むしろ読者は出来事や人物を俯瞰し観察する立場に身をおくことになるだろう。リコボニ夫人のように、ときには登場人物を「怪物」と感じて忌避し、作者に「否」を突きつける読者もいる。このような現実の読者の対応に、作家の側も読者への認識を新たにすることもあったにちがいない。

第四章では、小説において登場人物の読書がどのように描かれてきたのかを考察した。読書は、一定程度の階層の女性の生活において日常的なものとして小説内では描かれている。しかし、「小説」の読書は別の話である。若い娘が小説を読む場合は、隠れながらであったり、小説を読んで頭がおかしくなったと非難されたりもする。情事を予測させる場面では小説の読書がその場の雰囲気を醸成する小道具ともなる。以上は、女性の美徳にとって小説の読書は有害であるという「常識」を小説内でも踏襲していることから生み出された叙述だと言える。しかし、登場人物が、小説から人生の機微を読み取り、自身の危機を回避し、あるいは小説の読書に救いを求めることもありえた。小説から学習効果を得ようとする場合もある。さらに、読書そのものから何かを学習するというだけでなく、読書行為は、ときには示威的行為でもある。このように、小説において小説の読書の効用は意識的に取り上げられている。書物、とりわけ小説は、小説内で繰り返し取り上げられる題材となっているのである。

小説内の小説読者は、圧倒的に女性が多い。「小説を読む女」が、小説の中でここまでクローズアップされる理由は、第二章に見るような現実のいわゆる反映だけでは片づけられない問題を含んでいる。男性よりも美徳＝貞節を求められる立場である女性の美徳にとって小説が有害であると考えられていたからこそ、小説内で女性の読書はことさらに取り上げられ、「美徳」と「堕落」を両極とする基準線に置かれていたのではないか。小説によって美徳を守る。あるいは、堕落する。いずれにせよ、女性の読書はそうした道徳的基準線に結び付けられていたように思われる。

しかし、作家たちは小説と女性を巡る負の言説に対して単に消極的に弁解するに留まらなかった。小説内の、小説を手にする女性登場人物の姿は、女性と小説を巡る時代の言説への、作家たちによる、時には宣伝、ときには弁解、ときには戦略の結び目となっていたのではないだろうか。だからこそ、女性たちの読書は小説内でことさらにクローズアップされ、さまざまな意味を付与されていたのだと考えられよう。

註

序　読者のイメージ、イメージの読者

（1）Cf. ハンス・ロベルト・ヤウス『挑発としての文学史』轡田収訳、岩波書店、一九七六年。ヴォルフガング・イーザー『行為としての読書』轡田収訳、岩波現代選書、一九八二年。

（2）Cf. Gérard Genette, *Figures III*, Seuil, 1972, et *Nouveau discours du récit*, Seuil, 1983.

（3）Edmond et Jules de Goncourt, *La Femme au dix-huitième siècle*, Flammarion, 1982, p. 291. 訳は、『ゴンクール兄弟の見た十八世紀の女性』鈴木豊訳、平凡社、一九九四年に拠る。

（4）Cf. Elisabeth Badinter, « Préface à cette édition », dans Edmond et Jules de Goncourt, *op. cit.*, pp. 12-26.

（5）植田祐次編『フランス女性の世紀——啓蒙と革命を通して見た第二の性』世界思想社、二〇〇八年、i頁。

（6）Jan Herman et Paul Pelckmans（éd.）, *L'Epreuve du lecteur, livres et lectures dans le roman d'Ancien Régime*, Éditions Peeters Louvain-Paris, 1995. 一九八八年に設立された国際的研究組織 La Société d'Analyse de la Topique Romanesque の、一九九四年ベルギーで開催された八回目のシンポジウムの報告集。

（7）Isabelle Brouard-Arends（éd.）, *Lectrices d'Ancien Régime*, Presses Universitaires de Rennes, 2003.

（8）*Ibid.*, p. 8.

（9）*Ibid.*

（10）Nathalie Ferrand, *Livre et lecture dans les romans français du XVIIIe siècle*, PUF, 2002.

（11）Sandrine Aragon, *Des liseuses en péril*, Editions Champion, 2003.

第一章　十八世紀フランス絵画における書物

論文中の絵画の題名の訳は、基本的に原題に忠実であることを心がけたが、すでに流通している邦題がある場合は原則としてそれに従っている。図版に挙げた絵画の原題、制作年、絵画の所蔵美術館は巻末の図版一覧に示した。また、絵画の所蔵美術館の表記は、基本的に現地

語表記とした。

（1）Cf. 小倉孝誠『女らしさはどう作られたのか』法藏館、一九九九年、二六頁。

（2）ジョラの作品は以下を参照。René Huyghe, *L'Art et l'homme*, Larousse, 1961, fig. 642.

（3）Roger Chartier et Daniel Roche, « Les Pratiques urbaines de l'imprimé », in *Histoire de l'édition française*, t. II, *Le Livre triomphant 1660-1830*, Promodis, 1984, p. 418. 訳は筆者による。

（4）Cf. *Ibid.*, p. 419.

（5）*Ibid.*

（6）作品は Jean-Pierre Cuzin et Pierre Rosenberg, *Georges de La Tour*, Réunion des musées nationaux, 1997, fig. 5c 参照。

（7）Cf. 三浦篤『まなざしのレッスン①――西洋伝統絵画』（東大出版会、二〇〇一年）、ジェイムズ・ホール『西洋美術解読事典』（高階秀爾監修、河出書房新社、二〇〇四年（一九八八年））。

（8）Laure Adler et Stefan Bollmann, *Les Femmes qui lisent sont dangereuses*, Flammarion, 2006, p. 13.

（9）十八世紀における読者層の拡大に関しては次章冒頭を参照。

（10）Cf. 江本菜穂子「『本を読む女性』像について　その1」『名古屋造形大学紀要』n°19、名古屋造形大学、二〇一三年、三四頁。

（11）この絵画は一九九〇年代までグルーズの筆になると見なされていたが、近年の研究により、オーギュスト・ベルナールの作とされた。作品解説は Mary D. Sheriff, *Moved by love*, The university of Chicago Press, 2004, fig. 51 参照。

（12）Roger Chartier et Daniel Roche, *op. cit.*, p. 418.

（13）Jean-Marie Goulemot, *Ces livres qu'on ne lit que d'une main—lecture et lecteurs de livres pornographiques au XVIIIe siècle*, Aix-en-Provence, Alinea, 1991, pp. 43-47. グルモは、この官能的惑乱が自慰行為を指し、それは絵画を見る者の目に明らかであって、かつ絵画の中に絵画を見る者と視線を共有する、女性を見つめる彫像の視線が描きこまれていると指摘している。

（14）Laure Adler, Stefan Bollmann, *op. cit.*, pp 24-25.

（15）シャルダンやグルーズら人気のある画家の風俗画は、発表されるとすぐに版画化され、多くの人々に販売される「商品」となった。Cf. Marianne et Roland Michel, *Chardin*, Hazan, 1994, p. 272, René Huyghe, *op. cit.*, p. 188.

（16）出版用語で「哲学書」はしばしばポルノグラフィックな小説を意味し、また、リベルタン小説は性と哲学を同時に語るものであった。十八世紀の代表的リベルタン小説『女哲学者テレーズ』（一七四八）では、主人公が他者の性的行為を窃視する場面がしばしば描かれ、この小説を読む者はテレーズと窃視的視線を共有することになる。Cf. Robert Darnton, *The Forbidden Best-sellers of pre-revolutionary France*, Norton, 1995. *Thérèse philosophe*, in *Œuvres Anonymes du XVIIIe siècle*, Fayard, 1986.

(17) Pierre Rosenberg et Renaud Temperini, *Chardin*, Flammarion, 1999, p. 255. 一七四八年のサロン批評が紹介されている。

(18) Cf. Jean-Pierre Cuzin et Pierre Rosenberg, *op. cit.*, p. 238.

(19) これは、十八世紀絵画における「幸福な母親」像の流行と関連付けられるだろう。Cf. キャロル・ダンカン、「幸福な母親――十八世紀フランス美術と新しい思想」『美術とフェミニズム――反駁された女性イメージ』坂上桂子訳、PARCO出版、一九八七年。

(20) Cf. Albert Châtelet, *La Peinture française XVIIIe siècle*, Editions d'Art Skira, 1964, pp. 90-92.

(21) Cf. 高宮利行・原田範行『図説本と人の歴史事典』柏書房、一九九七年、二四〇頁。

(22) ディドロの一七六一年サロン評によれば、「家庭教師」la Gouvernante となっている。Cf. Diderot, « Salons de 1761 et 1769 », dans *Supplément aux Œuvres de Diderot*, 2e édition, A. Belin, 1819, pp. 176-177.

(23) Cf. Mary D. Sheriff, *op. cit.*, pp. 104-112. Emma Barker, « Mme Geoffrin, painting and galanterie: Carle Van Loo's Conversation espagnole and Lecture espagnole », in *Eighteenth-Century Studies*, vol. 40, n°4, 2007, pp. 587-614. シェリフによれば、男性が朗読している書物はラファイエット夫人の小説『ザイード』(一六六九―七一)である。

第二章　文人たちの女子教育論と小説

(1) Cf. *Histoire de la vie privée*, t. 3, sous la direction de Roger Chartier, Seuil, 1986, p. 115. マルティーヌ・ソネ「教育の対象としての娘たち」『女の歴史Ⅲ　十六―十八世紀』天野知恵子訳、藤原書店、一九九五年、二〇一―二〇二頁。天野知恵子『子どもと学校の世紀――十八世紀フランスの社会文化史』岩波書店、二〇〇七年、五〇頁。

(2) Cf. Albert Soboul, *La France à la veille de la Révolution, économie et société*, SEDES, 1974 [1966], p. 80. マックス・フォン・ベーン『ロココの世界――十八世紀のフランス』飯塚信雄訳、三修社、二〇〇〇年、九三―九四頁。

(3) *Ibid.*, p. 97.

(4) Cf. Robert Mandrou, *De la culture populaire aux 17e et 18e siècles*, Imago, 1999 [1975], p. 39. Roger Chartier, « Livres bleus et lectures populaires », in *Histoire de l'édition française*, t. II, *Le Livre triomphant, 1660-1830*, Promodis, 1984, p. 507.

(5) Cf. Robert Darnton, *The Forbidden Best-sellers of pre-*

revolutionary France, Norton, 1995, p71.

（6）*Ibid.*

（7）Cf. Ian Watt, *The Rise of the novel, studies in Defoe, Richardson and Fielding*, Chatto and Windus, 1963 [1957], pp. 35-49（イアン・ワット『小説の勃興』藤田永祐訳、南雲堂、二〇〇七年［一九九九年］、四七―六九頁）. Reinhard Wittmann, « Une Révolution de la lecture à la fin du XVIIIe siècle ? », in *Histoire de la lecture dans le monde occidental*, sous la direction de Guglielmo Cavallo et Roger Chartier, Seuil, 1997, pp. 331-341. 長谷川輝夫「十八世紀の社会と文化」『フランス史』t. II、山川出版社、一九九六年、三〇四―三二一頁。

（8）Cf. Roger Chartier et Daniel Roche, « Les Pratiques urbaines de l'imprimé 1660-1780 », in *Histoire de l'édition française*, t. II, *Le Livre triomphant, 1660-1830*, Promodis, 1984, pp. 404-405.

（9）Jean-Louis Pailhès, « En marge des bibliothèques: l'apparition des cabinets de lecture », in *Histoire des bibliothèques françaises: les bibliothèques sous l'Ancien Régime 1530-1789*, Promodis, 1988, pp. 415-418.

（10）Robert Darnton, *The Literary Underground of the Old Regime*, Harvard University Press, 1982, p. 2.

（11）Fénelon, *De l'éducation des filles*, dans *Œuvres*, t. I, Gallimard, « Bibliothèque de la Pléiade », 1983, p. 91.

（12）*Ibid.*

（13）モリエールは『滑稽な才女たち』出版（一六六〇）にあたって（初演は一六五九年）、「序文」の中で「本物の才女たちは、才女をまねた滑稽な女たちを見ても腹を立てるようなまちがいはしないだろう」(Molière, *Œuvres*, t. I, Gallimard, « Bibliothèque de la Pléiade », 1971, p. 264)と述べている。このような慎重な「弁解」は彼のような風刺作家の常套句であり、まさに本当のターゲットを半ば告白しているとも言えるだろう。なぜなら風刺劇あるいは小説の書き手はしばしば「本物」を批判・風刺するために、それをデフォルメし極端にすることで徹底的に笑うのではなかったか。そして観客、あるいは読者は、デフォルメされたカリカチュアを笑いつつ、その背後の「本物」にも笑いを向けるのではないだろうか。なによりモリエールは、「本物の才女」を云々する直前に、本物の王様は舞台上の滑稽な王様を見ても腹を立てないと述べているが、本物の権力者を直接批判できない旧体制下にあって、本物でない権力者を揶揄することで、本物を批判するのが風刺家たちの常套手段だったはずである。Cf.「一見、偽の才女だけを嘲弄するかにみえるが、実の意図はそんなものではない。（…）モリエールの真の狙いは、ぽっと出の偽物ではなく、彼女らのあこがれの的たるパリの才女たちであった」(鈴木康司「喜劇」『フランス文学講座4　演劇』大修館書店、一九七七年、一四三頁)。

「これらのサロンの影響力と、そこに集う貴婦人たちの知的好奇心がどれほど大きなものであったかをもっとも雄弁に物語っているのは、皮肉にも彼女たちを徹底的にこきおろしたモリエールの戯曲『女学者』(一六七二)、『才女きどり』(『滑稽な才女たち』の別の邦題、引用者註)(一六五九)であろう。才女たちへのモリエールの攻撃の激しさはそのまま、彼女たちの存在感の大きさに比例すると言ってよい」(川島慶子『エミリー・デュ・シャトレとマリー・ラヴワジエ――十八世紀フランスのジェンダーと科学』東京大学出版会、二〇〇五年、一四一―一五頁)。

(14) Fénelon, *op. cit.*, pp. 91-92.

(15) *Ibid.*, p. 93.

(16) *Ibid.*, pp. 153-154.

(17) *Ibid.*, pp. 94-95.

(18) Nathalie Ferrand, « A celles qui ne lisent pas —la fiction de la lectrice dans le roman au XVIIIe siècle », in *Lectrices d'Ancien Régime*, Presse Universitaire de Rennes, 2003, p. 447.「小説においては、女性が字を読めないことは長い間存在しないに等しいテーマであった。小説中では字の読めない女性は非常に稀であったのだ。」また、フェランは同論文において、小説中の女性読者は「小説と小説を読む女性の両方の中傷という常套句の土台」(同書、p. 450)として機能していると述べている。

(19) Cf. Madame de Lambert, *Œuvres*, pp. 15-19. 赤木昭三・赤木富美子『サロンの思想史――デカルトから啓蒙思想へ』名古屋大学出版会、二〇〇三年、一七一―一七四頁。

(20) *Œuvres*, pp. 7-9.

(21) Cf. 宮下志朗『本を読むデモクラシー――"読者大衆"の出現』刀水書房、二〇〇八年、一〇四―一〇五頁。

(22) *Œuvres*, pp. 37-41.

(23) Cf. 赤木富美子『フランス演劇から見た女性の世紀』大阪大学出版会、一九九六年、二二三―二三九頁。赤木富美子は、(1)宗教の占める地位の違い、(2)「気に入(られ)る」plaire ということについての意見、(3)知的教育という三つの観点から両者の差異を述べている。まず、ランベール夫人における宗教は、フェヌロンにおけるそれよりも現世的である。次に、フェヌロンにあっては、女性の本性は気に入られることへの欲望にあり、それは原罪と結び付けられている。一方、ランベール夫人においては、女性の本性はやはり気に入ることへの欲望にあるというところまでは同じだが、原罪の観念は弱まり、女性の人格・理性への信頼を読み取ることができる。最後に、（3）知的教育については、（1）宗教の占める地位・（2）「気に入（られ）る」二つの観点から由来する違いが存在する。

（24）このエッセーの初版は一七四七年、執筆時期は不明。

（25）Sainte-Beuve, *Causeries du lundi*, t. 4, Garnier Frères, 1857, p. 219.

（26）このエッセーの草稿は、*Avis d'une mère à son fils et à sa fille* と同様、コピーが出回り、そのうちの一つが出版社の手に入って出版されるという経緯をたどる。*Œuvres*, p. 205.

（27）*Œuvres*, p. 243. « Accusation injuste..... ».

（28）*Œuvres*, p. 211.

（29）Cf., *ROC.*, t. IV, pp. 531-533.

（30）Cf. Colette Piau-Gillot, « Lectures des héroïnes dans le roman à la fin du XVIIIe siècle », in *L'Épreuve du lecteur, livres et lectures dans le roman d'Ancien Régime*, Éditions Peeters Louvain-Paris, 1995, p. 397.『エミール』は夫婦間における文化的平等の必要性を主張している」。

（31）『新エロイーズ』と『エミール』には、家庭教師と生徒という恋愛の枠組みと、共同の読書とが、性的なものの示唆の濃淡はあれ、共通して描かれ、それは、『アベラールとエロイーズ』を想起させる。Cf. *ROC.*, t. IV, p. 1668.

（32）フェヌロンの小説 *Les Aventures de Télémaque*（一六九九）を指す。邦訳では、『テレマックの冒険』（朝倉剛訳、現代思潮社、一九六九年）と『テレマコスの冒険』（二宮フサ訳、『ユートピア旅行記叢書』4所収、岩波書店、一九九八年）のように主人公の名のフランス語読みとギリシャ語読みとがある。本書では、フェヌロンの作品であることを明確にするため『テレマックの冒険』と表記する。テレマコスはホメーロスの『オデュッセイア』の主人公オデュッセウスの息子である。ここでは、『オデュッセイア』は古典、『テレマックの冒険』は同時代の小説ということになる。

（33）Colette Piau-Gillot, *op. cit.*, p. 403.

（34）*LOC.*, p. 1417.

（35）Cf. Sandrine Aragon, *Des liseuses en péril*, Editions Champion, 2003, p. 422.『危険な関係』の一三年後、ラクロは教養を身につけようとする女性を公然と支持する。一七八二年、メルトゥイユ夫人は一人で時代の社会に反抗しようとし、道徳によって有罪を宣告された。しかしながら、革命は二つの著作『危険な関係』と第三エッセー」の間の社会的風景を深く修正した。『危険な関係』のさまざまな女性読者との手紙のやり取りは、ラクロに自分の時代の女性たちの変化を示した。一七八八年の娘の誕生もまた彼を新たな考察へと導くことになった」。

(36) *LOC.*, p. 443.

(37) Cf. Roger Chartier, « Richardson, Diderot et la lectrice impatiente », in *MLN*, n°114, 1999, p. 655.「十八世紀、読書をめぐる言説は医学化され、過度の読書を個人的病気あるいは集団的伝染病と見做す病理学が構築される。一方で、読書は肉体を停止させ想像力を刺激するからというので、管理されない読書は危険なものとされる。(…)他方で、読書の孤独な行使は、乱脈な想像力、現実の拒否、妄想への嗜好へと導く。その結果、過度の読書と孤独の快楽は近いのである。この二つの実践によって同じ症状が引き起こされる。顔色の悪さ、不安、衰弱。このように認識すると、読書が小説の読書であり読者が女性であるとき危険は最大限となる」。

　このように、十八世紀の医学的言説においては、若い女性の小説の読書は性的快楽に近似した禁忌、さらには性的行為以上に悪影響が懸念されていた自慰行為を誘発する危険なものと見做されていたのである(Cf. サミュエル＝オーギュスト・ティソ『オナニスム』阿尾安泰他訳、『性――抑圧された領域　十八世紀叢書VI』国書刊行会、二〇一一年)。

(38) Michel Foucault, *Histoire de la folie, à l'âge classique*, Gallimard, 1992 [1972], pp. 390-391.

第三章　小説の有害性と効用

(1) Cf. 戸張智雄「演劇理論」『フランス文学講座4　演劇』大修館書店、一九七七年、二四一―二五六頁。戸口民也「教会と演劇」『混沌と秩序――フランス十七世紀演劇の諸相』中央大学出版部、二〇一四年、三二三―三六九頁。オディール・デュスッド、伊藤洋監修『フランス17世紀演劇事典』中央公論社、二〇一一年、五七七―五八三頁。

(2) Georges de Scudéry, *L'Apologie du théâtre*, Augustin Courbé, 1639, pp. 1-2, Source gallica.bnf.fr/Bibliothèque nationale de France.

(3) Cf. Georges May, *Le Dilemme du roman au XVIIIe siècle: étude sur les rapports du roman et de la critique, 1715-1761*, Presses universitaires de France, 1963, pp. 30-31. 阿尾安泰「読書という悪の発見」『18世紀フランスにおける演劇モデルによる知の構築』九州大学大学院言語文化研究院、二〇一四年、三六―四六頁。

(4) 出版統制の仕組みは正式の「認可」permission のほかにも「黙許」permission tacite、さらには「地下認可」permission clandestine、「みのがし」simple tolérance など多岐に渡り、かつ認可が与えられないのを見込んで他国で印刷(フランス語で)され、フランス国内にひそかに流入されることも頻繁にあった。とはいえ、作家は自分の著作物によってときに逮捕・投獄される危険と常に隣り合わせだったのである。Cf. 木崎喜代治『マルゼルブ――フランス十八世紀一貴族の肖像』岩波書店、一九八六年。Françoise Weil, *L'interdiction du roman et la librairie, 1728-1750*, Aux Amateurs de Livres, 1986, et *Livres interdits, livres persécutés : 1720-1770*, Voltaire Foundation, 1999.

(5) Cf. 藤原真実「貞節という美徳――ロベール・シャール『フランス名婦伝』」植田祐次編『フランス女性の世紀――啓蒙と革命を通して見た第二の性』世界思想社、二〇〇八年、二七頁。

(6) Montesquieu, *De l'esprit des lois*, 1, VII, ch. VIII, t. I, Garnier, 1965, p. 110.

(7) Cf. 増田真「十八世紀フランス思想における女性論」『人文科学研究』n°33、一九九六年、九〇―一一五頁。

(8) Montesquieu, *op. cit.*, 1, XXVI, ch. VIII, t. II, p. 176.

(9)『アベラールとエロイーズ』*Lettres d'Abélard et Héloïse* は、十二世紀の実在の修道院長アベラールとエロイーズの往復書簡を編んだものである。二人はかつて家庭教師と生徒の関係でありながら、恋愛関係となり、エロイーズはアベラールの子を宿す。エロイーズの激怒した叔父の手配によって、アベラールは去勢される。年月を経て二人が交わしたとされる往復書簡は、フランス文学に大きな影響を与えた。ただし、この往復書簡は実際に二人が執筆したものか、それとも後世の何者かによるのかは、諸説あり定かではない。Cf.『世界文学大事典』t. 1、集英社、一九九六年、九一―九二頁。

第一章で取り上げた絵画『アベラールとエロイーズを読む若い女性』を一瞥して分かるように、有名な書簡に感化されてうっとりする若い女性という表象は、この往復書簡に関する当時の共通認識であったと思われる。

(10) Cf. 鈴木美津子『ルソーを読む英国作家たち――『新エロイーズ』をめぐる思想の戦い』国書刊行会、二〇〇二年。

(11) Cf. Robert Darnton, *The Great Cat massacre and other episodes in French cultural history*, Basic Books, 1984, pp. 228-229. Jean Starobinski, *Le Remède dans le mal, critique et légitimation de l'artifice à l'âge des Lumières*, Gallimard, 1989, pp. 165-208.

(12) Nathalie Ferrand, « Livre et lecture dans quelques romans épistolaires: *La Nouvelle Héloïse, les Malheurs de l'inconstance, Les Liaisons dangereuses, L'Émigré* », in *L'Épreuve du lecteur, livres et lectures dans le roman d'Ancien Régime*, Éditions Peeters Louvain-Paris, 1995, p. 373.

(13)『エミールとソフィ』の出版は一七八〇年であるが、執筆は『エミール』出版(一七六二年)の数カ月後であり、この二つの作品に関するルソーの意識は連続性を保っていたと考えられる。Cf. *ROC.*, t. IV, p. CLIII.

(14) Cf. *ROC.*, t. IV, p. CLIV.

(15) Robert Challe, *Journal d'un voyage fait aux Indes orientales, par une Escadre de six vaisseaux commandés par Mr. Du Quesn, depuis le 24 février 1690 jusqu'au 20 août 1691, par Ordre la Compagnie des Indes orientales*, Jean Batiste Machuel le Jeune, 1721. 邦訳は『東インド航海日誌』塩川浩子・塩川徹也訳、岩波書店、17・18世紀大旅行記叢書、二〇〇一年。Robert Challe, *Difficultés sur la religion proposées au père Malebranche*, Droz, 2000. 邦訳は『宗教についての異議』藤原真実訳、野沢協監訳、『啓蒙の地下文書』II所収、法政大学出版局、二〇一一年。Robert Challe, *Les Illustres Françaises*, Droz, 1991. 邦訳は『フランス名婦伝』松崎洋訳、水声社、二〇一六年。

　また、なぜこれほどシャールが歴史の中に埋没していたのかについては、以下の論文を参照のこと。藤原真実「仮面を剝がれた作者――ロベール・シャールと無署名の作品群」『人文学報』n°344、東京都立大学、二〇〇三年、一―三五頁。

(16) Cf. 赤木富美子『フランス演劇から見た女性の世紀』大阪大学出版会、一九九六年、二〇九―二二二頁。Geneviève Artigas-Menant (dir.), *Robert Challe et les passions*, P.U.P.S., 2008, pp. 11-15.

(17) 薬を用いて誘惑されたシルヴィは、「不貞」に激怒した夫に厳しく罰され、修道院に幽閉されて死ぬ。Robert Challe, « Histoire de Des Frans et de Sylvie », dans *Les Illustres Françaises*, Droz, 1991.

(18) Cf. Henri Coulet, « Notice » in *Nouvelles du XVIIIe siècle*, Gallimard, « Bibliothèque de la Pléiade », 2002, pp. 1325-1326. Jaques Cormier, Michèle Weil, « Introduction » in *Continuation*, pp. 13-45.

(19) *Continuation*, pp. 83-85.

(20) しかし実際に小説中で語られる「実話」は最後の議論の主題「不貞をはたらいた妻を夫はどのように取り扱うのか」に関する二つの「実話」のみである。しかもこの二つの「実話」の登場人物はともにフランス人であるから、スペイン人とフランス人の愛の作法と言いつつ、もっぱら、フランス人に焦点を当てていると言える。ただし、セルバンテスの『ドン・キホーテ』をもとにしているとはいえ、フランス語で書かれたシャールの『ドン・キホーテの続編』は読者としてフランス人を想定しているであろうから、当然と言えば当然なのではあるが。

(21) 嫉妬深い夫と年若い妻を巡る話は、伝統的な物語の一典型であり、セルバンテスの『模範小説集』中の「エストラマドゥーレの嫉妬深い夫」もその一つである。嫉妬深い夫が年若い妻を幽閉状態に置き、若者が変装して家に入り込むという筋立てはシャールの「騙された嫉妬深い夫」と同一である。しかし登場人物やその心理に対する語り手の立ち位置はかなり異なるように思われる。Cf. « Notes », in *Continuation*, *op. cit.*, p. 226. ミゲル・デ・セルバンテス『セルバンテス短編集』牛島信明訳、岩波書店、一九八八年。

(22) 貞操帯はルネサンス期にイタリアで作られるようになり、フランスに伝わった。しかし、十七、八世紀のフランスでは、それは悪しきイタリア趣味と見做されていたという。Cf. コーフェノン『貞操帯の文化史』並木佐和子・吉田春美訳、青弓社、一九九五年。

したがって、「騙された嫉妬深い夫」において、偽イタリア女が貞操帯を身につけているのは、当時の人々の貞操帯に対する「イタリア由来」という認識を示していると言えるだろう。さらに、嫉妬深い夫の常軌を逸した様子を示す小道具として機能していると考えられる。

ただし、貞操帯に対する認識や感覚は当然のことながら十八世紀においても個人差がありえるし、小説において記述される場合には、その小説の種類や場面の設定によって与える印象が大きく異なってくるのは言うまでもない。たとえば、ミラボーのリベルタン小説 *Le Rideau levé ou l'éducation de Laure* (vers 1775-1777)(リベルタンの養父に育てられた女性が語り手となる回想小説)にも貞操帯の記述があるが、そこには侮蔑的なニュアンスは感じられない。Cf. Mirabeau, *Œuvres érotiques de Mirabeau*, Fayard, 1984, p. 335.

(23) このように普通の女性から自分を特権化するメルトゥイユ夫人だが、物語の最後に、ラクロは彼女に皮肉な運命を用意している。彼女は自分自身の言葉に復讐されるのである。この手紙の受け取り手であるヴァルモンと敵対し、この手紙を含む彼女の手紙が公開されることにより、彼女は社交界で孤立する。メルトゥイユ夫人もまた、現在の味方ヴァルモンに、未来の敵を見ることができなかったのだと言えるだろう。

(24) 奇妙なことには、ジュスタンはこのときすぐには踏み込まず、二日後まったく同様の密会とその目撃が繰り返される。これもまた彼の「慎重さ」を表しているのだろうか。「騙された嫉妬深い夫」のソタンが、ジュリアが男性であると分かった時点で、事態をよく確かめもせずに踏み込むのと好対照をなしているのは確かである。

(25) 語り手はクレオンとジュスタンを冷血一辺倒に描いているわけではない。シルヴィは動揺のあまりついに倒れるが、それを見たクレオンも倒れ、そしてその悲しい場面に、ジュスタンもほろりとすると語り手は言うのである。

(26) Cf. Jean François Fournel, *Traité de l'adultère*, 2e édition, Chez Demonville, 1783, pp. 322-323.「いかなる市民も他

の市民を殺すことは許されないという原則には、例外はありえない。しかしながら、残念なことにこうした事柄が起きた場合には、夫は恩赦を期待し得るし、状況に応じて、多かれ少なかれ容易に恩赦が得られるだろう。以下にその例をいくつか挙げる。シピオン・メナリオーティ、イタリア人、四十五歳、はまだ十二歳のカミーユ・リーヴと結婚していた。(…)この人物は妻と愛人を二人とも刺殺した」。

(27) セルバンテスの本編『ドン・キホーテ』が執筆された時代には、放浪する狂人がその狂気ゆえに真実を明らかに述べるという、いわば狂気の文学的威信が機能していた。この場面の語りと登場人物の発話とのある種の冷やかな間は、十八世紀初頭の、こうした狂気の文学的威信の失墜を表しているようにも思われる。Cf. Michel Foucault, *Maladie mentale et psychologie*, PUF, 1997 [1954], pp. 76-85.

(28)『危険な関係』を原作とする映画作品としては、ロジェ・バディム(フランス、一九五九、一九七七)、藤田敏八(日本、一九七八)、スティーヴン・フリアーズ(アメリカ、一九八八)、ミロス・フォアマン(フランス・イギリス、一九八九)、ロジャー・カンブル(アメリカ、一九九九)、イ・ジェヨン(韓国、二〇〇三)監督の作品がある。テレビドラマも含めればさらに数多くなるだろう。また、二十世紀に入ってなお、匿名での続編が出版されている(Anonyme, *Les Vrais Mémoires de Cécile de Volanges*, Henry Goulet, 1926)。

(29) Jean-Luc Seyaz, *Les Liaisons dangereuses et la création romanesque chez Laclos*, Droz, 1958.

(30) Roger Vailland, *Laclos par lui-même*, Seuil, 1953. *Œuvres Complètes*, t. 9, Editions Rencontre, 1967, に再録。

(31) Jean Rousset, *Forme et signification, essais sur les structures littéraires de Corneille à Claudel*, Corti, 1962, pp. 65-103.

(32) Tzvetan Todorov, *Littérature et signification*, Larousse, 1967.

(33) Laurent Versini, Note, in *LOC*., pp. 1418-1419.

(34) Laurent Versini, *Le Roman le plus intelligent, Les Liaisons dangereuses de Laclos*, coll. ‹Unichamp›, Honoré Champion, 1998, pp. 43-44.

(35) 本来は自由思想家という意味であるが、周知のように十八世紀末には放蕩無頼の徒という意味でもっぱら用いられるようになった。

(36) ジュスタンの年齢は明確には記されてはいないが、その慎重さやシルヴィの父とのやりとりから、ある程度の年齢には達しているだろうと推察される。ジェルクール伯爵の年齢は、第三九信で「少なくとも三十六歳」(*LOC*, p. 79.) と書かれている。三十六歳という年齢は、十五歳のセシルにとって「その人は年をとっているのよ。」(同頁）と感じるのが当然の年齢だろう。

（37） Cf. Sandrine Aragon, *Des liseuses en péril*, Editions Champion, 2003, p. 416.

（38） Raymond Trousson, « Introduction », in *Romans de Femmes du XVIIIe siècle*, Robert Laffont, 1996, p. 171.

（39） Cf. Colette Cazenobe, « Le Féminisme paradoxal de Madame Riccoboni », in *la Revue d'Histoire littéraire de la France*, 1988, n°1, p. 24.

（40） *LOC.*, p. 1575.

（41） Cf. 水林章「裁きの王の運命――モリエールからディドロへ」『思想』n°812、一九九二年、七五―九二頁。

第四章　小説における読書する女性たち

（1） ポルノグラフィーにおける女性読者は、十八世紀の小説における女性読者のイメージを考察する上で、特に性差を検討する際に、避けて通れない題材の一つであろうが、このテーマは今後の課題として、ここでは置いておく。第一章において触れたように、小説を――もしかするとポルノグラフィーを――読んだ若い娘が放心状態に陥ったことを暗示する場面は、十八世紀の画家にとって一つの題材となりえていた。そして、そのような絵画に描かれた女性とその絵を見る者とのあいだに覗視症的関係が成立するように、ポルノグラフィーの中でポルノグラフィーを読む女性登場人物と、そのポルノグラフィーの読者とのあいだには、覗視症的関係が成立するだろう。だが登場人物である女性と現実の読者との関係の以前に、「欲望の触媒としてポルノグラフィーを使う」のは、男性の登場人物である。アンリ・ラフォンは「ポルノグラフィーそのものの特権的な場」が成立し、「小説中小説という奇妙な入れ子ができあがる。」と指摘している。Henri Lafon, *Les Décors et les choses dans le roman français du XVIIIe siècle de Prévost à Sade*, Studies on Voltaire, n°297, 1992, p.219.

（2） Frédéric Deloffre, *Marivaux et le marivaudage—étude de langue et de style*, Les Belles Lettres, 1953.

（3） Jean Rousset, « Marivaux et la structure du double régistre », in *Forme et signification*, J. Corti, 1962, pp. 45-64.

（4） Jean Rousset, *Narcisse romancier—essai sur la première personne dans le roman*, J. Corti, 1973.

（5） Henri Coulet et Michel Gilot, *Marivaux: un humanisme expérimental*, Larousse, 1973. 小説関連の執筆はクーレ、雑誌関連はジロ。

（6） Henri Coulet, *Marivaux romancier, essai sur l'esprit et le cœur dans les romans de Marivaux*, Armand Colin, 1975.

（7） Béatrice Didier, *La Voix de Marianne: essai sur Marivaux*, José Corti, 1987.

（8）*Ibid.*, p. 9.

（9）Henri Lafon, *op. cit.*, p. 217.

（10）この個所の直後に、ジャコブが辻馬車の御者に「貴族の旦那様」Mon gentilhomme と声を掛けられて有頂天になる場面が描かれているだけに、ジャコブの読書のくだりを含めて、マリヴォーが『町人貴族』をわれわれ読者に想起させているのは明らかだろう。Cf., *PP.*, p. 250. また、ジャコブの読書は読書の本質的な意味での効用という点ではやや皮肉に扱われているが、マリヴォーの作品において男性の読書は必ずしも否定的に扱われているわけではない。『マリアンヌの生涯』第二部と『成り上がり百姓』出版とほぼ同時期に刊行された定期刊行物『哲学者の書斎』（一七三四）中の「新世界への旅人」における語り手（男性）の読書は、それによって真の人間を発見するに至る読書として、最終的には肯定的に捉えられている（*Le Cabinet du philosophe*, dans *Journaux et œuvres diverses de Marivaux*, Classiques Garnier, 1988）。

（11）*PP.*, pp. 31-32.

（12）Cf. *LVM.*, p. 191 et p. 400. このような négligé という語の扱いは、一人マリヴォーに限ったわけではなく、リトレ辞典の「négligé」の項目には、「女性が着飾っていないときの状態」という意味の用例として、まさに『マリアンヌの生涯』の当該部分が挙げられているが、もう一つの用例として、ダンクール Dancourt の「誓って言うが、これこそかつて見た中で最も優雅なおざなりな服装だ」が引かれている。さらに、一六九四年版アカデミー・フランセーズには、「おざなりな服装の時に、彼女はますます美しい」という用例が記載されている。したがって、「おざなりな服装」négligé は、美しさと両立しうるようなものであり、今日われわれがその表現から想像するようなものとは一線を画するものであることは押さえておかなくてはなるまい。

（13）Cité par Etiemble, *ML.*, p. 1205.「私はこの一七三四年四月六日、プレヴォー師が書いた『マノン・レスコー』を読んだ」。

（14）Guy de Maupassant, « En lisant », dans *Chroniques*, t. 2, coll. « 10/18 », Union Générale d'Editions, 1980, p. 10.「われわれは十八世紀の小説をほとんど二つしか知らない。『ジル・ブラース』と『マノン・レスコー』である。二つとも傑作とされているが、後者の方が、私の考えでは前者よりも比類なく優れている。あの魅力的で放縦な時代の習俗、習慣、モラル（？）、愛の作法をわれわれに教えてくれるという意味で、である」。

（15）Jean Sgard, *Prévost romancier*, José Corti, 1968.

（16）*Ibid.*, p. 227.

（17）Jacques Proust, « Le Corps de Manon », in *Littérature*, n°4,

1971, pp. 5-21.

(18) *Ibid*., p. 5. 訳は鷲見洋一訳、「マノンの肉体」『思想』岩波書店、一九八四年に拠る。

(19) *Ibid*., p. 10. 鷲見訳。

(20) Simone Delesalle, « Lecture d'un chef-d'œuvre: *Manon Lescaut* », in *Annales, Economies, Sociétés, Civilisations*, 1971, pp. 723-740.

(21) *Ibid*., p. 725.

(22) Cf. *ML*., p. 1587. この部分はラシーヌの悲劇『イフィジェニー』のパロディーとなっている。該当部分の『イフィジェニー』の日本語訳は以下。

「私が！　私にそのような移り気をお疑いなのですか？
私、私はそれよりも、激怒した征服者、
常に血にまみれたその征服者が私の眼に表れるのを望みます。」

(23) Nathalie Ferrand, « Livre et lecture dans quelques romans épistolaires: *La Nouvelle Héloïse, Les Malheurs de l'inconstance, Les Liaisons dangereuses, L'Emigré* », in *L'Epreuve du lecteur, livres et lectures dans le roman d'Ancien Régime*, Éditions Peeters Louvain-Paris, 1995, p. 372.

(24) それ以外の意味で用いられている victime (*s*) は以下の三カ所。「この事件の犠牲者である苦悩よりも、その原因である苦悩の方により深く痛みを感じ、昨日来、あなた様にお返事をさしあげようとしばしば試みながらも、その気力を見つけられませんでした。」(*LOC*., p. 128)。「狂ったような愛の犠牲となって、もし私が救わなかったら彼女は破滅していたのです。」(*LOC*., p. 176)。「親愛なるベルトラン、私はたった今あなたの手紙を受け取りました。そしてその手紙によって甥のヴァルモンが不幸な犠牲者となった恐ろしい事件を知りました。」(*LOC*., p. 365)。以上三つのケースは本論の分析の対象とせず、数にも入れていない。

(25) もちろん小説中には méchant に限らず libertin, scélérat など類似の表現があるが、ここでは méchant に限定して取り上げる。また、「品行の悪い男性」以外の意味で用いられている méchant は以下のヴァルモンからメルトゥイユ夫人宛ての手紙で一カ所のみ。「もしプレヴァンが見かけだけでも成功できれば、彼は自慢するでしょうし、あることないこと言うでしょう。愚か者はそれを信じるでしょうし、意地の悪い者 méchants は信じるふりをするでしょう。」(*LOC*., p. 151.)。このヴァルモンの手紙においては、「犠牲者」と同様、メルトゥイユ夫人にプレヴァンへの警戒を呼び掛ける文脈において「意地の悪い者」méchants が用いられている。しかし、ヴォランジュ夫人やトゥールヴェル法院長夫人の手紙における「悪人」méchant (*s*) と異なり、「意地の悪い者」méchants は

「善人」や「犠牲者」とは対置されず、「愚か者」と対置されている。

（26）メルトゥイユ夫人はもちろん女性であるが、この小説の加害者・犠牲者の対立構造の中では加害者側に位置する。彼女自身が自己規定するように、彼女は「犠牲者」になるような女性ではなく、一種の名誉男性として加害者としての立場を取っている。

　彼女のこのような自己規定は、本書第三章で述べたリコボニ夫人の異議申し立ての大きな契機の一つとなっていた。メルトゥイユ夫人の男女平等とは、男性リベルタンと同様にふるまうことであり、リコボニ夫人にとってのそれは、いわば男性に女性が求められているような美徳の実践を要求するものだからである。Cf. Colette Cazenobe, « Le Féminisme paradoxal de Madame Riccoboni », in *la Revue d'Histoire littéraire de la France*, 1988, n°1, p. 45.

（27）当時流行していた『千一夜物語』を模した好色小説 Crébillon-fils, *Le Sopha* (1740) を指す。

（28）プレイヤード版の註によれば、ここで言う『エロイーズ』は、ルソーの『新エロイーズ』であるよりも、この時代に広く普及した『アベラールとエロイーズの書簡集』の仏訳を指しているようである。Cf. *LOC.*, p. 1192.

（29）艶笑的な滑稽小話、Jean de La Fontaine, *Contes et nouvelles en vers*, (1664, 65, 66, 67, 71) を指す。

（30）鈴木雅生訳、光文社、二〇一四年。訳者は「高度に管理化された都市で経済至上主義に翻弄されながら生きることを余儀なくされている現代」においてこの作品に新たな価値が見出される可能性を示唆している。

（31）Cf. Laurent Versini, « La Mort comme thème romanesque dans le XVIIIe siècle français », in *La Mort en toutes lettres*, Presses universitaires de Nancy, 1983, pp. 95-108. Edouard Guitton, « *Paul et Virginie*, conte d'amour et de mort », in *Etudes sur Paul et Virginie et l'œuvre de Bernardin de Saint-Pierre*, textes réunis par Jean-Michel Racault, Publications de l'Université de la Réunion, 1986, pp. 31-35.

（32）Cf. Jean-Michel Racault, « De l'île réelle à l'île mythique: Bernardin de Saint-Pierre et l'Ile de France », dans *Mémoires du grand Océan: des relations de voyages aux littératures francophones de l'Océan Indien*, PUPS, 2007. Pierre Naudin, « Le Solitaire et l'ordre du monde selon Bernardin de Saint-Pierre » in *la Revue d'Histoire littéraire de la France*, 1989, n° 5.

（33）Cf. Janine Baudry, « Un aspect mauricien de l'œuvre de Bernardin de Saint-Pierre: la Flore locale », in *la Revue d'Histoire littéraire de la France*, 1989, n° 5.

（34）Cf. Vasanti Heeralall, « Sur l'économie narrative de *Paul et Virginie* », in *Etudes sur Paul et Virginie et l'œuvre de Bernardin de*

Saint-Pierre, textes réunis par Jean-Michel Racault, Publications de l'Université de la Réunion, 1986, pp. 103-118.

（35）Laurent Versini, *op. cit.*, p. 106.

（36）*Ibid.*, p. 107.

（37）Cf. 植田祐次「対比構造による弱者への慈しみ――ベルナルダン・ド・サン＝ピエール『ポールとヴィルジニー』」『18世紀フランス文学を学ぶ人のために』世界思想社、二〇〇三年、六三―七〇頁。

（38）Cf. 中川久定『転倒の島――18世紀フランス文学史の諸断面』岩波書店、二〇〇二年。工藤庸子『ヨーロッパ文明批判序説――植民地・共和国・オリエンタリズム』東京大学出版会、二〇〇三年。

（39）たとえばマリヴォーは喜劇『奴隷の島』*L'Ile des esclaves*（初演初版ともに一七二五年）において漂着した島での主人と奴隷の身分の逆転を描いている。

（40）Cf. Jean-Michel Racault, « En guise d'Introduction: propositions pour une relecture de Paul et Virginie » in *Etudes sur Paul et Virginie et l'œuvre de Bernardin de Saint-Pierre*, textes réunis par Jean-Michel Racault, Publications de l'Université de la Réunion, 1986.

（41）Cf. 工藤庸子、*op. cit.*, p. 63.「ヴィルジニーが脱衣を拒むことは、女性の最も高貴な徳を、命を賭けて守り抜くという宣言であり、（…）。死後もしっかり衣服をつかんでいる彼女は、勝利を誇示しているとさえいえる。ただし、（…）砂浜に横たわる乙女の姿が、語り手や読者の視線にさらされていること自体は、まちがいのない事実であり、ここには秘められた闘いの痕跡を視線によって凌辱するという深層の主題が透けて見える」。

参考文献

＊十七・十八世紀の作品

Bernardin de Saint-Pierre. *Paul et Virginie*, Classiques Garnier, 1989（ベルナルダン・ド・サン＝ピエール『ポールとヴィルジニー』鈴木雅生訳、光文社古典新訳文庫、二〇一四年ほか）.

Challe, Robert. *Continuation de l'histoire de l'admirable Don Quichotte de la Manche*, Droz, 1994.

Challe, Robert. *Les Illustres Françaises*, Droz, 1991（ロベール・シャール『フランス名婦伝』松崎洋訳、水声社、二〇一六年）.

Diderot. « Salons de 1761 et 1769 », dans *Supplément aux Œuvres de Diderot*, 2e édition, A. Belin, 1819.

Fénelon. *De l'éducation des filles*, dans *Œuvres*, t. I, « Bibliothèque de la Pléiade », Gallimard, 1983（フェヌロン『女子教育論』世界教育学選集11、志村鏡一郎訳、明治図書、一九六〇年）.

Laclos. *Œuvres Complètes*, « Bibliothèque de la Pléiade », Gallimard, 1979（ラクロ『危険な関係』伊吹武彦訳、岩波文庫、一九六五年ほか）.

Lambert, Mme de. *Œuvres*, annotées par Robert Granderoute, Librairie Honoré Champion, 1990.

Marivaux. *La Vie de Marianne*, Classiques Garnier, 1990（マリヴォー『マリヤンヌの生涯』佐藤文樹訳、岩波文庫、一九八八年［一九五七―五九年］）.

Marivaux. *Le Paysan parvenu*, Classiques Garnier, 1992（マリヴォー『成上り百姓』世界文学全集古典篇20、佐藤文樹訳、河出書房、一九五五年）。

Marivaux. Journaux et œuvres diverses de Marivaux, Classiques Garnier, 1988.

Mirabeau. *Œuvres érotiques de Mirabeau*, Fayard, 1984.

Molière. *Œuvres*, t. I, « Bibliothèque de la Pléiade », Gallimard, 1971（モリエール『モリエール全集』ギシュメル、ロジェ・廣田昌義・秋山伸子編、臨川書店、二〇〇〇―三年ほか）.

Montesquieu. *De l'esprit des lois*, Garnier, 1973（モンテスキュー『法の精神』野田良之他訳、岩波書店、一九八七―八年ほか）.

Prévost, Abbé. *Histoire du chevalier des Grieux et de Manon Lescaut*, in *Romanciers du XVIIIe siècle*, « Bibliothèque de la Pléiade »,

Gallimard, 1988（プレヴォー『マノン・レスコー』河盛好蔵、岩波文庫、一九五七年ほか）.
Rousseau, Jean-Jacques. *Œuvres Complètes*, « Bibliothèque de la Pléiade », 5vols, Gallimard, 1959-1995（ルソー『ルソー全集』小林善彦他訳、白水社、一九七八―八四年）。
Romans de Femmes du XVIIIe siècle, textes établis, présentés et annotés par Raymond Trousson, Robert Laffont, 1996.
*Th*érèse *philosophe,* in *Œuvres Anonymes du XVIIIe siècle*, Fayard, 1986（作者不詳『女哲学者テレーズ』関谷一彦訳、人文書院、二〇一〇年）.

＊研究書・研究論文

［欧文］

Adler, Laure et Bollmann, Stefan. *Les Femmes qui lisent sont dangereuses*, Flammarion, 2006.
Aragon, Sandrine. *Des liseuses en péril*, Editions Champion, 2003.
Artigas-Menant, Geneviève（dir.）. *Robert Challe et les passions*, P.U.P.S., 2008.
Barker, Emma. « Mme Geoffrin, painting and galanterie: Carle Van Loo's Conversation espagnole and Lecture espagnole », in *Eighteenth-Century Studies*, vol. 40, n°4, 2007.
Baudry, Janine. « Un aspect mauricien de l'œuvre de Bernardin de Saint-Pierre: la flore locale », in *la Revue d'Histoire littéraire de la France*, 1989, n° 5.
Brouard-Arends, Isabelle（éd.）. *Lectrices d'Ancien Régime*, Presses Universitaires de Rennes, 2003.
Cazenobe, Colette. « Le féminisme paradoxal de Madame Riccoboni », in *la Revue d'Histoire littéraire de la France*, 1988.
Chartier, Roger. *Lectures et lecteurs dans la France d'Ancien Régime,* Seuil, 1987.
Chartier, Roger. « Richardson, Diderot et la lectrice impatiente », in *MLN*, n⁰114, 1999.
Chartier, Roger（éd.）. *Histoire de la vie privée*, t. 3, Seuil, 1986.
Chartier, Roger et Roche, Daniel. « Les Pratiques urbaines de l'imprimé », in *Histoire de l'édition française,* t. II, *Le Livre triomphant 1660-1830*, Promodis, 1984.
Chartier, Roger. « Livres bleus et lectures populaires », in *Histoire de l'édition française*, t. II, *Le Livre triomphant, 1660-1830*, Promodis, 1984.
Châtelet, Albert. *La Peinture française XVIIIe siècle*, Editions d'Art Skira, 1964.
Coulet, Henri. *Marivaux romancier, essai sur l'esprit et le cœur dans les romans de Marivaux,* Armand Colin, 1975.
Coulet, Henri et Gilot, Michel. *Marivaux: un humanisme expérimental,* Larousse, 1973.
Cuzin, Jean-Pierre et Rosenberg, Pierre. *Georges de La Tour,*

Réunion des musées nationaux, 1997.

Darnton, Robert. *The Literary Underground of the Old Regime*, Harvard University Press, 1982.

Darnton, Robert. *The Great Cat massacre and other episodes in French cultural history*, Basic Books, 1984.

Darnton, Robert. *The Forbidden Best-sellers of pre-revolutionary France,* Norton, 1995.

Delesalle, Simone. « Lecture d'un chef-d'œuvre: *Manon Lescaut* », in *Annales, Economies, Sociétés, Civilisations,* 1971.

Deloffre, Frédéric. *Marivaux et le marivaudage—Etude de langue et de style*, Les Belles Lettres, 1953.

Didier, Béatrice. *La Voix de Marianne: Essai sur Marivaux*, José Corti, 1987.

Ferrand, Nathalie. « Livre et lecture dans quelques romans épistolaires: *La Nouvelle Héloïse, Les Malheurs de l'Inconstance, Les Liaisons dangereuses, L'Emigré* », in *L'Epreuve du lecteur, livres et lectures dans le roman d'Ancien Régime,* Éditions Peeters Louvain-Paris, 1995.

Ferrand, Nathalie. *Livre et lecture dans les romans français du XVIII*[e] *siècle,* PUF, 2002.

Foucault, Michel. *Maladie mentale et psychologie*, PUF, 1997 [1954].

Foucault, Michel. *Histoire de la folie, à l'âge classique*, Gallimard, 1992 [1972].

Genette, Gérard. *Figures III*, Seuil, 1972.

Genette, Gérard. *Nouveau discours du récit*, Seuil, 1985.

Goncourt, Edmond et Jules de. *La Femme au dix-huitième siècle*, Flammarion, 1982.

Goulemot, Jean-Marie. *Ces livres qu'on ne lit que d'une main—lecture et lecteurs de livres pornographiques au XVIII*[e] *siècle*, Aix-en-Provence, Alinea, 1991.

Huyghe, René. *L'Art et l'homme*, Larousse, 1961.

Lafon, Henri. *Les Décors et les choses dans le roman français du XVIII*[e] *siècle de Prévost à Sade*, Studies on Voltaire, n°297, 1992.

Mandrou, Robert. *De La Culture populaire aux 17*[e] *et 18*[e] *siècles*, Imago, 1999 [1975].

Maupassant, Guy de. « En lisant », dans *Chroniques*, t. 2, coll. « 10/18 », Union Générale d'Editions, 1980.

May, Georges. *Le Dilemme du roman au XVIII*[e] *siècle: étude sur les rapports du roman et de la critique, 1715-1761*, Presses universitaires de France, 1963.

Michel, Marianne-Roland. *Chardin*, Hazan, 1994.

Naudin, Pierre. « Le Solitaire et l'ordre du monde selon Bernardin de Saint-Pierre » in *la Revue d'Histoire littéraire de la France,* 1989, n° 5.

Pailhès, Jean-Louis. « En marge des bibliothèques: l'apparition des cabinets de lecture », in *Histoire des bibliothèques françaises: les bibliothèques sous l'Ancien Régime 1530-1789*, Promodis, 1988.

Piau-Gillot, Colette. « Lectures des héroïnes dans le roman à la fin du XVIIIe siècle », in *L'Epreuve du lecteur, livres et lectures dans le roman d'Ancien Régime,* Éditions Peeters Louvain-Paris, 1995.

Proust, Jacques. « Le Corps de Manon », in *Littérature,* n°4, 1971.

Racault, Jean-Michel (éd.). *Etudes sur Paul et Virginie et l'œuvre de Bernardin de Saint-Pierre*, Publications de l'Université de la Réunion, 1986.

Racault, Jean-Michel. « De l'île réelle à l'île mythique : Bernardin de Saint-Pierre et l'Ile de France », dans *Mémoires du grand Océan:des relations de voyages aux littératures francophones de l'Océan Indien*, PUPS, 2007.

Rosenberg, Pierre et Temperini, Renaud. *Chardin*, Flammarion, 1999.

Rousset, Jean. *Forme et signification, essais sur les structures littéraires de Corneille à Claudel,* J. Corti, 1962.

Rousset, Jean. *Narcisse romancier—essai sur la première personne dans le roman,* J. Corti, 1973.

Sainte-Beuve, Charles-Augustin. *Causeries du lundi,* t. IV, Garnier Frères, 1857.

Seyaz, Jean-Luc. *Les Liaisons dangereuses et la création romanesque chez Laclos*, Droz, 1958.

Sgard, Jean. *Prévost romancier*, José Corti, 1968.

Sheriff, Mary D. *Moved by love*, The University of Chicago Press, 2004.

Soboul, Albert. *La France à la veille de la Révolution, économie et société*, SEDES, 1974 [1966].

Starobinski, Jean. *Le Remède dans le mal, critique et légitimation de l'artifice à l'âge des Lumières,* Gallimard, 1989.

Todorov, Tzvetan. *Littérature et signification*, Larousse, 1967.

Vailland, Roger. *Laclos par lui-même*, Seuil, 1953. *Œuvres Complètes*, t. 9, Editions Rencontre, 1967, に再録。

Versini, Laurent. « La Mort comme thème romanesque dans le XVIIIe siècle français », in *La Mort en toutes lettres*, Presses universitaires de Nancy, 1983.

Versini, Laurent. *Le Roman le plus intelligent, Les Liaisons dangereuses de Laclos*, coll. ‹Unichamp›, Honoré Champion, 1998.

Watt, Ian. *The Rise of the novel, studies in Defoe, Richardson and Fielding*, Chatto and Windus, 1963 [1957].

Weil, Françoise. *L'interdiction du roman et la librairie*, 1728-1750, Aux Amateurs de Livres, 1986.

Weil, Françoise. *Livres interdits, livres persécutés : 1720-1770*, Voltaire Foundation, 1999.

Wittmann, Reinhard. « Une révolution de la lecture à la fin du XVIIIe siècle ? », traduit de l'allemand par Marie-Claude Auger, in *Histoire de la lecture dans le monde occidental*, sous la direction de Guglielmo Cavallo et Roger Chartier, Seuil, 1997.

【和文】

阿尾安泰『18世紀フランスにおける演劇モデルによる知の構築』九州大学大学院言語文化研究院、二〇一四年。

赤木昭三・赤木富美子『サロンの思想史――デカルトから啓蒙思想へ』名古屋大学出版会、二〇〇三年。

赤木富美子『フランス演劇から見た女性の世紀』大阪大学出版会、一九九六年。

天野知恵子『子どもと学校の世紀――十八世紀フランスの社会文化史』岩波書店、二〇〇七年。

イーザー、ヴォルフガング『行為としての読書――美的作用の理論』轡田収訳、岩波現代選書、一九八二年。

ヴィットマン、ラインハルト「18世紀末に読書革命は起こったか」ロジェ・シャルティエ、グリエルモ・カヴァッロ監修『読むことの歴史――ヨーロッパ読書史』田村毅ほか訳、大修館書店、二〇〇〇年所収。

植田祐次編『18世紀フランス文学を学ぶ人のために』世界思想社、二〇〇三年。

植田祐次編『フランス女性の世紀――啓蒙と革命を通して見た第二の性』世界思想社、二〇〇八年。

江本菜穂子「『本を読む女性』像について　その1」『名古屋造形大学紀要』n°19、名古屋造形大学、二〇一三年。

小倉孝誠『女らしさはどう作られたのか』法蔵館、一九九九年。

川島慶子『エミリー・デュ・シャトレとマリー・ラヴワジエ――十八世紀フランスのジェンダーと科学』東京大学出版会、二〇〇五年。

木崎喜代治『マルゼルブ――フランス十八世紀一貴族の肖像』岩波書店、一九八六年。

工藤庸子『ヨーロッパ文明批判序説――植民地・共和国・オリエンタリズム』東京大学出版会、二〇〇三年。

工藤庸子『近代ヨーロッパ宗教文化論――姦通小説・ナポレオン法典・宗教分離』東京大学出版会、二〇一三年。

桑瀬章二郎編『ルソーを学ぶ人のために』世界思想社、二〇一〇年。

コーフェノン『貞操帯の文化史』並木佐和子・吉田春美訳、青弓社、一九九五年。

小山美沙子『17―18世紀フランスの女子教育と学びのすすめ――花開くサロン文化と女子の知育擁護論』三恵社、二〇〇九年。

小山美沙子『フランスで出版された女性のための知的啓蒙書（一六五〇〜一八〇〇年）に関する一研究――その特徴及び時代背景から19世紀への継承まで』渓水社、二〇一〇年。

ゴンクール、エドモン-ジュール『ゴンクール兄弟の見た18

世紀の女性』鈴木豊訳、平凡社、一九九四年。

シャルティエ、ロジェ『読書と読者――アンシャン・レジーム期における』長谷川輝夫・宮下志朗訳、みすず書房、一九九四年。

ジュネット、ジェラール『物語のディスクール――方法論の試み』花輪光・和泉涼一訳、風の薔薇、一九八五年。

ジュネット、ジェラール『物語の詩学――続・物語のディスクール』花輪光・神郡悦子訳、風の薔薇、一九八五年。

鈴木康司「喜劇」『フランス文学講座4　演劇』大修館書店、一九七七年。

鈴木美津子『ルソーを読む英国作家たち――『新エロイーズ』をめぐる思想の戦い』国書刊行会、二〇〇二年。

スタロバンスキー、ジャン『病のうちなる治療薬』小池健男・川那部保明訳、法政大学出版局、一九九三年。

ソネ、マルティーヌ「教育の対象としての娘たち」『女の歴史Ⅲ　十六―十八世紀』天野知恵子訳、藤原書店、一九九五年。

ソブール、アルベール『大革命前夜のフランス――経済と社会』山崎耕一訳、法政大学出版局、一九八二年。

ダーントン、ロバート『革命前夜の地下出版』関根素子・二宮宏之訳、岩波書店、一九九四年。

ダーントン、ロバート『禁じられたベストセラー』近藤朱蔵訳、新曜社、二〇〇五年。

ダーントン、ロバート『猫の大虐殺』海保眞夫・鷲見洋一訳、岩波書店、二〇〇七年。

高宮利行・原田範行『図説本と人の歴史事典』柏書房、一九九七年。

田村俊作編『文読む姿の西東』慶応義塾大学出版会、二〇〇七年。

ダンカン、キャロル「幸福な母親――18世紀フランス美術と新しい思想」『美術とフェミニズム――反駁された女性イメージ』坂上桂子訳、PARCO出版、一九八七年。

ティソ、サミュエル＝オーギュスト『オナニスム』阿尾安泰他訳、『性――抑圧された領域　十八世紀叢書Ⅵ』国書刊行会、二〇一一年。

デュスッド、オディール・伊藤洋監修『フランス17世紀演劇事典』中央公論社、二〇一一年。

戸口民也「教会と演劇」『混沌と秩序――フランス十七世紀演劇の諸相』中央大学出版部、二〇一四年。

戸張智雄「演劇理論」『フランス文学講座4　演劇』大修館書店、一九七七年。

トドロフ、ツヴェタン『小説の記号学――文学と意味作用』菅野昭正・保苅瑞穂訳、大修館書店、一九七四年。

中川久定『転倒の島――18世紀フランス文学史の諸断面』岩波書店、二〇〇二年。

長谷川輝夫「十八世紀の社会と文化」『フランス史』t. II、

山川出版社、一九九六年。

フーコー、ミシェル『精神疾患と心理学』神谷美恵子訳、みすず書房、一九七〇年。

フーコー、ミシェル『狂気の歴史——古典主義時代における』田村俶訳、新潮社、一九七五年。

藤原真実『『私は作者ではない』——マリヴォーのエッセー誌における作者と作家』『人文学報』n°304、東京都立大学、一九九九年。

藤原真実「仮面を剝がれた作者——ロベール・シャールと無署名の作品群」『人文学報』n°344、東京都立大学、二〇〇三年。

プルースト、ジャック「マノンの肉体」鷲見洋一訳『思想』岩波書店、一九八四年。

ベーン、マックス・フォン『ロココの世界——十八世紀のフランス』飯塚信雄訳、三修社、二〇〇〇年。

ホール、ジェイムズ『西洋美術解読事典』高階秀爾監修、河出書房新社、二〇〇四年［一九八八年］。

増田真「十八世紀フランス思想における女性論」『人文科学研究』n°33、一九九六年。

マンドルー、ロベール『民衆本の世界』二宮宏之・長谷川輝夫訳、人文書院、一九八八年。

三浦篤『まなざしのレッスン①——西洋伝統絵画』東大出版会、二〇〇一年。

水林章「裁きの王の運命——モリエールからディドロへ」『思想』n°812、一九九二年。

宮下志朗『本を読むデモクラシー——〝読者大衆〟の出現』刀水書房、二〇〇八年。

ヤウス、ハンス・ロベルト『挑発としての文学史』轡田収訳、岩波書店、一九七六年。

若桑みどり『象徴としての女性像』筑摩書房、二〇〇〇年。

ワット、イアン『小説の勃興』藤田永祐訳、南雲堂、一九九九年。
＊本文中、欧文の研究書の書名の日本語訳は、邦訳のあるものは既訳を優先した。邦訳のないものの書名の日本語訳は筆者による。

参考ＵＲＬ

＊美術関係

フランス文化省のＷｅｂサイト「ジョコンド」：http://www.culture.gouv.fr/documentation/joconde/fr/pres.htm（2015/02/09現在）

エクス・マルセイユ大学の文学学際研究センターのＷｅｂサイト「Le Projet Utpictura18」：http://sites.univ-provence.fr/pictura/GenerateurNotice.php?numnotice=A3295（2015/02/09現在）

モントリオール大学フランス文学科ブノワ・ムランソン教授のＷｅｂサイト：http://mapageweb.umontreal.ca/melancon（2015/02/09現在）

エルミタージュ美術館のＷｅｂサイト：http://www.hermitagemuseum.org/（2015/02/10現在）

大原美術館のＷｅｂサイト：http://www.ohara.or.jp/201001/jp/C/C3a03.html（2015/02/22現在）

シカゴ美術館のＷｅｂサイト：http://www.artic.edu/（2015/02/10現在）

スウェーデン国立美術館のＷｅｂサイト：http://www.nationalmuseum.se/sv/English-startpage/（2015/02/09現在）

ニューヨークメトロポリタン美術館のＷｅｂサイト：http://www.metmuseum.org/（2015/02/10現在）

ヨークアートギャラリーのＷｅｂサイト：http://www.yorkmuseumstrust.org.uk（2015/02/10現在）

ヴェルサイユ宮殿のＷｅｂサイト：http://www.chateauversailles.fr/homepage（2016/3/28現在）

Jean-François de Troy in the Web Museum：http://www.ibiblio.org/wm/paint/auth/troy/（2015/02/10現在）

Wikimeia Commons のｗｅｂサイト：http://fr.wikipedia.org/wiki/Jean-Honor%C3%A9_Fragonard（2015/02/09現在）

http://en.wikipedia.org/wiki/Pierre-Antoine_Baudouin（2015/02/09現在）

http://commons.wikimedia.org/wiki/Annunciation（2015/02/09現在）

https://fr.wikipedia.org/wiki/Georges_de_La_Tour (2016/01/28現在）

https://commons.wikimedia.org/wiki/Category:Genre_paintings_by_Jean-Baptiste_Sim%C3%A9on_Chardin?uselang=fr（2016/01/28 現在）

http://commons.wikimedia.org/wiki/Jean-%C3%89tienne_Liotard?uselang=fr（2015/02/10現在）

http://commons.wikimedia.org/wiki/Maurice_Quentin_de_La_Tour（2015/02/10現在）

http://commons.wikimedia.org/wiki/Fran%C3%A7ois_Boucher?uselang=fr#.C5.92uvres（2015/02/10現在）

https://commons.wikimedia.org/wiki/File:Desmoulins.jpg?uselang=ja（2016/3/28現在）

初出一覧

本書の多くの章は、以下の既発表論文を元に、大幅な加筆修正を行っている。

第一章　「十八世紀フランス絵画における女性と書物」『EBOK』第一九・二〇合併号、神戸大学フランス語フランス文学研究会、二〇〇八年、二三―四一頁。

第二章　「十八世紀フランスの女性と読書――ルソーとラクロの女子教育論と小説における女性読者」『関西フランス語フランス文学』第一一号、日本フランス語フランス文学会関西支部、二〇〇五年、三―一一頁（前半部分）。

「十八世紀初頭の女子教育論と小説の読書――ランベール夫人の著作を中心に」『EBOK』第二一号、神戸大学仏語仏文学研究会、二〇〇九年、一―一五頁。

第三章　「隠された真実、消された声――『ドン・キホーテの続編』の挿話「慎重な夫」と『危険な関係』における沈黙する女性」『EBOK』第二二号、神戸大学仏語仏文学研究会、二〇一〇年、一―二九頁。

「小説の有用性と有害性をめぐって――ロベール・シャール『ドン・キホーテの続編』の二つの挿話に見る『教訓』」『世界文学』第一一九号、世界文学会、二〇一四年、八五―九三頁。

「十八世紀フランスの女性と読書――ルソーとラクロの女子教育論と小説における女性読者」『関西フランス語フランス文学』第一一号、日本フランス語フランス文学会関西支部、二〇〇五年、一一―一三頁（後半部分）。

第四章　「十八世紀フランス小説における女性と読書――美徳と堕落」『EBOK』第一六号、神戸大学仏語仏文学研究会、二〇〇四年、一―一八頁。

あとがき

筆者が小説の中の女性読者像を研究するに到った起源を辿ってみると、ある思い出に行きつく。その思い出が、たとえば仄暗い図書館の片隅の書棚に浮かび上がる背表紙の金文字であったり、パリ左岸の古本屋で偶然見つけた、迂闊に触れればパラパラと崩れそうなパラフィン紙にくるまれた本だったりしたら、「あとがき」に趣を添えるものになったかもしれないが、残念ながらそうではない。北国（日本）の一地方都市で、少女（私）はやけに分厚くつるつるした表紙の『世界少年少女名作文学全集』の一篇を読んでいる。キラキラと眩しい主人公の少女に魅せられ、体は畳の上でも、心は遠く十九世紀末（もしくは二十世紀初頭）のアメリカ（もしくはヨーロッパ）に飛翔している。ところが終盤、主人公は急に面白みのない分別臭いおばさんになる（あるいは、そうなるだろうと推測される状態になる）。読書する少女は、「何、コレ」と叫んで本を放り出す。私はこの「何、コレ」体験を引きずったまま、分別に若干欠けるところのある大人になった。そのせいで、あるいはそのおかげで、大学の学部を卒業して十年もたってから大学院に進学した。——十年前の卒業生のために快く大学院入試の推薦文を書いてくださった東京都立大学の故井田進也先生（当時）と、得体の知れない受験者である私を受け入れてくださった神戸大学の木内孝先生（当時）に、本当に遅ればせではあるけれど、この場をお借りして感謝したい。

本書は、二〇一五年六月に神戸大学大学院人文学研究科に提出し、二〇一六年二月に学位授与された博士論文『18世紀フランス小説における女性読者のイメージ――美徳を巡る戦略』をもとに加筆修正したものである。神戸大学文学部の松田浩則先生に、「博士論文を提出したい」と恐る恐るメールを送るところから、博論の執筆はスタートした。その日は二〇一一年三月十一日、ただし東日本大震災が論文執筆の動機となったわけではなく、それどころか、メールを送ったときパソコンの画面を見ていながら、私は迂闊にもそのような災厄が起きていたことに気付いてもいなかった。ただその後論文に向き合い、暗礁に乗り上げるたび、私は震災と震災に引き続く災厄を思い出すことになった。たとえその地にいなくとも共有することになる記憶があり、その出来事はしばしば不条理なもののようだ。私はあとどれほどの不条理を記憶することだろう。人の力では避けえない不条理もあれば、人間の、私たちの愚かさが引き寄せる不条理もあるだろう。両者を見極める知恵を身につけたいと強く思う。

自分と世界との間の、なんだか納得できない小さなずれにぴったりはまるピース、あるいは逆に、自分と世界との一体感に酔い痴れそうな時に、両者の間に打ち込む楔、それが筆者にとっての文学の意味である。二百年、三百年前の文学に触れるとき、私たちは過去の人々と同時に現在の自分に触れているのだと思う。十九世紀の読者と二十一世紀の読者は、十八世紀の小説から同じものをくみ取ることもできるが、異なったものを見つけ出してもいい。力のある文学は、そうやって何度も見出され、蘇ってきたのではないだろうか。

既に活字になった複数の論文を基にしたとはいえ、四年余りで一つのまとまりをもった論文として完成に至らしめることができたのは、松田先生と、同じく文学部の中畑寛之先生のお二人の叱咤激励（お二人の話では「叱咤」はしていないとのことだが）の賜物である。論文審査では、お二人の他、文学部の白鳥義彦先生、国際文化学部の坂本千代先生、そして十八世紀フランス文学の専門家として九州大学の阿尾安泰先生のお世話になった。口頭試問の際の、五名の先生方のときに厳しくときに温かい貴重なご指摘と向き合った時間は、濃密かつ得難い体験として記憶に残っている。

書籍化にあたって、論文審査の場でいただいた助言のすべてを本書に反映できたわけでは到底ない。それはひとえに筆者の能力不足に因る。とりわけ、以下の三点は、今後の課題として追究していきたい。①ディドロやサドなどの、作家による小説論を検討すべき　②サドやレティフ・ド・ラ・ブルトンヌなどエロスを描いた作品を取り上げるべき　③女性のイメージを題材にしていながら、女性作家の作品が検討されていないのはどうなのか　おっしゃる通りです……まだまだ越えねばならない山がいくつもあり、かつ本当に越えられるのかと自信を失いそうになるのが正直なところだが、先生方のご指導への感謝は、今後の研究の中で示していくほかはないだろうと考えている。

さて、筆者が「女性」という視点から文学研究を始める直接の契機となったのは、藤原書店から刊行された『女の歴史』『読む事典・女性学』の訳者の一人に加えていただいたことが大きい。その藤原書店から本書を出版することができるのは、誠に感慨深いものがある。書籍化の機会を与えてくださった藤原書店社長藤原良雄氏に、感謝します。また、気長に見守って下さった編集部の山﨑優子さん、ありがとうございました。さらに、何かに没頭すると何も見えず聞こえずとなる私にあきれていただろう家族には謝ります。そして、研究と人生の節目で出会ったすべての人に。あなたがいなかったら、今の私は存在しません。本当にありがとう。

最後に、論文審査の後も、書籍化に向けて様々ご助言をくださった阿尾先生に再度感謝の意を表して、筆を置きたい。

二〇一六年十二月

宇野木めぐみ

付記　「あとがき」執筆中に、井田進也先生の訃報をいただいた。この本を、手に取っていただきたかった。ご冥福をお祈りいたします。

図 22　Jean-Etienne Liotard, *Portrait de la Comtesse Coventry*, vers 1750, Genève, Musée d'Art et d'Histoire.

図 23　Jean-Etienne Liotard, *Marie Adélaïde*, 1753, Firenze, Galleria degli Uffizi.

図 24　Maurice Quentin de La Tour, *Portrait de la Marquise de Pompadour*, 1752-1755, Paris, Musée du Louvre.

図 25　Joseph-Siffred Duplessis, *La Duchesse de Chartres en présence du vaisseau « Le Saint-Esprit » qui emporte le Duc de Chartres au combat d'Ouessant*, 1778, Chantilly, Musée Condé.

図 26　François Boucher, *Madame de Pompadour*, 1756, München, Alte Pina-kothek.

図 27　François Boucher, *Marie-Louise O'murphy*, vers 1752, Cologne, Wallraf-Richartz Museum.

図 28　Hubert Gravelot, *Le Lecteur*, vers 1733-1756, North Yorkshire, York Art Gallery.

図 29　Jean-François de Troy, *Réunion de récitant Molière*, vers 1728, London, collection privée.

図 30　Carle Vanloo, *Lecture espagnole*, 1754, Saint-Petersbourg, Hermitage Museum.

図 31　Greuze, *La Lecture de la Bible*, 1759, Paris, Collection privée.

図版一覧

＊作者名、題名、制作年、所在地、所蔵美術館の順に表記。なお、都市名、美術館名は基本的に現地語表記とした。

ワ 行

マ　行

ヤ　行

ラ　行

タ　行

ハ　行

索　引

＊は人名，『　』は著作物を示す
＊作家名の下位に，その著作物（絵画を除く）をあげた
＊註，参考文献からは頁数をあげていない

ア　行

カ　行

サ　行

著者紹介

宇野木めぐみ（うのき・めぐみ）

1957年北海道生まれ。1980年東京都立大学人文学部仏文学科卒業、1995年神戸大学大学院博士課程単位取得中退。博士（文学）。現在京都女子大学、立命館大学、龍谷大学非常勤講師。専門は、18世紀フランス小説、女性のイメージ。論文：「父の娘、母の娘、母と娘——文学における精神分析とフェミニズム」、『女の性と生』所収（嵯峨野書院、1997年）ほか。翻訳：G・デュビィ、M・ペロー監修『女の歴史』全5巻10分冊別巻2（共訳、志賀亮一・杉村和子監訳、藤原書店、1994-2001年）、H・ヒラータ他編『読む事典・女性学』（共訳、志賀・杉村監訳、藤原書店、2002年）。

読書する女たち——十八世紀フランス文学から

2017年2月10日　初版第1刷発行©

著　者　宇野木めぐみ
発行者　藤　原　良　雄
発行所　株式会社　藤　原　書　店

〒162-0041　東京都新宿区早稲田鶴巻町523
電　話　03（5272）0301
FAX　03（5272）0450
振　替　00160 - 4 - 17013
info@fujiwara-shoten.co.jp

印刷・製本　中央精版印刷

落丁本・乱丁本はお取替えいたします
定価はカバーに表示してあります

Printed in Japan
ISBN978-4-86578-111-3

「表象の歴史」の決定版

『女の歴史』別巻1

女のイマージュ

（図像が語る女の歴史）

G・デュビィ編
杉村和子・志賀亮一訳

『女の歴史』への入門書としての、**カラービジュアル版**、「表象」の歴史。古代から現代までの「女性像」の変遷を描ききる。男性の領域だった視覚芸術で女性が表現された様態と、女性がそのイマージュに反応した様を活写。

A4変上製　一九二頁　**九七〇九円**
（一九九四年四月刊）
◇978-4-938661-91-5

IMAGES DE FEMMES
sous la direction de Georges DUBY

女と男の歴史はなぜ重要か

『女の歴史』別巻2

「女の歴史」を批判する

G・デュビィ、M・ペロー編
小倉和子訳

「女性と歴史」をめぐる根源的な問題系を明らかにする、『女の歴史』（全五巻）の徹底的な「批判」。あらゆる根本問題を孕み、全ての学の真価が問われる場としての「女の歴史」はどうあるべきかを示した、完結記念シンポジウム記録。**シャルチエ／ランシエール他**

A5上製　二六四頁　**二九〇〇円**
（一九九六年五月刊）
◇978-4-89434-040-4

FEMMES ET HISTOIRE
Georges DUBY et Michelle PERROT Éd.

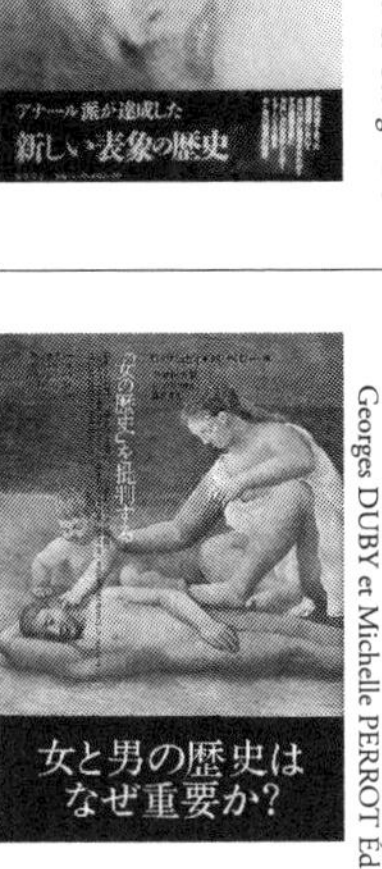

全五巻のダイジェスト版

『女の歴史』への誘い

G・デュビィ、M・ペロー他

ブルデュー、ウォーラーステイン、コルバン、シャルチエら、現代社会科学の巨匠と最先端が活写する『女の歴史』の領域横断性。全分野の「知」が合流する、いま最もラディカルな「知の焦点」（女と男の関係の歴史）を簡潔に一望する「女の歴史」の道案内。

A5並製　一四四頁　**九七一円**
（一九九四年七月刊）
◇978-4-938661-97-7

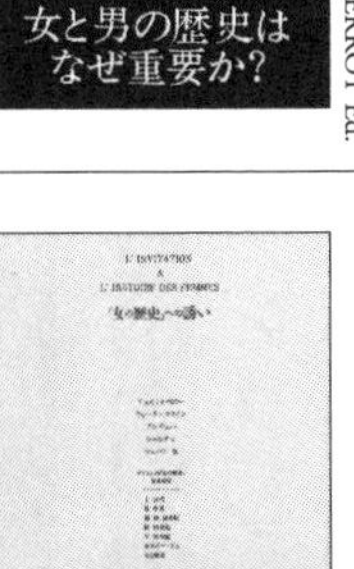

女性学入門

新版
女性史は可能か

M・ペロー編
杉村和子・志賀亮一監訳

女性たちの「歴史」「文化」「エクリチュール」「記憶」「権力」……とは？ 女性史をめぐる様々な問題を、〝男女両性間の関係〟を中心軸にすえ、これまでの歴史的視点の本質的転換を迫る初の試み。

［新版特別寄稿］A・コルバン、M・ペロー
四六並製　四五〇頁　**三六〇〇円**
（一九九二年五月／二〇〇一年四月刊）
◇978-4-89434-227-9

UNE HISTOIRE DES FEMMES EST-ELLE POSSIBLE?
sous la direction de Michelle PERROT

平易な語り口による斬新な女性学入門

読む事典・女性学

H・ヒラータ、F・ラボリ、H・ル＝ドアレ、D・スノティエ編
志賀亮一・杉村和子監訳

五十のキーワードを単に羅列するのではなく、各キーワードをめぐる様々な研究ジャンルそれぞれの最新の成果を総合するとともに、キーワード同士をリンクさせることによって、女性学の新しい解読装置を創出する野心作。

A5上製　四六四頁　**四八〇〇円**
（二〇〇二年一〇月刊）
◇978-4-89434-293-4

DICTIONNAIRE CRITIQUE DU FEMINISME
Helena HIRATA, Françoise LABORIE,
Hélène LE DOARÉ, Danièle SENOTIER

女性・近代・資本主義

歴史の沈黙（語られなかった女たちの記録）

M・ペロー
持田明子訳

「父マルクスを語るマルクスの娘たちの未刊の手紙」「手紙による新しいサンド像」ほか。フランスを代表する女性史家が三十年以上にわたり「アナール」やフーコーとリンクしつつ展開した新しい女性史の全体像と近代史像。

A5上製　五八四頁　**六八〇〇円**
（二〇〇三年七月刊）
◇978-4-89434-346-7

LES FEMMES OU LES SILENCES DE L'HISTOIRE
Michelle PERROT

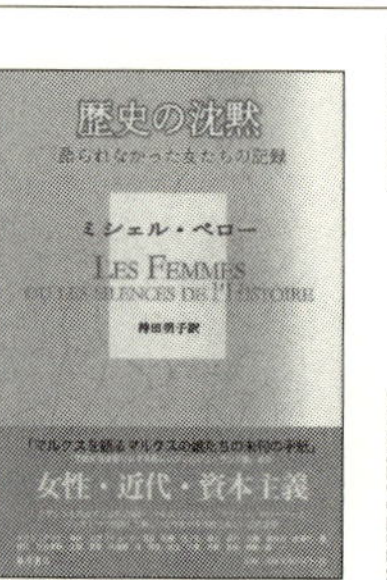

「女と男の関係」で結ぶ日本史と西洋史

歴史の中のジェンダー

原始・古代から現代まで、女と男はどう生きてきたのか。「女と男の関係の歴史」の方法論と諸相を、歴史学のみならず民俗学・文学・社会学など多ジャンルの執筆陣が、西洋史と日本史を結んで縦横に描き尽す。

網野善彦／岡部伊都子／河野信子／A・コルバン／三枝和子／中村桂子／鶴見和子／G・デュビィ／宮田登ほか

四六上製　三六八頁　**二八〇〇円**
（二〇〇一年六月刊）
◇978-4-89434-235-4

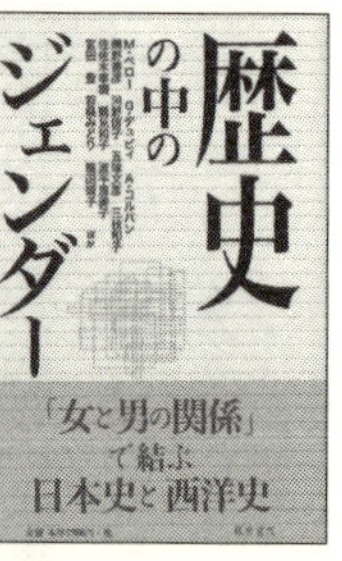

初の「ジェンダーの国際関係」論

国際ジェンダー関係論（批判理論的政治経済学に向けて）

S・ウィットワース
武者小路公秀ほか監訳

大国、男性中心の歪んだジェンダー関係のなかで作り上げられた「国際関係論」を根本的に問いなおす。国際家族計画連盟（IPPF・国際非政府組織）と国際労働機関（ILO・政府間国際組織）の歴史を検証し、国際ジェンダー関係の未来を展望。

A5上製　三二八頁　**四二〇〇円**
（二〇〇〇年一月刊）
◇978-4-89434-163-0

FEMINISM AND INTERNATIONAL RELATIONS
Sandra WHITWORTH

奇跡の経済システムを初紹介

女の町フチタン

（メキシコの母系制社会）

V・ベンホルト＝トムゼン編
加藤耀子・五十嵐蕗子・入谷幸江・浅岡泰子訳

〝マッチョ〟の国メキシコに逞しく存続する、女性中心のサブシステンス志向の町フチタンを、ドイツの社会学者らが調査研究し、市場経済のオルタナティヴを展望する初の成果。

四六上製　三六八頁　**三二〇〇円**
（一九九六年一二月刊）◇978-4-89434-055-8

JUCHITAN : STADT DER FRAUEN
Veronika BENNHOLDT-THOMSEN (Hg.)

グローバル化と労働

アンペイド・ワークとは何か

川崎賢子・中村陽一編

一九九五年、北京女性会議で提議された「アンペイド・ワーク」の問題とは何か。グローバル化の中での各地域のヴァナキュラーな文化と労働との関係の変容を描きつつ、シャドウ・ワークの視点により、有償／無償のみの議論を超えて労働のあるべき姿を問う。

A5並製　三二八頁　**二八〇〇円**
（二〇〇〇年一二月刊）◇978-4-89434-164-7

新しい社会理論の誕生

世界システムと女性

M・ミース、C・v・ヴェールホフ、V・ベンホルト＝トムゼン
古田睦美・善本裕子訳

フェミニズムとエコロジーの視角から、世界システム論を刷新する独創的な社会理論を提起。「主婦化」（ミース）概念を軸に、社会科学の基本概念（「開発」「労働」「資本主義」等）や体系を根本から問う野心作。日本語オリジナル版。

A5上製　三五二頁　**四七〇〇円**
（一九九五年一二月刊）◇978-4-89434-010-7

WOMEN : THE LAST COLONY
Maria MIES, Veronika BENNHOLDT-THOMSEN and Claudia von WERLHOF

「初の女教祖」——その生涯と思想

女教祖の誕生

（「如来教」の祖・媹姾如来喜之（りゅうぜんにょらいきの））

浅野美和子

天理、金光、大本といった江戸後期から明治期の民衆宗教高揚の先駆けをなした「如来教」の祖・喜之。女で初めて一派の教えを開いた女性のユニークな生涯と思想を初めて描ききった評伝。思想史・女性史・社会史を総合！

四六上製　四三二頁　**三九〇〇円**
（二〇〇一年一二月刊）◇978-4-89434-222-4

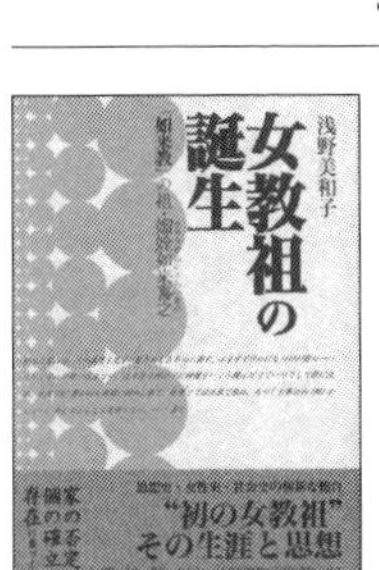

❺ ジャンヌ――無垢の魂をもつ野の少女　*Jeanne, 1844*

持田明子 訳＝解説

現世の愛を受け入れられず悲劇的な死をとげる、読み書きのできぬ無垢で素朴な羊飼いの少女ジャンヌの物語。「私には書けない驚嘆に値する傑作」（バルザック）、「単に清らかであるのみならず無垢のゆえに力強い理想」（ドストエフスキー）。　440頁　**3600円**　◇978-4-89434-522-5（第6回配本／2006年6月刊）

❻ 魔の沼 ほか　*La Mare au Diable, 1846*　持田明子 訳＝解説

貧しい隣家の娘マリの同道を頼まれた農夫ジェルマン。途中道に迷い、〈魔の沼〉のほとりで一夜を明かす。娘の優しさや謙虚さに、いつしか彼の心に愛が芽生える……自然に抱かれ額に汗して働く農夫への賛歌。ベリー地方の婚礼習俗の報告を付す。

〈附〉「マルシュ地方とベリー地方の片隅――ブサック城のタピスリー」（1847）
「ベリー地方の風俗と風習」（1851）

232頁　**2200円**　◇978-4-89434-431-0（第2回配本／2005年1月刊）

❼ 黒い町　*La Ville Noire, 1861*　石井啓子 訳＝解説

ゾラ「ジェルミナル」に先んじること20数年、フランス有数の刃物生産地ティエールをモデルに、労働者の世界を真正面から描く産業小説の先駆。裏切った恋人への想いを断ち切るため長い遍歴の旅に出た天才刃物職人を待ち受けていたのは……。　296頁　**2400円**　◇978-4-89434-495-2（第5回配本／2006年2月刊）

❽ ちいさな愛の物語　*Contes d'une Grand-mère, 1873, 1876*

小椋順子 訳＝解説

「ピクトルデュの城」「女王コアックス」「バラ色の雲」「勇気の翼」「巨岩イエウス」「ものを言う樫の木」「犬と神聖な花」「花のささやき」「埃の妖精」「牡蠣の精」。自然と人間の交流、澄んだ心だけに見える不思議な世界を描く。（画・よしだみどり）　520頁　**3600円**　◇978-4-89434-448-8（第3回配本／2005年4月刊）

❾ 書簡集 1812-1876　*Correspondance*

持田明子・大野一道 編・監訳・解説　石井啓子・小椋順子・鈴木順子 訳

「書簡は、サンドの最高傑作」。フロベール、バルザック、ハイネ、ユゴー、デュマ・フィス、ツルゲーネフ、マリ・ダグー、ドラクロワ、ショパン、リスト、ミシュレ、マルクス、バクーニン……2万通に及ぶ全書簡から精選。

536頁　**6600円**　◇978-4-89434-896-7（第9回配本／2013年7月刊）

別巻 **ジョルジュ・サンド ハンドブック**　持田明子・大野一道 編

「自由への道――サンドとその時代」「サンドの今日性」（M・ペロー）／サンドの珠玉の言葉／サンド年譜／主要作品紹介／全作品一覧 ほか　（最終配本）

自由を生きた女性

〈ジョルジュ・サンド〉セレクション プレ企画

ジョルジュ・サンド 1804-76

〈自由、愛、そして自然〉

持田明子

真の自由を生きた女性、ジョルジュ・サンドの目から見た十九世紀。全女性必読の書。　**写真・図版多数**

〈附〉作品年譜／同時代人評（バルザック、ハイネ、フロベール、バクーニン、ドストエフスキーほか）

A5変並製　二八〇頁　二二〇〇円
（二〇〇四年六月刊）
◇978-4-89434-393-1

近代への最もラディカルな批判

自然の男性化／性の人工化

〈近代の「認識の危機」について〉

C・v・ヴェールホフ
加藤耀子・五十嵐蕗子訳

近代の自然認識から生まれたもの——科学・技術信仰、国家による暴力、資本主義、コンピュータ、遺伝子工学、自然〝保護〟、そして〝女性学〟——を最もラディカルに批判する。

四六上製　三二六頁　二九〇〇円
（二〇〇三年一一月刊）
◇978-4-89434-365-8

MÄNNLICHE NATUR UND KÜNSTLICHES GESCHLECHT
Claudia von WERLHOF

「愛」がなければ、「知」はむなしい

媒介する性

〈ひらかれた世界にむけて〉

河野信子

「女と男の関係史」に長年取り組み続けてきた著者が、XX、XY、XO、XXY、XXX、XYY……そのほか男、女という二極性では捉えきれない、自然界に多様に存在する性のあり方から歴史を捉え直し、未来へ向けた新しい視点を獲得しようとする意欲作。

四六上製　二八〇頁　二八〇〇円
（二〇〇七年九月刊）
◇978-4-89434-592-8

「母親」「父親」って何

母親の役割という罠

〈新しい母親、新しい父親に向けて〉

F・コント
井上湊妻子訳

女性たちへのインタビューを長年積み重ねてきた著者が、フロイト／ラカンの図式的解釈による「母親＝悪役」イメージを脱し、女性も男性も子も真の幸せを得られるような、新しい「母親」「父親」の創造を提唱する、女性・男性とも必読の一冊。

四六上製　三七六頁　三八〇〇円
（一九九九年一二月刊）
◇978-4-89434-156-2

JOCASTE DÉLIVRÉE
Francine COMTE

愛は悲劇を超えられるか？

なぜ男は女を怖れるのか

〈ラシーヌ『フェードル』の罪の検証〉

A・リピエッツ
千石玲子訳

愛は悲劇を超えられるか？　ラシーヌ悲劇の主人公フェードルは、なぜ罪を負わされたのか。女性の欲望への恐怖とその抑圧という西洋文明の根源を鮮やかに解き明かし、そこからの〝解放〟の可能性を問いかける。

四六上製　二九六頁　二八〇〇円
（二〇〇七年一月刊）
◇978-4-89434-559-1

PHÈDRE
Alain LIPIETZ